U0500768

奇迹男孩

〔美〕R.J.帕拉西奥　著

雷淑容　易承楠　译

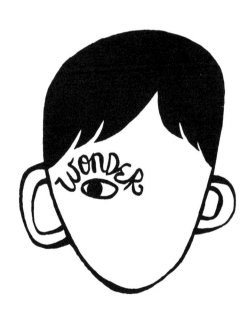

人民文学出版社

著作权合同登记号　图字 01-2022-4949

WONDER
© 2012 by R. J. Palacio
Published by agreement with Trident Media Group，LLC，
through The Grayhawk Agency.

图书在版编目(CIP)数据

奇迹男孩 /(美) R. J. 帕拉西奥著；雷淑容，易承
楠译. —北京：人民文学出版社，2018(2025.10 重印)
ISBN 978-7-02-014585-0

Ⅰ. ①奇… Ⅱ. ①R… ②雷… ③易… Ⅲ. ①长篇小
说-美国-现代 Ⅳ. ①I712. 45

中国版本图书馆 CIP 数据核字(2018)第 204710 号

责任编辑　卜艳冰　张晓清
装帧设计　高静芳

出版发行　人民文学出版社
社　　址　北京市朝内大街 166 号
邮政编码　100705

印　　刷　上海盛通时代印刷有限公司
经　　销　全国新华书店等

开　　本　890 毫米×1240 毫米　1/32
印　　张　9. 875
字　　数　238 千字
版　　次　2017 年 4 月北京第 1 版
印　　次　2025 年 10 月第 21 次印刷

书　　号　978-7-02-014585-0
定　　价　59. 00 元

如有印装质量问题，请与本社图书销售中心调换。电话：010 - 65233595

献给拉塞尔、凯莱布和约瑟夫

医生从遥远的城市

来看我

他们站在我床边

对眼前的一切难以置信

他们说我一定是上帝亲自创造的

奇迹

迄今为止他们不能提供

任何解释

——娜塔莉·莫森特^①《奇迹》

---

① 娜塔莉·莫森特（Natalie Merchant），生于 1963 年，美国流行乐坛唱作人，创作风格诗意、抒情，被比拟为流行乐坛的艾米莉·狄金森，作品跨越全美流行、现代摇滚与成人抒情电台。

目　录

第一章
奥古斯特

命运来到我摇篮边时，扬起了一抹微笑。

——摘自娜塔莉·莫森特《奇迹》

普通人

我知道自己不是一个普通的十岁小孩。我的意思是，没错，我也做普普通通的事情。我吃冰激凌。我骑自行车。我打球。我还有一款 XBox①。我想，这些东西让我看起来很普通。而且在内心深处，我也觉得自己普普通通。不过我知道，一个普通的孩子不会在操场上吓得别的普通孩子失声尖叫，四散逃开。我知道，一个普通的孩子无论去哪里，都不会被人一路盯着看。

如果我得到一盏神灯，可以许一个愿望，我希望自己有一张压根没人注意的普普通通的脸。我希望在街上溜达的时候人们对我视而不见，好让我可以四处看看。我是这么想的：我不普通的唯一原因，是没有人用普通的眼光看我。

不过，现在我已经习惯了自己的样子。我知道怎么假装没看见人们的表情。我们一家人都很擅长这样做：我，妈妈和爸爸，还有维娅。实际上，我得收回那句话，因为维娅并不擅长那样做。当人们失礼的时候，她会非常恼火。比如说吧，有一次在操场上，一些大孩子吵吵嚷嚷的。我甚至都不知道他们在嚷嚷什么，因为我根本没听见，但是维娅听见了，她开始朝他们大喊大叫起来。她向来这样，我却不是。

维娅并没有把我看作普通人，尽管她说她有，可是如果我是普通人，她就没必要处处保护我了。妈妈和爸爸也不把我看为普通人，他们认为我非同凡响。我想这个世界上只有我自己知道我有多普通。

对了，我的名字叫奥古斯特。我就不描述自己长什么样了。不管你怎么想，情况只可能更糟。

---

① 微软开发的一款家用游戏机。

为什么我没上过学

下周我开始上五年级。因为从来没有真正上过学，所以我整个人提心吊胆。大家以为我不上学是因为我的长相，其实并非如此。真实原因是我所做的所有手术，从出生起迄今有二十七次了。大手术都是在四岁以前做的，所以我都记不得了。但从那以后我每年都要动两三次手术（或大，或小），因为我长得比实际年龄小，身上还带着一些医生永远不得其解的医学奥秘，所以我总是在生病。这也是父母决定我最好不上学的原因。不过，我现在强壮多了。我最后一次动手术是在八个月前，而且也许未来几年内都不需要再动手术了。

妈妈在家教我。她曾经是童书插画家，擅长画仙女和美人鱼。不过，画男孩喜欢的东西她不拿手。有一次，她试着给我画了一张黑武士，结果看起来却像一个奇怪的蘑菇形状的机器人。我已经很久没有看到她画任何东西了。我想，照顾我和维娅就够她忙的了。

我不能说自己一直都希望上学，因为事实不全是这样。我想上学，前提是我能够跟别的孩子一样，有许许多多的朋友，放学后一起闲逛，诸如此类。

我有几个很不错的朋友。克里斯托弗是最铁的，然后是扎克利和阿历克斯。我们是发小。因此他们知道这就是我真实的样子，对我已经习以为常。小的时候，我们常常一起聚会，但后来克里斯托弗搬到康涅狄格州的布里奇波特。那地方离我住的位于曼哈顿岛北端的北河高地有一小时路程。扎克利和阿历克斯也上学去了。他们现在也有了新朋友。不过，如果我们在街上碰见，他们依然对我不错。他们总是和我打招呼。

我也有别的朋友，但都不如跟克里斯托弗、扎克利和阿历克斯那么铁。比如，小时候扎克利和阿历克斯总是会邀请我去参加他们的生日派对，但是乔尔、伊蒙和加布从来没有。艾玛邀请过我一次，但我已经很久没见她了。当然，我还一直去参加克里斯托弗的生日聚会。也许我把生日派对看得太重了。

我是怎么出生的

我喜欢妈妈给我讲这个故事，因为它总让我哈哈大笑。它不像笑话那样可笑，但妈妈一讲起来，维娅和我就会笑到肚子疼。

那时候我还在妈妈肚子里，没有人知道我生出来会是这个样子。妈妈在此四年前生了维娅，那简直就像"在公园散步"（按她的说法），因此她没有理由去做任何特殊检查。大概在我出生前两个月，医生才意识到我的脸有点不对劲，但他们压根没想到会是一张坏脸。他们告诉妈妈和爸爸，我有腭裂，还有一些别的问题。他们称之为"小小的异常"。

我出生那天晚上，产房里有两个护士。一个非常甜美。另一个，妈妈说看起来一点也不甜或者美，她手臂粗壮而且不停地放屁（正是这一点十分有趣）。比如，她给妈妈拿冰块来，放个屁。她给妈妈量血压，放个屁。妈妈说，不可思议的是，这个护士竟然从来不说对不起！同时，妈妈的主治医生那晚不值班，因此她不得不接受一个脾气暴躁的儿科医生——后来她和爸爸根据某部老电视剧给他取了个外号，叫"杜奇"①（实际上他们从来没有当面叫过他）。妈妈说，虽然那天产房里每个人都有点急躁，但爸爸整晚都在逗她开心。

当我从妈妈肚子里出来的时候，她说整个产房顿时鸦雀无声。妈妈甚至都没机会看我一眼，因为那个甜美的护士立即抱着我冲出了产房。为了跟上她，爸爸在忙乱中把摄影机掉到了地上，摔了个稀巴烂。妈妈很恼火，努力挣扎着想下床去看看他们去了哪儿，但是"放屁护士"用非常粗壮的胳膊压着妈妈，让她待在床上。她们几乎打了起来，因为妈妈已经歇斯底里，而"放屁护士"仍冲她大喊大叫，要她冷静，接着她们又同时冲医生尖叫。猜猜发生了什么事？他昏倒了！直接倒在地上！"放屁护士"看见他昏倒在地，便想用脚把他推醒，她一直冲他叫喊："你这算哪门子医生？你这算哪门子医生？起来啊！起来！"然后，她突然放了史上最大、最响、最臭的一个屁。妈妈认为，实际上正是这个屁让医生苏醒过来。不管怎样，妈妈讲这个故事的时候，总是绘声绘色、活灵活现——包括发出真正的放屁的声音——实在是太搞笑了！

妈妈说，"放屁护士"原来是一个很好的女人。她从头到尾都陪伴着妈妈，即使在爸爸回到病房后，在医生告诉他们我的病有多严重时也不离不弃。妈妈至今还清楚地记得，当医生告诉她我可能活不过当晚时，护士在她耳边悄声说："凡从神生的，就胜过世界。"第二天，在我挺过那个晚上后，也是这个护士握着妈妈的手，带她跟我见第一面。

妈妈说，当时医生已经把我的全部情况都告诉了她。她也一直

---

① 美剧《天才小医生》中男主角的名字。

在做看到我的心理准备。但是她说，当她低下头，一眼看到我皱巴巴糊成一团的小脸时，她只觉得我的眼睛是那么漂亮。

顺便说一下，妈妈很漂亮，爸爸也很帅，维娅很可爱。免得你胡思乱想。

在克里斯托弗家

三年前克里斯托弗搬走的时候，我难过极了。那时我们七岁。我们在一起时，常常花好几个小时玩星球大战公仔，用光剑决斗。我怀念那段时光。

去年春天我们开车去克里斯托弗在布里奇波特的家。我和克里斯托弗到厨房找零食吃，听见妈妈在跟克里斯托弗的妈妈丽莎聊天，说起我秋天要去上学的事情。之前我从来没有听她提起过学校的事情。

"你在说什么？"我问。

妈妈看起来很吃惊，好像不想让我听到。

"伊莎贝尔，你应该告诉他你的想法。"爸爸说。他和克里斯托弗的爸爸在客厅的另一边谈话。

"我们今后再讨论这件事。"妈妈说。

"不，我想知道你们在说什么。"我回答。

"奥吉，你难道不觉得你可以上学了吗？"妈妈说。

"不。"我说。

"我也不觉得。"爸爸说。

"就这样吧,停止争论。"我耸耸肩说,一边坐上她的膝盖,就像自己还是个婴儿那样。

"我只是觉得你需要学习更多的东西,我已经教不了你了,"妈妈说,"我的意思是,别这样,奥吉,你知道我数学有多糟糕!"

"什么学校?"我问,几乎要哭出来。

"毕彻预科学校,在我们家附近。"

"哇,那是一所很棒的学校,奥吉。"丽莎拍拍我的膝盖说。

"为什么不上维娅的学校?"

"那所学校太大了,"妈妈回答道,"我觉得不适合你。"

"我不想上。"我说。我承认,我的声音听起来有点任性。

"你不用做任何你不愿意做的事情。"爸爸说着,过来把我从妈妈腿上举了起来。他把我抱到沙发另一头,坐在他大腿上。"我们也不会逼你去做任何你不想做的事情。"

"但是上学对他有好处,内特。"妈妈说。

"如果他不想上,就什么好处也没有,"爸爸看着我说,"如果他没准备好,也不会有什么好处。"

我瞥见妈妈正看着丽莎阿姨,她伸出手来,握住了妈妈的手。

"你们会达成一致的,"她对妈妈说,"你们一直都是如此。"

"我们以后再讨论吧。"妈妈说。听得出来,她和爸爸要为这件事吵架了。我希望爸爸能赢,虽然我也部分同意妈妈所说的。老实说,她的分数计算确实弱爆了。

开车

开车回家路途遥远。我把头枕在维娅大腿上，像往常一样在后座睡着了，安全带上绑了一条毛巾，这样我就不会糊得她一身口水。维娅也睡着了，妈妈和爸爸轻声讨论着大人们的事情，我一点兴趣也没有。

我不知道睡了多久，醒来的时候，车窗外悬着一轮满月。在这个紫色的夜晚，我们行驶在一条车水马龙的高速公路上。这时，我听到妈妈和爸爸正在谈论我。

"我们不能一直保护他，"妈妈把嗓子压得低低的，对正在开车的爸爸说，"我们不能只是假装明天醒来时这不是他要面对的现实，因为去上学才是他的现实，内特，我们必须帮助他学会处理问题。不能只是逃避问题……"

"这样送他去中学就像待宰的羔羊……"爸爸生气地说，但是他话没说完就打住了，因为他从后视镜里看到我正抬头张望。

"什么待宰的羔羊？"我睡意蒙眬地问。

"继续睡你的觉，奥吉。"爸爸温和地说。

"学校里每个人都会盯着我看。"我突然哭着说。

"亲爱的，"妈妈从前座转过身，把手放在我手上说，"你知道的，如果你不想去，你可以不用去。但是我们跟那里的校长谈过了，也跟他介绍了你的情况，他很想见你一面。"

"你怎么跟他介绍我的？"

"说你多么有趣，多么善良，并且多么聪明。当我告诉他你六岁就读《龙骑士》时，他当场就说：'哇，我得见见这孩子。'"

"你还告诉他别的什么了吗？"我问。

妈妈冲我笑了。她的笑容像是拥抱，将我环绕。

"我跟他说起你所有的手术，还有你是多么勇敢。"她说。

"那他知道我长什么样吗？"

"嗯，我们带上了去年夏天在蒙托克的照片，"爸爸说，"我们给他看了全家福，还有那张你站在船上抓着比目鱼的很棒的照片。"

"你当时也在那里吗？"我必须承认，对他参与这事我有点失望。

"是的，我们俩一起跟他谈的，"爸爸说，"他人非常好。"

"你会喜欢他的。"妈妈补充道。

突然之间，他们俩好像达成了一致。

"等一下，你们是什么时候去见他的？"我问。

"去年，他带我们参观了学校。"妈妈说。

"去年？"我说，"这么说，这件事你们考虑整整一年了，却没有告诉我？"

"我们不知道你能否进得去，奥吉，"妈妈回答道，"这所学校很难进，有一整套招生程序。我不觉得告诉你有什么意义，只会让你产生不必要的担忧。"

"不过你说得对，奥吉，上个月我们得知你被录取的时候应该告诉你的。"爸爸说。

"事后我才想到，"妈妈叹道，"是的，我应该早点告诉你的。"

"那一次到家里来的女士跟这件事有关系吗？"我说，"给我做测试的那个？"

"是，的确是。"妈妈看起来有点内疚。

"你说那是个智力测验。"我说。

"我知道，那是一个善意的谎言，"她回答道，"那是你入学时需要进行的测验。对了，你完成得非常出色。"

"原来你骗了我。"我说。

"一个善意的谎言，但还是谎言，对不起。"她一边说着，一边试着朝我微笑，但见我没有好脸色，便转身坐好，面朝前方。

"什么叫待宰的羔羊？"我问。

妈妈叹了一口气，冲爸爸使了个"眼色"。

"我不该那么说，"爸爸从后视镜里看着我说，"不是那样的。亲爱的，妈妈和我都爱你，我们想尽全力来保护你。只是有时候，我们做事的方式有所不同。"

"我不想去上学。"我抱着手臂回答。

"这对你有好处，奥吉。"妈妈说。

"也许明年我会去。"我看着窗外回答。

"今年更好，奥吉，"妈妈说，"你知道为什么吗？因为你要上五年级，那是初中的第一年——对每个人而言都是。这样你就不会是唯一的新生了。"

"可长成我这样的孩子只有我一个。"我说。

"我不是说这对你不是一个巨大的挑战，因为你知道它远远超过了挑战，"她回答道，"但上学对你有好处，奥吉。你会交很多朋友。你也能学到很多从我这里永远学不到的东西。"她又从座位上转过身来，看着我。"我们参观时，你知道在他们的科学实验室里有什么吗？一只刚刚从鸡蛋里孵出来的小鸡。它是那么可爱！实际上，它让我想起你还是个婴儿的时候……你那双棕色的大眼睛……"

平常我很爱听他们谈论我还是个婴儿时候的事。有时候，我都想蜷缩成一个小小的圆球，任他们抱着我，从头到脚亲个遍。我怀念儿时，那时候什么都不知道。但我现在没那个心情。

"我不想去。"我说。

"这样好不好，在你做决定之前至少见一下图什曼先生？"妈妈问。

"图什曼先生^①？"我说。

"就是校长。"妈妈回答道。

"图什曼先生？"我重复问。

"我就知道，对吧？"爸爸一边回答，一边从后视镜里看着我笑，"你相信有这种名字吗，奥吉？我的意思是，究竟谁会愿意取名叫图什曼先生呢？"

我笑了，尽管我不想让他们看到我的笑容。爸爸是这个世界上可以让我开怀大笑的人之一，无论我情绪多么低落，他总有办法。爸爸总会让每个人开怀大笑。

"你知道吗？奥吉，你应该去一下那所学校，这样你就能听到他的名字不断地在喇叭中响起！"爸爸兴奋地说，"你可以想象那有多好玩吗？喂，喂？呼叫图什曼先生！"他装成一个老妇人，尖着嗓门高声说："喂，图什曼先生！我看你今天迟到了！你的车又追尾了吗？真冤啊！"

我笑了起来，不是因为觉得那有多好笑，而是因为我没有心情一直生气了。

"不过，还有更糟的呢！"爸爸继续用正常的声音说，"妈妈和我在大学时有个教授叫巴特小姐^②。"

这时妈妈也笑了起来。

"这是真的吗？"我问。

"罗伯塔·巴特，"妈妈举起手回答，像是在发誓，"博比·巴特。"

"她的脸很大。"爸爸说。

"内特！"妈妈叫道。

---

① Tushman，英语中有长牙、屁股的意思。

② Butt，英语中还有屁股的意思。

"怎么了？我只不过说她脸很大。"

妈妈大笑着摇了摇头。

"嘿嘿，我知道了！"爸爸激动地说，"我们来撮合他们相亲吧！你们可以想象吗？巴特小姐与图什曼先生见面了。图什曼先生，这是巴特小姐。他们可能会结婚，然后生一堆小图什。"

"可怜的图什曼先生，"妈妈摇头回答，"内特，奥吉都还没见过这个人呢！"

"谁是图什曼先生？"维娅恍恍惚惚地问。她刚刚睡醒。

"他是我新学校的头儿。"我回答道。

呼叫图什曼先生

如果早知道跟图什曼先生见面的时候还要见新学校的几个孩子，我可能会更紧张。但是我并不知道，所以当时的情形是，我吃吃地笑了起来。我没法不去想爸爸讲的关于图什曼这个名字的所有笑话。因此，开学几周前，当我和妈妈来到毕彻预科学校，一眼看见图什曼先生站在入口处等我们时，我当即咯咯地笑了。不过，他一点也不是我想象中的样子。我猜想他应该有个大屁股，但是他没有。实际上，他是一个非常正常的人。瘦瘦高高的，上了年纪，但并不显老。他看起来人很好。他先跟妈妈握手。

"嗨，图什曼先生，很高兴再次见到你，"妈妈说，"这是我的儿子奥古斯特。"

图什曼先生望着我，笑着点了点头。他伸出手来跟我握手。

"嗨，奥古斯特，"他神色毫无异样地说，"很高兴见到你。"

"嗨。"我咕哝着跟他握手，低头去看他的脚。他穿着红色的阿迪达斯鞋。

"是这样的，"他说着就在我面前跪了下来，这样我就不能看他的运动鞋，不得不看着他的脸了，"你的妈妈和爸爸已经告诉我很多关于你的事。"

"他们都跟你说了什么？"我问。

"对不起，你说什么？"

"亲爱的，你说大声点。"妈妈说。

"比如说了什么？"我尽量口齿清楚地问。我知道自己有说话含糊的坏习惯。

"哦，说你喜欢读书，"图什曼先生说，"还说你是个很棒的艺术家。"他长着蓝眼睛和白睫毛。"还有你很想从事科学工作，对吧？"

"嗯。"我点点头说。

"在毕彻学校，我们有好几门很棒的科学选修课，"他说，"也许你会选修其中一门？"

"嗯。"我说，不过我还不知道什么叫选修课。

"那么，你准备好去参观了吗？"

"你是说，我们现在就去吗？"我问。

"你以为我们是去看电影吗？"他站起来笑着说。

"你没跟我说我们要参观。"我用责备的口气对妈妈说。

"奥吉……"她说。

"很快就好，奥古斯特，"图什曼说着，向我伸出手，"我保证。"

我觉得他希望我牵他的手，但我牵了妈妈的手。他笑了笑，朝入口走去。

妈妈轻轻握了握我的手，我不知道她想说"我爱你"还是"我很抱歉"。也许两者都是。

我唯一去过的学校是维娅的学校，我跟妈妈和爸爸去看她在春季音乐会上唱歌什么的。这所学校很不一样。小一些，闻起来像一所医院。

和蔼可亲的加西亚太太

我们跟着图什曼先生穿过几条走廊。四周没什么人。少数几个人似乎压根没注意到我，不过也许是因为没看见我。我走路的时候差不多藏在妈妈身后。我知道这听起来有点幼稚，但那时候我就是没有勇气。

我们终于来到一间小屋子，门牌上写着"中学校长办公室"。里面有一张桌子，桌子后面坐着一个看起来很和善的女士。

"这是加西亚太太。"图什曼先生说，这位女士冲妈妈笑了笑，然后摘下眼镜，从椅子里站起来。

妈妈握着她的手说："伊莎贝尔·普尔曼，很高兴见到你。"

"这是奥古斯特。"图什曼先生说。妈妈稍微朝旁边挪了一下，所以我只得朝前走了一步。于是我曾经目睹无数次的事情又重新上演了。我抬头看加西亚太太的时候，她的眼睛里愣了一下。但这只是一瞬间的事，没有任何人注意到，而且她完全不动声色。她的脸上挂着灿烂的笑容。

"见到你真高兴，奥古斯特。"她说着，向我伸出手来。

"嗨。"我握着她的手低声说，不过我不愿意看她的脸，因此一直盯着她用一条链子挂在脖子上的眼镜。

"哇，你握手真有劲！"加西亚太太。她的手真暖和。

"这孩子握手时像个杀手。"图什曼先生表示同意，大家都在我头顶上方大笑起来。

"你可以叫我 G 太太。"加西亚太太说。我觉得她是在跟我说话，而我却盯着她桌上的一摊东西。"每个人都这么叫我。G 太太，我忘了我的密码。G 太太，我需要一张迟到单。G 太太，我想换选修课。"

"实际上，G 太太才是这里的老板。"图什曼先生说，又惹得大人们笑了起来。

"我每天早晨七点半就到校了。"加西亚太太继续说道，她仍然看着我，而我却低头盯着她扣眼上装饰着紫色小花朵的棕色凉鞋。"奥古斯特，如果你有任何需要，尽管来问我。任何事情你都可以找我帮忙。"

"好的。"我咕哝道。

"啊，快看那个可爱的孩子，"妈妈指着加西亚太太的布告板上的一张照片说，"是你的孩子吗？"

"不，我的天啊，"加西亚太太说着，脸上不再是灿烂的微笑，而是笑开了花，"你真让我开心，他是我孙子。"

"真漂亮！"妈妈摇摇头叹道，"多大了？"

"这张照片我想应该是他五个月大的时候。但他现在已经大了，快满八岁了！"

"哇！"妈妈点点头笑着说，"是的，他简直漂亮极了！"

"谢谢你！"加西亚太太点头说，像是要多讲讲她孙子的事情，但是她的笑容突然收敛了一点，"我们会好好照顾奥古斯特的。"她对妈妈说，我看见她轻轻握了一下妈妈的手。我看了看妈妈的脸，这时才明白她原来和我一样紧张。我想我挺喜欢加西亚太太的——当她笑得不那么灿烂的时候。

杰克·威尔、朱利安和夏洛特

我们跟着图什曼先生走进加西亚太太办公室对面的一间小屋子里。他关上门，在一张大办公桌后面坐下来跟我们说话。可是我根本没注意到他到底在说些什么。我光顾着打量他桌子上的摆设了。都是些很酷的家伙，比如，悬浮在空中的地球仪，还有用小镜片做的魔方。我非常喜欢他的办公室。我很喜欢那些整整齐齐挂在墙上的学生的画作，它们都被郑重其事地裱进了画框里。

妈妈在图什曼先生办公桌前的一把椅子上坐了下来，虽然她旁边还有一把椅子，但我还是决定站在她身边。

"为什么你有自己的房间，而 G 太太没有？"我问。

"你的意思是，为什么我有办公室？"图什曼先生问。

"你说过,她是这儿的老板。"

"噢!好吧,我刚才是在开玩笑。G太太是我的助理。"

"图什曼先生是这所中学的校长。"妈妈解释道。

"那他们叫你T先生吗?"我这一问让他笑了起来。

"你知道T先生是谁吗?"他回答道,"我同情那个白痴?"[①]他嗓子尖尖的,很搞笑,像是在模仿什么人。

我不知道他在说什么。

"总之,没有,"图什曼先生摇摇头说,"没有人叫我T先生。不过我有种感觉,我有很多外号,只不过我不知道而已。说老实话,接受我这样的名字可不容易,你知道我这话什么意思吧?"

我不得不承认,我简直笑死了,因为我完全明白他的意思。

"我爸爸妈妈曾经有个老师叫巴特小姐。"我说。

"奥吉!"妈妈叫道。但图什曼先生哈哈大笑起来。

"不,那太糟了,"图什曼先生摇摇头说,"我想我不应该抱怨。嘿,听着,奥古斯特,我想今天我们要做的事情是……"

"那是一只南瓜吗?"我指着图什曼先生办公桌后面的一幅画问。

"奥吉,亲爱的,别插嘴。"妈妈说。

"你喜欢吗?"图什曼先生转身看着那幅画说,"我也喜欢。一开始我也认为是一只南瓜,结果送我画的学生解释说那其实不是一只南瓜,而是……你做好心理准备了吗……是我的肖像画!现在,我问你,奥古斯特,我真的看起来那么像一只南瓜吗?"

---

① T先生(Mr. T),本名劳伦斯·图雷奥德(Laurence Tureaud),生于1952年,是一位非常出名的美国演员,曾主演美国80年代系列剧《天龙特工队》(*The A-Team*)。T先生以他独有的发型、金项链和硬汉形象著称。口头禅为:I Pity the Fool?意为"我同情那个白痴?"

"不！"我回答道，不过我觉得是有点像。他笑起来面颊突出的样子看起来有点像一只南瓜灯。正如我想象的那样，好笑极了：面颊，图什曼先生。我摇了摇头，用手捂住嘴巴轻轻笑了起来。

图什曼先生好像能读懂我的心思，也笑了。

我正想说点别的，但是突然听见办公室外面传来其他人的说话声：是孩子的声音。毫不夸张地说，我的心开始狂跳起来，就像刚刚完成了世界上最长的赛跑。心里的欢乐消失得无影无踪。

情况是这样的，小时候，我从来不怕遇见陌生孩子，因为我遇见的也都是小孩。最棒的一点是，真正的小孩从来不说伤害感情的话，虽然有时候他们说的话会伤人。但实际上他们并不知道自己在讲什么。但是，大孩子明白他们在说什么。这对我来说绝对不是好玩的事。我去年留长发的一个原因就是希望刘海能盖住眼睛，这样就可以看不见不想看的东西了。

加西亚太太敲了敲门，把头伸进来。

"他们来了，图什曼先生。"她说。

"谁来了？"我问。

"谢谢，"图什曼先生对加西亚太太说，"奥古斯特，我认为让你认识几个同年级室的同学是个不错的主意。我希望他们能带你参观学校，熟悉一下地形。"

"我不想见任何人。"我对妈妈说。

图什曼先生突然走到我面前，双手放在我肩上。他弯腰趴在我耳边柔声说："不要紧的，奥古斯特，我保证他们都是好孩子。"

"你会没事的，奥吉。"妈妈郑重地低声对我说。

她还没来得及再说什么，图什曼先生已经打开了办公室的门。

"进来，孩子们。"他说。于是，进来了两个男孩和一个女孩。他们谁都没有看我或妈妈一眼，只是站在门边旁直愣愣地看着图什曼先生，好像命悬一线的样子。

"谢谢你们能来，孩子们——尤其是，要到下个月才开学呢！"图什曼先生说，"你们暑假过得好吗？"

他们都点了点头，但没有人吭声。

"好，好吧，"图什曼先生说，"那么，孩子们，我想让你们认识一下奥古斯特，今年他会入学。奥古斯特，这几个孩子从幼儿园开始就是毕彻预科学校的学生了。不过，他们当然是在低年级大楼。但是他们熟悉初中部的所有角落。由于你们全部都在同一个年级室，开学前就互相认识一下，我想是很好的。好吗？那么，孩子们，这是奥古斯特。奥古斯特，这是杰克·威尔。"

杰克·威尔看着我，伸出了手。我握住他的手时，他微微一笑，说："嗨。"然后马上垂下了眼睛。

"这是朱利安。"图什曼先生说。

"嗨。"朱利安说道，他的动作和杰克·威尔几乎一模一样，跟我握手，强装笑脸，迅速低头。

"还有，这是夏洛特。"图什曼先生说道。

夏洛特的头发是我见过的最金黄的秀发。她没有跟我握手，但是朝我飞快地招了招手，笑了笑，"嗨，奥古斯特，很高兴认识你。"她说。

"嗨。"我低下头说。她穿着亮绿的洞洞鞋。

"这样吧，"图什曼先生一边说，一边将双手合在一起，像是在慢条斯理地拍掌，"我觉得你们几个可以带奥古斯特在学校里稍微转转。也许你们可以从三楼开始？在那里，我想想，301 教室将会成为你们的年级室。G 太太，是——"

"是 301 教室！"加西亚太太从另一间屋子高声回答。

"301 教室，"图什曼先生点点头，"然后你们可以带奥古斯特参观科学实验室和电脑房，然后顺路到二楼参观图书馆与演出中心。当然，还要带他去一下自助餐厅。"

"我们可以带他参观音乐教室吗？"朱利安问。

"好主意，好的，"图什曼先生说，"奥古斯特，你会弹什么乐器吗？"

"不会。"这可不是我喜欢的话题，因为事实上我连真正意义上的耳朵都没有。好吧，有还是有的，但它们看上去可不像普通的耳朵。

"那好，不管怎样你也许会喜欢参观一下音乐室，"图什曼先生说，"我们有非常棒的打击乐器选修课。"

"奥古斯特，你不是一直想学打鼓吗？"妈妈说，她试图想让我看她一眼。但我的眼睛被头发盖住了，而且我一直盯着粘在图什曼先生桌子底下的一片嚼过的口香糖。

"很好！好吧，孩子们你们干吗还不走？"图什曼先生说，"只要在……"他看了妈妈一眼，"半个小时以后回来，好吗？"

我感觉妈妈点了点头。

"奥古斯特，这样的话，你觉得可以吗？"他问我。

我没有回答。

"这样可以吗，奥古斯特？"妈妈重复道。我看着她，本来想让她明白我对她有多生气。但是我一看到她的脸，就只能点头了。她看起来比我还害怕。

其他几个孩子已经开始动身，我跟了上去。

"一会儿见。"妈妈说。她的音调比平时要高一些。我没有回答。

隆重的参观

杰克·威尔、朱利安、夏洛特和我穿过一条大走廊，上了一道宽阔的楼梯。在我们爬上三楼的过程中，没有人说一句话。

走完楼梯，是一条有许多门的小走廊。朱利安打开了标有301教室的门。

"这是我们的年级室，"门半开着，他站在一边说，"皮特莎小姐是我们的老师，他们说她人很好，至少对年级室的学生很好。不过，我听说如果跟她上数学课，会发现实际上她还是非常严厉的。"

"那不是真的，"夏洛特说，"我姐姐去年就跟她上课，她说她自始至终对人都很好。"

"耳听为虚，"朱利安回答道，"但是，无论如何有这么一说。"他关了门，沿着走廊继续往前走。

"这是科学实验室。"走到隔壁时，他说。跟几秒钟前一样，他站在半开的门边，开始说话。在说话的过程中，他一次都没看我。这倒没关系，因为我也没有看他。"不到开学第一天，你想不到会跟谁上科学课。但每个人都希望跟霍勒先生上。他以前教低年级。在课堂上他会吹低音大号呢。"

"那是男中音号吧。"夏洛特说。

"是低音大号！"朱利安一边回答，一边关上门。

"老兄，让他进去吧，这样可以四下看看。"杰克·威尔对朱利安说，从他身边挤过去，把门打开。

"如果你想的话，就进去吧。"朱利安说。这是他第一次正眼看我。

我耸耸肩，走到门口。朱利安赶紧闪开，好像很怕我从他身边经过时会不小心碰到他似的。

"没什么好看的。"朱利安跟着我走进来。他指着屋子里的一堆东西说:"那是孵蛋器,那个黑乎乎的大家伙是黑板,这边是课桌,这边是椅子,那边是本生灯,这个是科学海报,这是粉笔,这是粉笔擦。"

"我敢肯定他知道什么是粉笔擦。"夏洛特说,声音听起来像维娅。

"我怎么知道他知道什么?"朱利安回答,"图什曼先生说他以前从来没上过学。"

"你知道什么是粉笔擦,对吗?"夏洛特问我。

我承认自己实在太紧张了。我不知道说什么才好,只好手足无措地盯着地板看。

"嘿,你可以说话吗?"杰克·威尔问。

"是的。"我点头道。不过,我依然没有看他们任何一个人,没有正眼看过。

"你知道粉笔擦是什么东西,对吗?"杰克·威尔问。

"当然!"我嗫嚅道。

"我跟你们说过这儿没什么可看的。"朱利安耸耸肩说。

"我有个问题……"我努力让声音保持平稳,问,"嗯,究竟什么是年级室?是不是像一门学科?"

"不是,那只是你所在的小组。"夏洛特解释道,没有理会朱利安的讪笑,"比如说,你早上到校就到这里来,年级室的老师会点名,诸如此类。在某种程度上,它是你的主要班级,但它实际上又不是一个班。我的意思是,它是一个班,但是——"

"我觉得他已经明白了,夏洛特。"杰克·威尔说。

"你懂了吗?"夏洛特问我。

"是的。"我朝她点点头。

"好了，我们走吧。"杰克·威尔一边说，一边朝外走。

"等一下，杰克，我们应该还有问题要回答。"夏洛特说。

杰克·威尔转了个身，眼珠也转了转。

"你还有什么问题吗?"他问。

"嗯，没有了，"我回答道，"哦，对了，实际上是有一个问题，你的名字叫杰克还是杰克·威尔?"

"杰克是我的名，威尔是我的姓。"

"噢，因为图什曼先生介绍你时说你叫杰克威尔，所以我以为……"

"哈哈! 你以为他的名字叫杰克威尔!"夏洛特笑道。

"是啊，有人总是连名带姓地叫我，"杰克耸了耸肩，说，"我也不知道为什么。不管怎样，我们现在可以走了吗?"

"我们去表演中心吧，"夏洛特说着带头走出了科学室，"那里很棒，你会喜欢的，奥古斯特。"

表演中心

下到二楼的过程中，夏洛特基本上说个不停。她说着去年上演的一出戏——《雾都孤儿》! 虽然她是个女孩，但是她演奥利弗。正说着，她推开了大礼堂的两扇门。礼堂的另一端是舞台。

夏洛特蹦蹦跳跳地朝舞台跑去。朱利安跟在她后面，跑到过道一半的地方时，他突然转过身。

"快过来啊！"他大声喊，挥手叫我跟上他，我跟了上去。

"那天晚上观众席上好像有几百人。"夏洛特说，我愣了一会儿才反应过来，她竟然还在谈论《雾都孤儿》！"我实在太紧张了，紧张死了。我台词那么多，而且还有那么多歌曲要唱。实在是太难太难了！"虽然她是在跟我说话，但她其实没怎么看我。"在首演的那个晚上，我父母一直都在大礼堂的后台，大概就在杰克现在的位置，可是当灯光熄灭的时候，你不可能看得到那么远。于是我一直想：'我的爸爸妈妈在哪里？我的爸爸妈妈去哪儿了？'就在那时，雷斯尼克先生——我们去年的戏剧表演老师——说话了：'夏洛特，不要变成这样的女主角！'我说：'好的！'然后我看见了父母，就完全好了。我一句台词都没忘。"

就在她喋喋不休的时候，我注意到朱利安一直在拿眼角瞟我。这种事情我已经见惯不惊。他们以为我不知道他们在盯着我看，但我能从他们脑袋偏斜的角度感觉得到。我转过身去看杰克去哪里了。原来他一直待在礼堂的后台，一副很无聊的样子。

"我们每年都要演一出戏。"夏洛特说。

"我不觉得他会想在学校话剧里演出，夏洛特。"朱利安挖苦地说。

"你可以参与话剧，但实际上不一定在话剧里演出，"夏洛特看着我回答，"你可以担任灯光师，你还可以画幕布。"

"哦，是的，哇！"朱利安在空中打了个响指说。

"不过，如果你不愿意，你不一定非选修戏剧表演不可，"夏洛特耸耸肩说，"还有舞蹈、合唱团和管乐队。也有领导力课程。"

"只有呆瓜才会选修领导力课程。"朱利安插嘴道。

"朱利安，你实在是太讨厌了！"夏洛特叫道，这逗得朱利安哈哈大笑。

"我想选修科学课。"我说。

"好酷！"夏洛特说。

朱利安直视着我。"科学**巩怕**是所有选修课中最难的，"他说，"我没有冒犯的意思，但是如果你以前从来没有上过学，你为什么觉得自己突然聪明到可以选修科学课了呢？我的意思是，你以前学习过科学吗？像真正的科学，而不是你在工具箱里玩的那种玩意儿。"

"是的。"我点头道。

"他在家上学，朱利安！"夏洛特说。

"那么是老师去他家上课？"朱利安一脸困惑地问。

"不是，是他的妈妈教！"夏洛特回答。

"她是老师吗？"朱利安问。

"你妈妈是老师吗？"夏洛特问我。

"不是。"我说。

"那么她不是一个真正的老师！"朱利安说，好像他的观点不证自明，"我就是这个意思，一个不是真正科学老师的人怎么能真正教科学呢？"

"我相信你会学得很好。"夏洛特看着我说。

"我们现在就去图书馆吧！"杰克叫道，声音听起来无聊透了。

"为什么你的头发这么长？"朱利安问我，听起来有点恼怒的样子。

我不知道说什么才好，便只是耸耸肩。

"可以问你一个问题吗？"他说。

我又耸耸肩。他不是才问了一个问题吗？

"你的脸是怎么回事？我的意思是，是被火烧的还是出了什么事？"

"朱利安，你太无礼了！"夏洛特叫道。

"我没有无礼，"朱利安说，"我只是问一个问题。图什曼先生说，如果我们想问就问。"

"可不是问这么无礼的问题，"夏洛特说，"而且，他生来就是这样，图什曼先生已经说过了。你就是不听。"

"我听了！"朱利安说，"我只是认为他也有可能被火烧过。"

"天啊，朱利安，"杰克说，"闭嘴！"

"你才闭嘴！"朱利安嚷道。

"走吧，奥古斯特，"杰克说，"我们去图书馆吧。"

我朝杰克走过去，跟着他出了大礼堂。他替我拉开门，我走过去的时候，他正好看着我的脸，一副生怕我回看他的表情——而我恰恰这么做了。实际上我还笑了。我不知道。有时候当我感觉快哭出来的时候，往往会演变成一种几乎想笑的冲动。那一定是我当时的真实感受，因为我笑了，几乎咯咯咯地笑了。问题是，因为我的脸是这个样子，不了解我的人不会认为我在笑。我的嘴不会像别人那样咧到嘴角，而是整张脸都被扭曲了。不过杰克·威尔明白我在朝他笑。他也朝我笑了。

"朱利安是个混蛋，"在朱利安和夏洛特赶上我们之前，他低声对我说，"不过，老兄，你要多说话。"他说这句话的时候很严肃，像在尽力安慰我。在朱利安和夏洛特朝我们走过来的时候，我点了点头。我们都沉默了一会儿，所有人都微微点了下头，看着地板。然后我抬头看着朱利安。

"对了，那个词应该是'恐怕'。"我说。

"你在说什么呀？"

"你刚才说的是'巩怕'。"我说。

"我没有!"

"是的,你有,"夏洛特点头道,"你说,科学选修课**巩怕**很难。我听到你说了。"

"我绝对没有。"他坚持说道。

"不管有没有,"杰克说,"我们走吧。"

"是的,我们走吧。"夏洛特表示赞成,她跟着杰克沿着楼梯走到了楼下。我刚要跟上去,但朱利安挡住了我的去路,实际上他把我往后绊了一下。

"哎呀,实在抱歉!"朱利安说。

但是从他看我的样子,我明白,他压根就没有抱歉的意思。

约定

我们回去的时候,妈妈和图什曼先生正在办公室谈话。加西亚太太首先看到我们回来,进门时她又露出了那灿烂的笑容。

"那么,奥古斯特,你觉得怎么样?喜欢你参观的地方吗?"她问。

"是的。"我望着妈妈点头说。

杰克、朱利安和夏洛特站在门边,不知道该走还是该留下来。我很想知道他们在见到我之前对我还有什么了解。

"你看到小鸡了吗?"妈妈问我。

我摇摇头。朱利安说:"你指的是科学实验室的小鸡吗?每学年结束的时候它们都被捐赠到农场去了。"

"是这样啊。"妈妈失望地说。

"不过科学实验室每年都会孵出一批新的小鸡,"朱利安补充道,"这样到春天的时候奥古斯特就能看到它们了。"

"哎呀,好极了,"妈妈看着我说,"它们好可爱,奥古斯特。"

我真希望她当着外人的面不要像对婴儿那样跟我说话。

"这样的话,奥古斯特,"图什曼先生说,"他们几个带你参观得差不多了吗?你想不想再多看几个地方?我想起来忘了叫他们带你去看体育馆了。"

"我们都看过了,图什曼先生。"朱利安说。

"好极了!"图什曼先生说。

"我还跟他讲了校园戏剧和一些选修课的事,"夏洛特说,"哎呀,糟了!"她突然叫起来,"我们忘了带他去看美术教室了!"

"没关系。"图什曼先生说。

"不过我们可以现在带他去。"夏洛特提议道。

"我们不是马上要去接维娅吗?"我对妈妈说。

这是我们之间的暗号,如果我真的想走了,就这样跟她说。

"哎呀,是的。"妈妈说着站起身,我看得出来,她在假装看表。"对不起,各位。我忘记时间了。我们要到女儿的新学校去接她。她今天也有一场非正式的参观。"这倒不是撒谎,维娅今天是去看她的新学校了。我们撒谎要去学校接她,其实不用。她参观完之后会直接跟爸爸回家。

"她在哪里上学?"图什曼先生站起来,问道。

"今年秋天她开始上福克纳高中。"

"哇，那所学校很难考上。她真了不起！"

"谢谢你，"妈妈点头说，"不过，路程有点远。要坐地铁到八十六街，然后坐公共汽车穿城到东区，一路要花一个小时，不过开车只需要十五分钟。"

"这是值得的。我认识几个在福克纳上学的孩子，他们都很热爱那所学校。"图什曼先生说。

"我们真的该走了，妈妈。"我拉拉她的手提包说。

我们很快道别。我们走得如此突然，我觉得图什曼先生有一点吃惊。我在想，尽管只有朱利安一个人对我有点不太友好，但他会不会也要责备杰克和夏洛特。

"他们每个人都真的很好。"离开的时候我对图什曼先生保证道。

"我期待你成为这里的学生。"图什曼先生拍拍我的背说。

"再见。"我对杰克、夏洛特和朱利安说，但是没有看他们——我甚至都没有抬头——直到离开大楼。

回家

我们走到离学校至少半个街区远时，妈妈才问："嗯……这所学校如何？你喜欢吗？"

"还没想好，妈妈，回家再说吧。"我说。

一进家门，我就冲进自己房间，一头倒在床上。我知道妈妈并不清楚发生了什么事情，我想其实我也不知道。我感到难过的同时又有一点高兴，再次体会到一种哭着哭着就笑了的感受。

我的狗黛西跟着我进了屋，它跳上床，开始舔我的脸。

"谁是乖女孩啊？"我用爸爸的口吻说，"谁是乖女孩啊？"

"你没事吧，亲爱的？"妈妈问。她想在我身边坐下来，但是黛西在拱床。"对不起，黛西，"她把黛西推开，坐下来，"那几个孩子是不是对你不友好，奥吉？"

"噢，不是，"我半躺着说，"他们人不错。"

"但是他们友好吗？图什曼先生特地告诉我他们很可爱。"

"啊哈。"我点了点头，但我一直看着黛西，亲吻它的鼻子，揉搓它的耳朵，直到它的后腿搔痒般轻轻战栗起来。

"那个叫朱利安的男孩看起来尤其不错。"妈妈说。

"哦，不，他是最不好的。不过，我喜欢杰克。他很好。我想他的名字叫杰克·威尔，只是叫杰克而已。"

"等等，也许我把他们搞混了。那个头发黑黑的、往前梳的叫什么？"

"朱利安。"

"他不太友好？"

"是的，不友好。"

"唉，"她闷头想了一会儿，"好吧，那他是当着大人一套当着同伴又是另一套的那种孩子？"

"我想是的。"

"啊，这种人最讨厌了。"她点点头，回答道。

"他是这样说的，'嗯，奥古斯特，你的脸是怎么回事？'"我的眼睛始终看着黛西说，"'你是被火烧的还是怎么？'"

妈妈没吭声。我抬起头来看她时，才发现她十分震惊的样子。

"他不是故意那么说的，"我赶紧说，"他只是问问而已。"

妈妈点点头。

"不过我真的喜欢杰克，"我说，"他是这样说的，'闭嘴，朱利安！'还有夏洛特是这么说的，'你太无礼了，朱利安！'"

妈妈再一次点点头。她用手指摁着额头，好像在抵御头疼。

"真对不起，奥吉。"她轻声说。她的脸颊红彤彤的。

"不，没关系，妈妈，真的没事。"

"亲爱的，如果你不想上学，不一定非去不可。"

"我想去。"我说。

"奥吉……"

"真的，妈妈，我想去。"我没有说谎。

紧张的第一天

好吧，我承认，开学第一天我紧张死了，胃里与其说像有只蝴蝶在翻飞，不如说像有只鸽子在扑腾。妈妈和爸爸可能也有点紧张，但他们表现出来的都是为我激动。我和维娅离家之前他们一直在忙着拍照，因为今天也是维娅开学的第一天。

直到前几天，我们依然拿不定主意我到底要不要上学。参观学校后，妈妈和爸爸在我该不该上学的问题上态度发生了逆转。现在妈妈成了说我不应该上学的那个人，而爸爸则认为我应该去上学。爸爸告诉我，他为我如何处理与朱利安的冲突感到非常自豪，我正在变成一个十足的男子汉。我还听见他对妈妈说，现在他觉得她一直都是对的。但是妈妈——我看得出来——却不那么坚定了。当爸爸告诉她，他和维娅今天也想陪我一起走到学校去，因为我的学校就在去地铁站的路上，我们全家可以一起走时，妈妈似乎松了一口气。我想，我也松了一口气。

　　虽然毕彻预科学校离我家只有几个街区，但我以前也只去过几次。一般情况下，我尽量避免去有许多孩子出没的街区。在我们这个街区，人人都认得我，我也认得每个人，我熟悉人行道上的每一块砖头、每一棵树、每一条裂缝。我熟悉格里马尔德太太，她总是靠窗坐着，还有那个一边走在大街上一边把口哨吹得像鸟叫的老头。我熟悉街角的熟食店，妈妈通常都在那里买百吉饼，还有咖啡店的女服务员，她们都叫我"甜心"，任何时候见到我，她们都会塞给我棒棒糖。我爱北河高地的邻居们，这也是为什么走在这几个街区显得如此陌生，对我来说好像这里一下子变成了全新的地方。阿默斯福特大道，这条街道我已经走了无数遍，却不知何故看起来面目全非。人群熙攘，有的在等公交车，有的推着婴儿车漫步，可这些人我以前从来没见过。

　　我们穿过阿默斯福特大道，来到高地广场。维娅像往常一样走在我身边，妈妈和爸爸跟在后面。一拐过街角，我们就看见簇拥在学校前面的所有学生——几百个人，或三三两两交头接耳，喜笑颜开，或站在父母身边，而他们的父母又在跟其他的父母喋喋不休。我一直低着头。

　　"每个人都跟你一样紧张，"维娅在我耳边低声说，"只要记住，今天对每个人来说都是开学第一天，好吗？"

图什曼先生正在校门口欢迎学生和家长。

我得承认，到目前为止，还没有不好的事情发生。没发觉有人紧盯着我看，甚至没人注意到我。只有一瞬间，我抬头看见几个女孩正朝我看，捂着嘴窃窃私语，但当她们发现我注意到了她们时，就扭头看别处去了。

我们来到正大门。

"好吧，就到这里了，小子。"爸爸把双手按在我肩上说。

"第一天要开心，我爱你！"维娅说着，重重地亲了我一下，又抱了抱我。

"你也一样。"我说。

"我爱你，奥吉。"爸爸拥抱着我说。

"再见。"

然后妈妈拥抱了我，我感觉她快哭出来了，这只会让我十分尴尬，于是我匆忙而又生硬地抱了抱她，转过身，消失进学校里了。

密码锁

我径自朝三楼 301 教室走去。我很高兴自己**经历**了那次小小的参观活动，因为我现在目标明确，根本用不着抬头。这时，我注意到有一些同学在直直地盯着我看。我只管走路，假装没看到。

我走进教室，老师正在黑板上写字，所有的同学开始各就其位。课桌面向黑板呈半圆形散布开来，于是我选了中间靠后的位置，我觉得这样大家盯着我看会比较困难。我依然低着脑袋，视线足以从刘海下面看到每一个人的脚。课桌慢慢坐满了，我注意到没人挨着我坐下来。好几次有人正要在我旁边坐下，却在最后一刻改变了主意，坐到别的地方去了。

"嗨，奥古斯特。"是夏洛特，她在教室前排坐下来时朝我轻轻招了招手。为什么有人竟会选择坐在教室前排位置，我搞不明白。

"嗨！"我点头向她问好。这时我注意到朱利安只与她隔了几个座位，正在跟几个孩子聊天。我知道他看见我了，但他没有打招呼。

突然，有人在我旁边坐了下来。是杰克·威尔。杰克。

"你好。"他冲我点点头说。

"嘿，杰克。"我招招手回答，可立刻就后悔了，因为感觉不够酷。

"好啦，孩子们，好了，诸位！请安静！"老师面朝我们说。她在黑板上写下了自己的名字：皮特莎小姐。"每个人都找个座位坐下来。请进，"她对刚走进教室的几个孩子说，"那边有个座位，就在那儿。"

她还没有注意到我。

"现在，我希望每个人做到的第一件事情是停止说话，还有……"

她注意到我了。

"……把你们的背包放下来，请安静。"

她只犹豫了百万分之一秒，但是她看到我的那一瞬间我还是捕捉到了。就像我说的：如今我已经习惯了。

"我现在点名，然后排定座位表。"她在讲台边坐下来继续说。

在她身边整整齐齐地摆放着三堆折叠文件夹。"我叫到谁的名字，谁就过来，我会发写有你们名字的文件。里面有你们的课程表和密码锁，没有我的吩咐你们不能打开。你们的锁号写在课程表上。事先要说明的是，有一些储物柜不在教室外面，而是在楼下大厅里。我把话说在前面：是的，你们不能换储物柜，也不能换锁。如果最后还有时间，大家就来互相认识一下，好吗？好吧！"

她拿起桌上的写字夹板，开始大声点名。

"好的，那么，朱利安·奥尔本斯？"她抬起头叫道。

朱利安举起手，说了一声"到"。

"嗨，朱利安。"她说着在座位表上做了个记号。

她拿起第一份文件夹，递向他。

"过来拿。"她有点严肃地说。他站起来，从她手里接了过去。"西蒙娜·陈？"

她念到一个名字，就发出一个文件夹。随着她念下去，我注意到只有我旁边的座位是空的，可是隔了几个座位，有两个孩子挤在同一张课桌上。她点了其中一个人的名字，一个叫亨利·乔普林的俨然已经是个青少年的大男孩，她说："亨利，那边有张空桌子，你去坐那个位置，好吗？"

她把文件夹递给他，然后指着我旁边的课桌。虽然我没有直接看他，但是从他在地板上拖着背包慢吞吞挪过来的方式，我感觉他不愿意坐过来。他扑通一声把背包往桌子右边一放，于是他和我之间就像竖了一堵高墙。

"玛雅·马克维茨？"皮特莎小姐念道。

"到。"坐在我身后第四个座位的女孩回答。

"迈尔斯·努里？"

"到。"刚才跟亨利·乔普林坐在一起的男孩回答道。

　　他回到座位的时候，我看到他扫了亨利一眼，一副"你好可怜"的表情。

　　"奥古斯特·普尔曼？"皮特莎小姐叫道。

　　"到。"我举起手小声回答。

　　"嗨，奥古斯特。"我走到她跟前接过文件夹时，她亲切地笑着对我说。我站在教室前面，有那么一会儿，我感觉每个人的眼光几乎都在灼灼地燃烧我的后背。当我走回座位时，每个人却都低下了头。我坐下来，忍住没去动密码锁，虽然她特别交代我们不要打开，但大家都在这样做。无论如何，我开锁已经很熟练了，因为我的自行车用的就是这种锁。亨利一直在试图开锁，但总是徒劳。他变得有些沮丧，低声诅咒着。

　　皮特莎小姐点完了剩下的几个名字。最后一个是杰克·威尔。

　　她把文件夹发给杰克后说："好了，每个人都把自己的密码记下来，别忘了，好吗？不过，如果你们忘了——每学期至少会发生三点二次——加西亚太太那里有一张所有锁的密码单。现在动手吧，把锁从文件夹里取出来，用几分钟时间练习一下怎么打开，虽然我知道有一些人已经迫不及待地先打开了。"她说这话的时候一直盯着亨利。"同时，我也要跟你们介绍我自己，接下来大家可以告诉我一些你们的情况，这样我们，嗯，就可以互相了解。听起来不错吧？很好。"

　　她对每个人微笑，可是我觉得她给我的微笑最多。不是像加西亚太太的那种灿烂的笑，而是一种正常的笑，好像她是故意这么做的。她看起来与我想象的老师的样子很不一样。我以为她可能会像《天才小子吉米》①里的鸟小姐：一个头顶上盘着个大发髻的老妇

———————
① 派拉蒙电影公司于 2001 年出品的动画片（*Jimmy Neutron*）。

人。但是，她实际上看起来特别像《星球大战 IV》中的蒙·茉诗玛：头发短短的，有点像男孩，肥大的白衬衫像一件长袍。

她转过身，开始在黑板上写板书。

亨利屡试屡败，其他人每打开一把，他就多一分沮丧。看到我一下子就打开了，他简直气急败坏。有意思的是，如果他没有把背包横在我们中间的话，我一定会主动帮他的。

在教室里

皮特莎小姐向我们讲述了她的一些经历。她从哪里来，为什么对教书情有独钟，六年前她如何辞去在华尔街的工作，到学校教书育人，追求她的"梦想"，真是无聊。最后她问大家有没有问题，朱利安举起了手。

"是的……"她不得不查一下座位表，才能记起他的名字，"朱利安。"

"你执着追求梦想，真是太赞了！"他说。

"谢谢！"

"不用谢！"他自豪地笑了。

"好吧，朱利安，你何不跟我们介绍一下你自己？实际上，我希望每个人都介绍一下。讲两件你希望别人了解你的事情。等等，说实在的，你们当中有多少是从毕彻学校低年级直升上来的？"大概一半人举了手。"好的，这样的话，你们中有一部分人已经彼此熟悉了。但是我想，剩下的人就是学校的新生了，对吧？那就这样，每个人讲两件自己希望别人了解的事情——如果你跟别的孩子认识，那就想出两件别人不知道的。可以吗？那好，我们就从朱利安开始吧，然后全班都轮一遍。"

朱利安抓耳挠腮，一副绞尽脑汁的样子。

"好了，你准备好了就开始。"皮特莎小姐吩咐道。

"好吧，第一件事情是——"

"帮个忙，首先报一下你们的名字，好吗？"皮特莎小姐插话说，"这样可以帮我记住每一个人。"

"嗯，好吧。我叫朱利安。我想告诉大家的第一件事情是……最近我给自己的 Wii 下载了一款《神秘战地》的游戏，简直帅呆了。第二件事情是我们家今年夏天买了一张乒乓球桌。"

"好极了，我喜欢打乒乓球，"皮特莎小姐说，"有人想问朱利安什么问题吗？"

"《神秘战地》是多人游戏还是单机游戏？"一个叫迈尔斯的男孩问。

"孩子们，可不是问这一类的问题，"皮特莎小姐说，"好吧，你来说说如何……"她指着夏洛特说，也许是因为夏洛特刚好坐在最前排。

"噢，当然，"夏洛特毫不犹豫地说，一副胸有成竹的样子，"我叫夏洛特，我有两个姐姐，七月的时候我们家新养了一条叫索奇的宠物狗。我们从动物收容所领养的，它太可爱了！"

"棒极了，夏洛特，谢谢你，"皮特莎小姐说，"很好，那么，下一个是谁？"

待宰的羔羊

"像一只待宰的羔羊"：形容一个人平静地去到某处，对即将发生的不愉快一无所知。

我昨晚用谷歌搜索了一下。皮特莎小姐叫我名字的时候，我想到的正是这个，因为突然轮到我发言了。

"我叫奥古斯特。"我说。是的，差不多是喃喃自语。

"什么?"有人问。

"亲爱的，你能说大声点吗?"皮特莎小姐说。

"我叫奥古斯特，"我迫使自己抬起头，提高嗓子，"我，嗯……有一个姐姐叫维娅，还有一条狗，叫黛西。还有，嗯……就是这些了。"

"好极了，"皮特莎小姐说，"有人想问奥古斯特什么问题吗?"

没有人说话。

"好吧，下一个轮到你了。"皮特莎小姐对杰克说。

"等一下，我有一个问题要问奥古斯特，"朱利安举手说，"为什么你后脑勺的头发里要留一条小辫子? 这是徒弟打扮吗?"

"算是吧。"我耸耸肩，点了点头。

"什么叫徒弟打扮?"皮特莎小姐微笑地看着我问道。

"那是《星球大战》里的叫法，"朱利安回答道，"一个徒弟就叫绝地学徒。"

"噢，有意思，"皮特莎看着我，说，"那么，奥古斯特，你对《星球大战》很着迷吧?"

"我想是的。"我点点头说，但没有抬头，因为我真正想做的事情是溜到桌子底下去。

"你最喜欢哪个角色?"朱利安问。我开始觉得他也许没那么坏。

"姜戈·费特。"

"达斯·西迪厄斯怎么样?"他问,"你喜欢他吗?"

"好啦,孩子们,你们可以到课间休息时再讨论《星球大战》,"皮特莎小姐高兴地说,"我们继续吧,我们还没听你说呢。"她冲杰克说。

现在该轮到杰克发言了,但是我承认,他说的什么我一句都没听见。也许没有人明白达斯·西迪厄斯是怎么回事,也许朱利安也不是话中有话。但是在《星球大战 III:西斯的复仇》里,达斯·西迪厄斯的脸被西斯闪电烧毁,彻底走形。他的皮肤全部干枯,整张脸就像融化了一样。

我偷偷瞥了一眼朱利安,他正看着我。是的,他是故意的。

选择善良

上课铃响的时候,周围一阵窸窸窣窣,所有人都在起身离开。我查了一下课表,下一节课是英语,在 321 教室。我没有停下来看看是否有人跟我同路。我悄悄从年级室里出来,下楼来到**教室**,在后排坐下来。老师个子特别高,蓄着黄胡子,正在黑板上板书。

同学们三五成群,说说笑笑地走了进来,但是我没有抬头。基本上，在年级室发生的一幕又重演了：除了杰克，没有人跟我邻桌，杰克正在跟几个不同年级室的同学开玩笑。看得出来，杰克跟别的孩子没什么两样。他拥有很多朋友，他很受欢迎。

第二遍铃响起时，所有人都安静下来，老师转过身来面对我们。他说他是布朗先生，接着就开始说这学期我们要学习的课业。从某种程度上来说，要从《时间的皱纹》^①学到《海神的故事》^②。他注意到了我，不过说话没表现出什么异样。他上课的时候，我大部分时间都在信手涂鸦，但偶尔会偷看一眼别的同学。夏洛特在，朱利安和亨利也在，不过迈尔斯不在。布朗先生在黑板上用印刷体写道：

信念！

"好吧，每个人都在你们的英语笔记本第一页抬头写下这个词。"

我们照他说的做了，他问："好的，谁能告诉我信念是什么？有人知道吗？"

没有人举手。

布朗先生笑了，点点头，转身又在黑板上写道：

信念 = 真正重要的事情的准则

"就像格言吗？"有人大声问。

"就像一句格言！"布朗先生点头说道，继续在黑板上板书，

---

① 《时间的皱纹》(*Wrinkle of Time*)，作者马德琳·英格 (Madeleine L'engle, 1918—2007)，美国著名儿童文学作品。

② 《海神的故事》(*Shen of the Sea*)，作者阿瑟·博维·克里斯曼 (Arthur Bowie Chrisman，1889—1953)，美国著名儿童文学作品。

"像一句名人名言，像幸运饼 ① 里的一句话。可以激励你们的任何一句谚语或者基本原则。大致说来，信念就是在决定真正重要的事情时可以指引你们的任何东西。"

他把所说的话全都写在了黑板上，然后转过来看着大家。

"那么，什么是真正重要的东西？"他问我们。

几个同学举手，他一一指着让他们分别作答，然后把答案用草书写在黑板上。

> 纪律，课堂作业，家庭作业

"还有吗？"他一边念一边写，甚至都来不及转身。

"只需要报出来！"他把大家报出来的每一句话都写了出来。

> 家庭，父母，宠物

一个女生大声说："环境！"

> 环境

他在黑板上写下来，又补充了一点：

> 我们的世界

"鲨鱼，因为它们吃海洋里的死生物！"一个男生说，他叫瑞

---

① fortune cookie，幸运饼是西方中国餐厅的饭后小点心，掰开后里面有个小纸条，上面写着些预示命运的句子。

德，布朗先生写道：

鲨鱼

"蜜蜂！""安全带！""资源回收！""朋友！"

"很好！"布朗先生说着，把这些都写了下来。他写完，便又转过来面对我们："但是还没有人说出世界上最重要的东西是什么。"

大家都望着他，词穷了。

"是上帝吗？"一个同学说。我看得出来，虽然布朗先生写下了"上帝"，但那不是他要的答案。他没有再说什么，写道：

我们是谁?

"我们是谁，"他一边说，一边在每一个词下面画线强调，"我们是谁！我们！对吗？我们是哪一类人？你是什么样的人？这难道不是世界上最重要的事情吗？这难道不是我们应该经常扪心自问的吗？我到底是哪一种人？"

"有人正好注意到学校大门旁边的匾额了吗？有谁知道它的意思吗？有人知道吗？"

他扫视一圈，但没有人知道答案。

"匾额上写着：认识你自己，"他点点头微笑着说，"你们到这里来，就是为了知道你们是谁。"

"我以为我们到这里来是为了学英语。"杰克沙哑着嗓子说，大家一阵哄堂大笑。

"噢！是的，那也是我们要学的！"布朗先生回答道，我觉得他这样子很酷。他转过身，又在黑板上一直写到头：

布朗先生的九月信念：当面临正确与善良的选择时，选择善良。

"好的，那么，每一位同学听着，"他又转过来面对大家，"我要你们在笔记本上开始谱写一个崭新的篇章，名字就叫'布朗先生的信念'。"

他滔滔不绝地说着，我们都按照他的话去做。

"把今天的日期写在第一页的抬头。从现在开始，每个月的月初我会在黑板上写一条布朗先生的新信念，你们就在笔记本上抄下来。到了月底，我们将就此写一篇文章，写这则信念对你而言意味着什么。那么到了年底，你们所有人都将带走一份属于你们自己的信念本。

"夏天的时候，我吩咐所有的学生准备好他们自己的个人信念，写在明信片上，到暑假的时候无论他们走到哪里，一律都寄给我。"

"他们真的会那么做吗？"一个我不知道名字的女孩问。

"噢，是的！"他回答道，"他们真的那么做。实际上，我还让已经毕业很多年的学生寄新的信念给我。那是非常奇妙的事情。"

他顿了顿，捋了捋胡须。

"不过，不管怎样，我知道明年夏天似乎还是很遥远的事情，"他打趣道，惹得我们哈哈大笑，"那么，我点名的时候大家可以稍微休息一下，等点完名，我再跟你们讲讲今年要学的有趣的东西——英语。"他说这话的时候指着杰克，样子很可笑，因此大家又大笑了一番。

当我写下布朗先生的九月信念时，我突然意识到我开始喜欢上学了。不管怎样，总算开始了。

午餐

关于中学午餐的问题，维娅已经给我打过预防针，因此对它的糟糕我早已有心理准备。只是没想到那么糟。总之，五年级全体学生都同时拥到自助餐厅来了，大家奔向不同的餐桌，你冲我撞，高声喧哗。一位午餐室老师在交代关于不许占位的事宜，但是我没有搞清楚她的意思，也许其他人也没弄懂，因为几乎每个人都在为他们的朋友占座位。我试图在一张餐桌坐下来，但是坐在一边的同学说："噢，对不起，这儿有人坐了。"

于是我移到一张空桌子那里，只等大家不再蜂拥，午餐室的老师可以交代下一步的事情。就在她向我们宣读自助餐厅的行为规则时，我环顾了一圈，想看看杰克坐在哪里，但是他不在我坐的餐厅这头。当老师开始叫前面几桌同学去取餐盘，到柜台前排队时，同学们依然还在不停地拥进来。朱利安、亨利和迈尔斯坐在餐厅后面的一张桌子边。

妈妈给我打包了一份芝士三明治、全麦饼干和一盒果汁，所以等我的桌号被叫到的时候我就用不着去排队了，只需细心打开背包，取出午餐包，慢慢打开铝箔包装的三明治。

不用抬头，我都能感觉到自己在众目睽睽之下。我知道人们正在相互轻推，斜着眼睛打量我。我本来以为我已习惯了这样的目光，但是我想我还没有。

我知道有一桌女孩正在悄悄议论我，因为她们说话的时候用手捂着嘴。她们在交头接耳，眼神不时地落到我身上。

我讨厌自己的吃相。我知道那有多么怪异。当我还是个婴儿的时候，我就做过一次修补腭裂的手术，四岁的时候又做了第二次，但是现在我的上颚依然还有一个洞。虽然几年前我动过下巴调整手术，但是我不得不用口腔前半部咀嚼食物。我甚至从来没意识到这样子有多难看，直到有一天我参加一个生日派对，一个孩子告诉过生日的男孩的妈妈，他不想跟我坐在一起，因为我太邋遢了，食物屑不断从我嘴里喷出来。我知道那个男孩并无恶意，但是后来他遇到了大麻烦，那天晚上他的妈妈打电话向我妈妈道歉。我从派对回家，来到浴室的镜子前，开始吃一块苏打饼干，想看看自己吃东西时是什么模样。那个男孩说得对。我吃东西的时候像一只乌龟——如果你见过乌龟吃东西的话。就像某种史前沼泽怪。

夏天的餐桌

"嗨，这里有人坐吗？"

我抬头一看，一个陌生的女孩端着一盘食物，站在我桌子对面。她一头棕色长鬈发，穿一件印有紫色和平标志的棕色 T 恤衫。

"嗯，没有。"我说。

她将午餐盘放在餐桌上，又将背包重重地放在地上，在我对面坐了下来。她开始吃起盘子里的芝士通心粉来。

"唉，"她吞了一口说，"我要是像你一样自带三明治就好了。"

"是的。"我点点头说。

"对了，我叫萨默尔，你呢？"

"奥古斯特。"

"很酷的名字。"她说。

"萨默尔！"另一个女孩端着盘子走了过来，"你干吗要坐到这里来？快回那边桌子上去。"

"那边太挤了，"萨默尔回答她说，"来这里坐吧，这边宽敞。"

有那么一会儿，女孩看起来很迷茫。我意识到她就是几分钟前对我指指点点的几个女孩中的一个：以手捂嘴，窃窃私语。我猜萨默尔也是那一桌女孩中的一个。

"不用了。"那女孩说完，就走了。

萨默尔看着我，耸耸肩笑了，又咬了一口她的芝士通心粉。

"嗨，我们的名字还蛮搭的。"她一边咀嚼一边说。

我想她应该看出来了，我没搞懂她的意思。

"萨默尔？奥古斯特①？"她笑着说，眼睛睁得大大地，等着我反应过来。

"噢，是的！"我恍然大悟。

"我们可以把这里命名为'夏天'午餐桌，"她说，"只有跟夏天有关的名字的人才能坐这里。我们来看看，是否有人叫六月或者七月？"

"有一个叫玛雅。"我说。

"严格地讲，五月是春天②，"萨默尔回答道，"不过如果她愿意坐这里，我们可以破个例。"她俨然一副深思熟虑的样子说："有一个叫朱利安，有点像七月化身的朱利亚③。"

我没吭声。

"在我的英语班上，有个同学叫瑞德。"我说。

---

① 萨默尔的英文为 Summer（夏天），奥古斯特的英文为 August（八月）。

② 玛雅的英文为 Maya，五月为 May。

③ 朱利安的英文为 Julian，七月为 July，朱利亚为 Julia。

"是的，我认识瑞德，但是瑞德怎么会是夏天的名字?"她问。

"我不知道，"我耸耸肩，"只是一种想象，比如，一棵芦苇 ① 应该是夏天的事物。"

"是的，好吧，"她点点头，取出笔记本，"还有皮特莎小姐也可以坐这里。她的名字听起来像单词'花瓣'②，我也把它看作夏天的事物。"

"我在她的年级室。"我说。

"我跟她上数学课。"她做了个鬼脸回答道。

她开始在笔记本的倒数第二页列名单。

"那么，还有谁?"她问。

到午餐结束时，我们已经列出可以跟我们同桌的所有同学和老师的名单，如果他们愿意的话。事实上大部分名字都不是夏天的名字，但是都跟夏天或多或少有点联系。我甚至找到了一个让杰克·威尔也能加入的办法，我说把他的名字放进一个跟夏天有关的句子，比如"杰克将要去海滩"，萨默尔表示口服心服。

"不过，如果有人没有夏天的名字却愿意跟我们同桌，"她严肃地说，"如果他们很友好，我们还是要让他们加入的，对吗?"

"是的，"我点点头，"哪怕是个冬天的名字。"

"酷毙了!"她朝我竖了竖大拇指，回答道。

萨默尔看起来跟她的名字很像。她皮肤晒得黝黑，眼眸绿如树叶。

---

① 瑞德的英文为 Reid，一棵芦苇为 a reed of grass。
② 皮特莎的英文为 Petosa，花瓣的英文为 petal。

从一到十

妈妈总是习惯按照从一到十的等级来问我对一件事情的感受。这个办法是从我做下巴手术时开始的，那时我不能说话，因为我的嘴巴缝了针。他们从我的臀部取了一根骨头，插进我的下巴，想让它看起来正常一点，因此我浑身上下多处疼痛。妈妈会指着我的一处绷带，我则举起手指，告诉她那里有多疼。一表示有一点疼，十表示疼得不得了，然后等医生来巡视的时候告诉他哪里需要调整，诸如此类的事情。妈妈总是很擅长读懂我的心思。

从那以后，我们养成了用以一到十的尺度来描述每一种疼痛的习惯，比如，如果我只是普通的喉咙痛，她会问："一到十？"而我会说："三。"或者任何一个数字。

放学的时候，我出了校门跟妈妈会合，她像其他所有的父母或者保姆一样，在正大门等我。她抱了抱我，第一句话就说："那么，今天怎么样？一到十？"

"五。"我耸耸肩说。看得出来，我的回答让她非常惊讶。

"哇！"她轻声说，"简直比我希望的还要好。"

"我们要去接维娅吗？"

"米兰达的妈妈今天会顺便接她。亲爱的，你想要我帮你背书包吗？"我们穿过学生和家长的人群时，大部分人都在对我行注目礼，"悄悄地"对我指指点点。

"我可以的。"我说。

"看起来太重了，奥吉。"她动手把背包拿了过去。

"妈妈！"我叫了一声，又把背包拽了回来。我抢在她前面，从人群中穿了过去。

"明天见，奥古斯特！"是萨默尔。她正朝与我相反的方向走。

"再见，萨默尔！"我朝她挥了挥手说。

等我们穿过街道，远离了人群，妈妈问："奥吉，那是谁啊？"

"萨默尔。"

"她跟你同班吗？"

"我有许多班。"

"那她跟你同在某一个班吗？"

"不。"

妈妈期待我再说点什么，可我就是不想说话。

"那么，今天情况还不错？"妈妈问。我知道，她有无数的问题想问我。"每个人都很友好吗？你喜欢你们的老师吗？"

"是的。"

"上周你见过的那几个孩子怎么样？他们好吗？"

"很好，很好。杰克很多时候都跟我在一起。"

"那太好了，亲爱的。那个叫朱利安的男孩怎么样？"

我想到他对达斯·西迪厄斯的评价。那一幕恍然是一百年前发生的事情。

"他还行。"我说。

"还有那个棕色头发的女孩，她叫什么名字？"

"夏洛特。妈妈，我已经说过了，每个人都很好。"

"好吧。"妈妈回答道。

老实说，我不知道为什么对妈妈有点气呼呼的，但我一路上都这样。我们穿过了阿默斯福特大道，一直走到我们的街区，她才开口说话。

"这么说，"妈妈说，"如果萨默尔跟你不同班，那你是怎么认识她的？"

"午餐时我们坐在一起。"我说。

我把一块石头控在两脚之间，像踢足球一样，在人行道上来来回回地追着跑。

"她看起来人很好。"

"是的，她不错。"

"她很漂亮。"妈妈说。

"好吧，我知道，"我回答道，"我们有点像美女与野兽。"

我没有停下来看妈妈的反应，而是奋力一脚把石头往前踢开了老远，然后沿着人行道追了上去。

学徒

那天晚上我剪掉了后脑勺的小辫子。爸爸首先注意到了。

"嗯，很好，"他说，"我从来就没喜欢过那玩意儿。"

维娅不敢相信我就这么剪掉了。

"你用了两年的时间才留起来！"她几乎是怒气冲冲地问，"为什么要剪掉？"

"我也不知道。"我回答。

"有人取笑它吗？"

"没有。"

"你告诉过克里斯托弗要剪掉它吗？"

"我们已经不再是朋友了！"

"那不是真的，"她说，"我真不敢相信你就这样把它剪掉了。"她烦躁地说了一句，便砰的一声甩门而去。

过了一会儿，爸爸进来给我掖被子时，我和黛西正依偎在床上。他把黛西轻轻挪开，跟我在毯子上并肩躺下。

"这么说，奥吉小狗狗，"他说，"今天过得真的很不错吗？"顺便说一下，这个昵称来自一部老卡通片里一条叫奥吉小狗狗的腊肠犬。我四岁左右时，爸爸从拍卖网（eBay）上买了这部片子，有一段时间我们老看——尤其在住院的时候。他会叫我奥吉小狗狗，而我会叫他"亲爱的老爸"，正如片中的小狗叫腊肠犬爸爸一样。

"是啊，非常不错。"我点点头说。

"但你整个晚上都这么安静。"

"我想我是累了。"

"真是漫长的一天，哈？"

我点点头。

"不过，今天真的过得不错吗？"

我再次点了点头。他没再说什么，过了一会儿，我说："实际上，比不错更好一些。"

"听你这么说太好了，奥吉，"他亲亲我的额头，柔声说，"在你上学这件事情上，看来妈妈做了一个正确的决定。"

"是的。不过，如果我不想上了还可以辍学，对吗？"

"是的，我们有言在先，"他答道，"不过我想，这取决于你为什么想辍学，你懂的。你得让我们知道。你必须跟我们聊一聊，告诉我们你的感受，是不是发生了什么不愉快的事。好吗？你保证会跟我们说的吧？"

"是的。"

"那我可以问问你吗？你在生妈妈的气吗？你知道，整个晚上你都对她怒气冲冲的，奥吉，在送你上学这件事情上，我跟她负有一样的责任。"

"不，她的责任更大。那是她的主意。"

就在这时，妈妈敲了敲门探头进来。

"只是想道一声晚安。"她说。有一两秒钟，她看起来有点不好意思。

"嗨，妈妈。"爸爸拿起我的手朝她招了招，对她说。

"我听说你剪了辫子。"她在床边挨着黛西坐下，对我说。

"又不是什么大事情。"我赶紧回答。

"我没说是大事情。"妈妈说。

"今晚你来陪奥吉睡觉吧？"爸爸起身对妈妈说，"总之我还有点工作要做。晚安，我的儿子，我的儿子啊。"这是我们关于"奥吉小狗狗"的另一个约定，不过我实在没心情对他说"晚安，亲爱的老爸"。"我为你感到骄傲。"爸爸说着下了床。

妈妈和爸爸总是轮流安顿我睡觉。我还需要他们这样做，我知道有点太孩子气了，但我们就是这样的。

"你去看看维娅好吗？"妈妈在我身边躺下时对爸爸说。

他在门口停下，转过身来，"维娅怎么了？"

"没什么，"妈妈耸耸肩，说，"至少她会愿意告诉我的。但是……高中第一天总是有很多事情。"

"嗯，"爸爸用手指着我，眨了眨眼睛说，"孩子们永远有事情，不是吗？"他说。

"一刻不得闲。"妈妈说。

"一刻不得闲，"爸爸重复道，"晚安，二位。"

等他关上门，妈妈抽出了最近几个星期以来她一直在为我读的书。我松了一口气，因为我真的害怕她跟我"谈话"，我就是不想谈话。不过，妈妈看起来也没有想谈话的意思。她只是翻开书，找到我们上次停下来的地方。《霍比特人》我们已经读到一半了。

"'住手！住手！'索林大喊，"妈妈大声朗读起来，"但一切都太迟了，兴奋的矮人已经浪费掉最后的箭矢，比翁好心送给他们的弓也落得毫无用处。

"那天晚上，一行人的士气十分低落，稍后几天他们的心情更是跌到了谷底。他们已经越过了魔法的溪流，但溪流之后的小径似乎还是同样的蜿蜒曲折，森林也没有任何改变。"

不知为什么，我突然哭了起来。

妈妈把书放下，伸出双臂抱住我。她好像对我的哭并不感到意外。"好啦，"她在我耳边低声说，"一切都会好的。"

"对不起。"我抽抽噎噎地说。

"嘘，"她用手背替我擦干眼泪，说，"你没有什么好抱歉的……"

"为什么我必须这么难看，妈妈？"我喃喃地说。

"你，宝贝，你不难看……"

"我知道自己难看。"

她亲遍了我的脸。她亲了亲我下垂得厉害的眼睛。她亲了亲我看起来像被撞歪了的下巴。她亲了亲我乌龟般的瘪嘴。

她话语温柔，我知道是为了让我好过一点，但是甜言蜜语又不能改变我的长相。

九月完了叫醒我

接下来的九月真是难熬。我不习惯早起。我也不习惯家庭作业的概念。月底的时候我还接受了人生的第一次"测验"。妈妈在家教我的时候，我可从来没参加过什么"测验"。我也很难接受再也没有空闲时间。以前，我想玩就玩，但现在好像总是要为学校做一大堆事情。

刚开始的时候，我的校园生活实在太糟糕了。对同学们来说，每上一门新课都像是一个新的"不能盯着看"我的机会。他们会从笔记本后面或者认为我没注意的时候鬼鬼祟祟地瞄我一眼。为了避免在路上碰见我，他们会兜上一个大圈子，好像我身上有细菌，好像我的脸会传染。

走廊总是很拥挤，我的脸总是会惊吓到某一个毫无心理准备的同学，也许他还没听说过我。他会发出一个人在入水之前屏住呼吸的声音，小小的"呼"的一声。头几个星期，这样的事情每天都会发生四五次：在楼梯上，在储物柜前，在图书馆里。学校有五百个孩子；最终他们每个人都会在某个时刻看见我的脸。才几天时间，我就知道关于我的一个外号已经传开，因为每隔一会儿我就会看见一个同学在经过我身边时用手肘推推他的朋友，或是在我路过他们时捂着嘴说悄悄话。我只能想象他们在谈论我什么。事实上，我宁愿不去想象。

顺便说一下，我不是说他们这么做的时候怀着恶意，没有一个同学大笑或者发出什么声音，类似的事情一次都没有发生。他们只是正常的傻孩子。我知道这一点。我有点想跟他们打开天窗说亮话。比如，没关系，我知道自己长相奇怪，看看吧，我不咬人的。

唉，事实上，如果一个伍基人①突然来学校上学，我也会好奇的，我也可能会盯着他看！如果我跟杰克或萨默尔走在路上，我也许会低声对他们说：喂，那边有个伍基人。如果那个伍基人听到我说的话，他也会知道我不怀恶意。我只不过指出了一个事实：他是个伍基人。

大概过了一周时间，全班同学才习惯了我这张脸。这些同学每天上课都会见到。

大约两个星期以后，全年级同学才适应我的脸。这些人在自助餐厅、课间时间、体育课、音乐课、图书馆、电脑课我才会碰到。

差不多过了一个月，全校同学才慢慢接受了我的脸。各个年级的同学。他们中有一些人已经是大孩子了。有的发型夸张搞笑。有的鼻子上戴着鼻环。有的一脸青春痘。但没有一个人看起来像我。

杰克·威尔

无论在年级室，还是上英语课、历史课、计算机课、音乐课和科学课，我都跟杰克形影不离，因为所有的课我们都在一起上。老师每堂课都要分配座位，结果每堂课我总是坐在杰克旁边，因此我认为，要么是老师们被告知要把我和杰克安排在一起，要么就纯属

---

① 伍基人是电影《星球大战》里的种族，生活在卡西克星球上。

惊人的巧合。

我也跟杰克结伴去上课。我知道他注意到了同学们都盯着我看，可他却假装没看见。不过有一次，我们一起去上历史课，一个高大的八年级学生一步两个台阶地飞奔下楼，不小心在楼梯口撞到我们，把我撞倒了。这家伙扶我站起来，只瞄了我一眼，便不由自主地大叫了一声："哇！"然后他像为我掸灰尘一样拍拍我的肩，追赶他的朋友去了。由于某种原因，我和杰克突然大笑起来。

"那家伙的表情太滑稽了！"在课桌前坐下时杰克说。

"我就说嘛，对不对？"我说，"他是这样叫的，哇！"

"我发誓，他一定尿裤子了！"

我们笑得太厉害了，历史老师罗什先生不得不叫我俩安静下来。

过了一会儿，在读完古代苏美尔人如何制造日晷后，杰克低声问："你想不想把那些家伙暴打一顿？"

我耸耸肩。"大概吧，我也不知道。"

"我想，我觉得你应该搞一把喷射水枪什么的，用什么办法安装到你的眼睛上。这样，有人盯着你看时，你就朝他们脸上扫射一番。"

"里面加点绿色史莱姆 ① 什么的。"我回答。

"不，不，加鼻涕虫汁和狗尿。"

"对头！"我完全同意。

"孩子们，"罗什先生在教室那头说，"大家还在读书。"

我们点点头，低头看着书。过了一会儿，杰克低声说："你一

---

① 即黏液怪，由污泥和动物分泌出的黏液混合而成——一摊软趴趴蠕动前行的烂泥状低等怪物。

直是这个样子吗，奥古斯特？我的意思是，你不能做做整形手术什么的吗？"

我笑着指指自己的脸："有没有搞错？这已经是整过形的了！"

杰克拍拍脑门，狂笑不止。

"老兄，你该起诉你的医生！"他笑着说。

这一次，我们笑得太过头了，连罗什先生走过来把我们跟邻桌调换了位置，都没法让我们停下来。

布朗先生的十月信念

布朗先生的十月信念是：

> 你的行为，是你的纪念碑。

他告诉我们，这句话写在几千年前死去的某个埃及人的墓碑上。因为我们即将开始学习古埃及史，所以布朗先生觉得引用这条铭文是不错的选择。

这是我写的感想：

> 这条格言意味着我们应该为所做的事情被铭记。我们的所作所为才是最重要的事情，这远比我们说过的话或我们长什么

样子更重要。我们的所作所为可以超越死亡。我们的所作所为像人们为死去的英雄竖立的纪念碑，像埃及人为纪念法老建造的金字塔。唯一不同的是，它们不是由石头做成的，而是由人们对你的记忆凝成。这就是为什么你的行为像是你的纪念碑——用记忆而不是用石头做成的纪念碑。

苹果

我的生日是十月十号。我喜欢我的生日：十月十日。如果我恰恰出生在早晨或者晚上的十点十分就好了，但不是。我是在后半夜出生的。不过我依然觉得我的生日很酷。

我通常会在家里开一个小派对，但是，今年我问妈妈，是不是可以搞一个保龄球派对。妈妈很惊讶，却很开心。她问我想邀请班里的哪些人，我说年级室的每一个人，外加萨默尔。

"那可是很多人呢，奥吉。"妈妈说。

"我必须邀请每一个人，因为我不想让任何一个同学因为发现别人被邀请了而自己没有觉得感情受到伤害，好吗？"

"好吧，"妈妈同意了，"你甚至愿意邀请那位'怎么回事'同学？"

"是啊，你可以邀请朱利安，"我回答道，"天啊，妈妈，你早该忘掉那件事了。"

"我明白，你说得对。"

几个星期以后，我问妈妈哪一些人会来参加我的派对，她说，"杰克·威尔，萨默尔，瑞德·金斯利，鲍斯·马克西斯。还有几个同学说他们争取来。"

"比如谁呢？"

"夏洛特的妈妈说，夏洛特那天早些时候要参加一个舞蹈演出，如果时间来得及她会尽力赶来参加你的派对。特里斯坦的妈妈说，他足球比赛结束以后会过来。"

"就这么些人吗？"我问，"好像……只有五个人。"

"不止五个，奥吉。我想很多人只是因为已经有了安排。"妈妈回答道。我们在厨房里。她正把手中的苹果切成一小块一小块，这样我才能吃。苹果是我们刚从农夫集市买回来的。

"什么样的安排？"我问。

"我也不知道，奥吉。我们的邀请发得有点晚了。"

"不过，他们是怎么告诉你的？他们给的是什么理由？"

"每个人给的理由都不一样，奥吉，"她听起来有点不耐烦，"真的，亲爱的，他们的理由是什么一点也不重要。同学们有安排了，仅此而已。"

"朱利安给出的理由是什么？"我追问。

"你知道的，"妈妈说，"他妈妈是唯一没有回复邀请的人，"她凝视着我，"我想苹果不会落在离苹果树很远的地方。"

我笑了，因为我觉得她在开玩笑，但马上就意识到她不是在开玩笑。

"那是什么意思？"我问。

"没有关系。现在去洗手，你可以吃苹果了。"

结果，我的生日派对比我想象的小多了，但是依然很棒。杰

克、萨默尔、瑞德、特里斯坦以及鲍斯·马克西斯都从学校赶来
了，克里斯托弗也来了——与他的父母一起从布里奇波特远道而
来。还有本叔叔也来了。凯特姨妈和宝叔叔也从波士顿开车来了，
不过奶奶和爷爷还在佛罗里达过冬。派对很好玩，因为所有的大人
都在我们旁边的轨道打保龄球，所以看起来真的像有一大堆人在那
里庆祝我的生日。

万圣节

第二天中午，萨默尔问我万圣节打算扮什么。当然啦，自去年
万圣节以来我就一直在想这个问题，所以我脱口而出。

"波巴·费特①。"

"你知道那天可以穿万圣节服装来上学，对吗？"

"不可能，真的吗？"

"只要不越线就行。"

"什么，比如不带枪支之类的玩意儿？"

"一点不错。"

"喷气枪可以吗？"

"我想喷气枪和真家伙没什么两样，奥吉。"

---

① 《星球大战》中的反派角色，一名赏金猎人和雇佣兵，穿着标志性的火箭背包太
空服。

"噢，天哪……"我摇摇头说。波巴·费特就佩着一把喷气枪。

"无论如何，我们再也不必穿得像书里的角色了，低年级时这是必需的。去年我扮了《绿野仙踪》里的西方邪恶女巫。"

"但是《绿野仙踪》是一部电影，不是书。"

"有没有搞错？"萨默尔回答，"是先有书的！实际上，这是世界上我最喜欢的一本书。一年级的时候爸爸每晚都读给我听。"

萨默尔说话的时候，尤其是她在兴头上时，眼睛总是眯缝着，像迎着太阳。

我很少见到萨默尔，因为我们只在一起上英语课。不过从学校的第一顿午餐开始，我们每天都一起坐在"夏天的餐桌"上，就我们两个人。

"那么，你会扮谁？"我问她。

"还不知道。我有一个特别想扮的角色，不过我想可能会有点傻乎乎的。你知道吗？萨凡纳她们一帮人今年都打算不穿万圣节服了。她们觉得我们已经太老了，不能过万圣节了。"

"什么？真让人无话可说。"

"我就说嘛，是不是？"

"我以为你不会介意这些女生的看法。"

她耸耸肩，长长地吸了一口牛奶。

"那么，你想扮哪个傻乎乎的家伙？"我笑着询问她。

"答应我，不许笑？"她扬了扬眉，耸耸肩，有点尴尬地说，"一只独角兽。"

我低头看着我的三明治，笑了。

"喂，你答应不许笑的！"她哈哈大笑。

"好，好吧，"我说，"不过你是对的，那是太傻了。"

"我知道!"她说,"但我已经计划好了:我会用混凝纸 ① 做头,把角涂成金色,鬃毛也涂成金的……会很拉风的。"

"好吧,"我耸耸肩,"那你就去做。谁会在意别人怎么看呢,对不对?"

"也许我只会穿着它参加万圣节大游行,"她打了个响指说,"我会扮成哥特女孩来上学。是的,就她了,这就是我要扮的。"

"听起来不错。"我点点头说。

"多谢了,奥吉,"她咯咯直笑,"你知道吗?这就是我最喜欢你的地方。我觉得可以跟你无话不谈。"

"是吗?"我点点头,朝她竖了竖大拇指,"酷毙了。"

学校照片

我想,任何人都不会惊讶我拒绝参加十月二十二日学校的合照。绝不。不,谢谢。前一段时间我拒绝了所有拍照的要求。我猜你们可能会称之为恐惧症。不,实际上,这不是恐惧症。这是一种"憎恶感",这个词我是刚刚在布朗先生的课堂上学到的。我憎恶拍照。就这样,我把它用到造句里了。

我以为妈妈会竭力让我克服"憎恶"情绪,参加拍摄,但是她

---

① 混凝纸又称制型纸,是一种加进胶水或糨糊经过浆状处理的纸。经过模压,可以制成盘、碟或家具面板。

没有。但不幸的是，虽然我想方设法不拍个人照，却逃不掉全班的集体照。呦，摄影师看到我的时候好像吸了一口柠檬汁。他一定觉得我毁了这张照片。我在前排，还坐着。我没有笑，即使笑了也没人看得出来。

"奶酪附体"

就在不久前我才注意到，虽然大家习惯了我的存在，但是没有人真正愿意触碰到我。我一开始没意识到这一点，因为毕竟这是初中，大家不会像小孩子那样随处走动，你敲我打。但是在周四的舞蹈课上——貌似这是我最不喜欢的课了——舞蹈老师安塔娜比太太想让西蒙娜·陈做我的舞伴。我从来没有亲眼见过患有"恐慌症"的人，只是听说过，但那一刻，我敢肯定西蒙娜受到了"恐慌症"的袭击。她惊恐万分，脸色煞白，不到一分钟就大汗淋漓，然后她找了一个站不住脚的理由，说一定要去上厕所。总之，安塔娜比太太放了她一马，因为她最后再也没有让大家配对跳舞。

接下来是昨天的科学选修课，我们正在做一种很酷的神秘粉末实验，区分物质到底是酸性还是碱性。每个人都必须在加热板上把神秘粉末烧热，进行观察，因此我们都带着笔记本，在粉末周围挤成一团。当时有八个同学上选修课，其中七个人挤在加热板的一边，而最后一个人——就是我——则宽宽松松地站在另一边。这一幕我当然看在眼里，但我希望鲁宾小姐不会注意到，因为我不想她说什么。但是她当然注意到了，当然还是说话了。

"孩子们，那边地方大着呢，特里斯坦，尼诺，站到那边去。"她说。于是特里斯坦和尼诺挪了过来。特里斯坦和尼诺一直对我不错。往明里说，不是友好到毫不避嫌地跟我一起玩，而是不错，比如他们会跟我打招呼，像对待普通人那样跟我寒暄几句。当鲁宾小姐叫他们站到我这边时，他们甚至都没有做鬼脸——许多同学以为我没注意时就会那么做。总之，一切都算正常，直到特里斯坦的神秘粉末开始融化。正当他把箔片从加热板移走的时候，我的粉末也开始融化了，于是我也动手把箔片从加热板上取了下来。就在这时，我的手不小心碰到了他的手。特里斯坦猛地一甩手，动作之快，把箔片甩到了地板上，这样所有人的箔片和加热板都被撞翻了。

"特里斯坦！"鲁宾小姐叫了起来，但特里斯坦甚至都没去管洒了一地的粉末，也顾不上破坏了整个实验。他最关心的是冲到实验室水槽边，把手洗干净，越快越好。在那一刻我才清楚地知道，在毕彻预科学校，有一种事件叫"碰到我"。

我觉得这有点像《小屁孩日记》①里的"奶酪附体"。在那个故事里，孩子们很害怕在篮球场上碰到发霉的奶酪，因为会被霉运附体。在毕彻预科学校，我就是那块发霉的"千年奶酪"。

———————

① 美国作家杰夫·金尼的儿童小说。

万圣节服装

对我来说，万圣节是天底下最棒的节日。它甚至盖过了圣诞节。我可以换上奇装异服。我可以戴上面具。我可以跟其他戴面具的孩子一样四处溜达，没有人会觉得我奇怪。没有人会多看我一眼。没有人会注意到我。没有人认识我。

我希望每一天都是万圣节。我们可以一直戴着面具，这样就能够四处游历，广交朋友，不用去理会面具下的我们长什么样子。

小时候，我无论到哪儿都戴着一顶宇航员头盔。去操场戴着。去超市戴着。去学校接维娅也戴着。就算在盛夏季节，就算我热得汗流满面也戴着。我想我戴了好几年，但是做眼部手术时，我不得不将它取下来。我想那时我大约七岁。从那以后我们就找不到那顶头盔了。妈妈找遍了每一个角落。她觉得可能落在外婆的阁楼上了，她一直想找到它，不过那时我已经习惯不戴它了。

我保留着所有穿着万圣节化妆服的照片。第一个万圣节，我扮成了一只南瓜；第二个万圣节，我成了跳跳虎；第三个万圣节，我成了彼得·潘（爸爸则装扮成了胡克船长）；第四个万圣节，我成了胡克船长（爸爸则装扮成了彼得·潘）；第五个万圣节，我打扮成了一个宇航员；第六个万圣节，我是欧比旺·肯诺比；第七个万圣节，我又成了克隆帝国风暴兵；第八个万圣节，我则扮成了达斯·维达；第九个万圣节，我扮成了一个骷髅幽灵，骷髅面具下有假血汩汩渗出来。

今年我打算扮成波巴·费特：不是《星球大战Ⅱ：克隆人的进攻》里的小波巴·费特，而是《星球大战Ⅴ：帝国反击战》中的赏金猎人波巴·费特。妈妈到处寻找道具服，但都没有我穿的尺码，因此她买了一套姜戈·费特的道具服——因为姜戈是波巴的父亲，他们穿同样的盔甲——她把盔甲涂成了绿色。她还另外花了好多功夫把它做旧。不管怎么说，它看起来就跟真的一样。妈妈很会做衣服。

在年级室里，大家都在谈论万圣节的化妆事宜。夏洛特打算扮成《哈利·波特》里的赫敏，杰克要打扮成狼人。一个诡异的巧合是，我听说朱利安想扮姜戈·费特。我觉得，如果他知道我要扮波巴·费特，一定会很不爽。

万圣节那天早晨，维娅不知因为什么事情绪崩溃，大哭了一场。她一向沉着冷静，但是今年却已几度失控。爸爸上班快迟到了，正在大喊大叫："维娅，快走！赶紧走了！"爸爸一向极有耐心，不过如果上班要迟到，情况就不一样了，他的叫喊只会让维娅更加焦虑不安，她索性放声大哭起来。于是妈妈叫爸爸送我去学校，她来对付维娅。妈妈匆匆忙忙地跟我吻别，我甚至还没穿上万圣节服装，她就已经到维娅的房间里去了。

"奥吉，我们现在就走！"爸爸说，"我要开会，不能迟到！"

"我还没换衣服！"

"那赶紧换啊！给你五分钟，我在门外等你。"

我冲进自己房间，动手穿波巴·费特的道具服，但是突然我又不想穿了。我不确定到底是为什么——也许是因为需要绑太多带子，我需要有人帮忙才穿得上。或者是因为这套衣服还残留着颜料的味道。我只知道穿上它需要大费周章，而且爸爸又在等，如果我让他迟到，他会抓狂的。因此，在最后一刻，我匆匆穿上了去年的骷髅幽灵衣。这是一套简易的行头，就一件黑长袍和一个大大的白色面具。我出门的时候冲妈妈喊了一声"再见"，但是她完全没听见。

"我以为你会扮成姜戈·费特。"我走到家门外面时，爸爸说道。

"是波巴·费特！"

"不管穿什么，"爸爸说，"总之这套衣服效果更好。"

"是的，它很酷。"我回答。

骷髅幽灵

那天早晨，当我穿过大厅向储物柜走去的时候，我不得不说，感觉好极了。现在一切都迥然不同。我不一样了。以前我走在这里，低头哈腰，尽量避免被人看见，今天我却可以挺胸抬头，东张西望了。我希望被人看见。一个同学穿着跟我一模一样的衣服走过来了，长长的白色骷髅头淌着假血，我们在楼梯擦肩而过时互相击掌致意。我不知道他是谁，他也不知道我是谁，有一秒钟我突发奇想，如果他已经知道面具下的人是我，会怎么办。

我预感这将是我有生以来最棒的一天，但是这时，我来到了年级室。我进门看到的第一身行头是达斯·西迪厄斯。他的橡胶面具几可乱真，黑色面罩罩头，一袭黑色的长披风。我马上反应过来，这一定是朱利安。他肯定是在最后一刻改变了主意，因为他以为我要扮成波巴·费特。他正在跟两个"木乃伊"说话——一定是迈尔斯和亨利，他们一直朝门口张望，好像在等什么人进来。我知道他们等的不是骷髅幽灵，而是波巴·费特。

我本来想坐在自己平常坐的位置上，但是因为某种原因——我也不清楚为什么——我发现自己朝他们旁边的课桌走了过去，我听到他们在聊天。

一个"木乃伊"说："看起来真的很像他。"

"这部分尤其像……"朱利安的声音回答道。他用手指了指脸颊和达斯·西迪厄斯面具上的眼睛。

"其实，""木乃伊"说，"真正像的是干瘪的脑袋。你们看见了吗？他看起来跟那一模一样。"

"我觉得他看起来像个半兽人。"

"噢，是的！"

"如果我长成那样，"朱利安笑着说，"我对上帝发誓，我愿意每天戴着面罩。"

"关于这一点我想过很多，"另一个"木乃伊"说，听起来很严肃，"我真的觉得……如果我长成他那个样子，说正经的，我觉得我会自杀。"

"你不会的。""达斯·西迪厄斯"回答。

"会的，真的，"那个"木乃伊"坚持己见，"我不能想象每天照镜子看见自己那样子。那太可怕了。而且永远都在众目睽睽之下。"

"那你为什么整天跟他待在一起？""达斯·西迪厄斯"问。

"我不知道，""木乃伊"答道，"图什曼叫我开学的时候多跟他在一起，他一定也跟所有老师打了招呼，叫他们在所有课上把我们俩安排在一起坐什么的。""木乃伊"耸了耸肩。我当然熟悉这耸肩的动作。我熟悉这个声音。我真想马上跑出教室，但是我待在原地，想听杰克·威尔把话说完。"我的意思是，问题在于，他总是鞍前马后地跟着我。那我该怎么办？"

"甩掉他！"朱利安说。

我不知道杰克是怎么回答的，因为我从教室走了出去，没有人知道我曾经来过。下楼的时候，我感觉脸上火辣辣的，汗水湿透了我的衣服。我哭了出来。我简直无能为力。我泪如泉涌，什么也看不见，但是我戴着面具走路，无法擦眼泪。我在寻找一个可以藏身的小地方。我想掉进一个洞：一个可以吃掉我的小小黑洞。

名字

老鼠男。畸形人。怪物。弗雷迪·克雷格①。E. T.。恶心男。蜥蜴脸。变种人。我知道他们这么叫我。我已经久经沙场，知道孩子也可能变得邪恶。我知道，我知道，我知道。

终于，我走到二楼的洗手间。这里空无一人，因为第一节课已经开始了，所有人都在教室。我锁上小隔间的门，摘下面具，不知道哭了多久。后来我来到护士站，告诉护士我有点肚子疼。这是真的，因为我感觉好像肚子被踢了一脚。莫莉护士让我躺在她旁边的沙发上，给妈妈打电话。十五分钟后，妈妈到了门外。

"亲爱的。"妈妈过来抱住我说。

"嗨。"我咕哝着。我不希望她问这问那，等过一会儿再说。

---

① 美国电影《猛鬼街》的男主角。

"你肚子疼？"她不由自主地把手放在我额头上，一边感觉我的体温，一边问。

"他说他想吐。"莫莉护士说道，她那漂亮的眼睛正盯着我看。

"而且头疼。"我低声说。

"我在想，你是不是吃坏了肚子。"妈妈一脸着急地说。

"有一条胃虫在游走。"莫莉护士说。

"噢，天啊，"妈妈摇摇头说，眉头紧蹙，"我是不是该叫辆出租车？你可以走回家吗？"

"我可以走。"

"多么勇敢的孩子！"莫莉护士送我们往门外走的时候拍拍我的背说，"如果他呕吐或者发烧，你应该打电话叫医生。"

"当然，"妈妈握着莫莉护士的手说，"非常感谢你照顾他。"

"乐意效劳，"莫莉护士用她的手抬起我的下巴，说，"好好照顾自己，好吗？"

我点点头，喃喃地道了一声"谢谢"。妈妈和我一路搀扶着回到家。我没有告诉她发生了什么事，她问我是不是好一点了，放学后要不要去玩"不给糖就捣蛋"的游戏，我说不要。这让她很担心，因为她知道我一向多么喜欢玩这个游戏。

我听见她在电话里对爸爸说："……他甚至都没有力气去玩'不给糖就捣蛋'……不，根本没发烧……嗯，如果到明天还不好的话我会的……我知道，可怜的小人儿……连万圣节都无法好好过。"

第二天是星期五，我也没去上学。因此我有整个周末的时间来思考每一件事情。我非常确定，我再也不会回学校上学了。

第二章

维娅

远在世界之上，地球蔚蓝，我自由无比。

——摘自大卫·鲍伊[1]《太空怪人》

---

[1] 大卫·鲍伊（David Bowie），英国著名摇滚音乐家，与披头士、皇后乐队并列为英国 20 世纪最重要的摇滚明星。

银河系之旅

　　奥古斯特是太阳。我、妈妈和爸爸是围绕太阳运转的行星。其他的家人和朋友则是在绕着太阳公转的行星之间漂浮不定的小行星与彗星。唯一不围绕太阳奥古斯特运转的星体是小狗黛西，只是因为在它小小的狗眼睛看来，奥古斯特的脸跟别人的脸没什么区别。对黛西来说，我们所有人的脸看上去都一样，跟月亮一样扁平和苍白。

　　我已经习惯了这个宇宙的运转方式。我从来不介意，因为一切我都明白。我一直都明白，奥古斯特是一个特殊的人，他需要特殊的照顾。如果我声音太大，而他正要睡午觉，我就明白自己该玩别的去了，因为经过几个疗程的治疗后，他虚弱不堪，疼痛难忍，需要休息。如果我想让妈妈和爸爸去看我踢足球，我知道他们十有八九会错过，因为他们正忙着送奥古斯特辗转于语言障碍治疗、物理治疗、新的医学专家和外科手术之间。

　　妈妈和爸爸常常说，我是世界上最懂事的小女孩。我不懂什么叫最懂事的小女孩，我只知道抱怨是没有用的。我见过手术后的奥古斯特，他的小脸红肿，缠着层层绷带，身上插满了各种维持生命的监视器和导管。你看到他遭受这些苦难后，就会觉得抱怨没有得到想要的玩具，或者抱怨妈妈错过了学校的演出，简直太不知足了。我甚至在六岁时就懂得这一点了。没有人告诉过我。我就是知道。

　　因此，我已经习惯了不抱怨，我也习惯了不为鸡毛蒜皮的小事去打扰妈妈和爸爸。我已经习惯了自己的事情自己做：如何收拾玩具，如何安排自己的生活，不会误了朋友的生日派对，如何在班上保持名列前茅，从不落后。我从来没有要求过辅导家庭作业。他们从来不需要提醒我去完成一项计划，或者准备考试。如果我在学校里有一门功课有问题，我回家后会继续用功，直到自己完全弄懂为止。通过上网，我自己学会了如何把分数转换为含小数点的数字。学校的每一个项目我几乎都是自己完成。当妈妈或者爸爸问我学校情况如何时，我总是说"很好"——即使情况并不是那么好。我最糟糕的一天，最可怕的跌跤，最难受的头疼，最严重的瘀伤，最厉害的痛经，被人说最恶毒的坏话，跟奥古斯特所经历的痛苦相比，实在是不值一提。顺便说一下，这不是说我有多高尚，我只知道，事情就是如此。

对我来说，对我们这个小小的宇宙来说，事情一直如此。但是今年宇宙似乎发生了变化。银河系在改变。行星正在脱轨。

在奥古斯特出生之前

说真的，我不记得奥古斯特出生前我的生活是怎么样的了。我看着自己婴儿时候的照片，妈妈和爸爸抱着我，笑得很开心。我真不敢相信他们那时看上去那么年轻：爸爸是个时髦的花花公子，而妈妈是个可爱的巴西时尚达人。有一张我三岁生日时拍的照片：爸爸就在我身后，妈妈托着点了三支蜡烛的蛋糕，我们身后是奶奶和爷爷、外婆、本叔叔、凯特姨妈，还有宝叔叔。大家都看着我，而我盯着蛋糕。从照片看得出来，我真的是第一个孩子、第一个孙女、第一个侄女。我当然不记得那是什么感觉了，但是照片里一目了然。

我不记得那一天他们从医院把奥古斯特带回家的情景了。我不记得第一眼看见他时，自己到底说了什么、做了什么，或者感觉如何，不过众说纷纭。貌似是这样的，我只是一言不发地盯着他看了很长时间，最后说："他长得不像莉莉！"莉莉是妈妈怀孕时外婆送给我的一个玩具娃娃，我用它来"练习"如何做一个大姐姐。那是一个活灵活现的玩具娃娃，好几个月里我都与它形影不离，我为它换尿布，喂它吃东西。他们告诉我，我甚至还为它做了一个褯褓。在我对奥古斯特有了第一反应之后，故事是这样发展的，几分钟之后（根据外婆的说法），或者几天以后（根据妈妈的说法），我就全身心地爱上他了。我亲吻他，拥抱他，对他咿咿呀呀地说话。从那以后，我就再也没有碰过或提起过莉莉。

如何看待奥古斯特

我从来没有以他人的眼光来看待过奥古斯特。我知道他看起来并不正常，可是我实在搞不懂为什么陌生人在看见他的时候会显得如此震惊、恐惧、恶心、害怕。我可以用很多词语来描述人们脸上的表情。很长一段时间我都接受不了。我就是觉得愤怒。愤怒于他们直勾勾地盯着看，愤怒于他们扭过头去。"你到底在看什么鬼东西啊？"我会冲人们嚷嚷——甚至对大人也这样。

后来，大概在我十一岁左右的时候，因为奥古斯特的下巴要动大手术，我便去蒙托克跟外婆一起住了四个星期。那是我离家最长的一段时间，我不得不说，那些让我愤怒不已的场面突然不见了，简直太神奇了。我们去街上买东西的时候，没有人盯着外婆和我看。没有人对我们指指点点。甚至都没有人注意我们。

外婆是那种对孩子百依百顺的老人。如果我这么要求，即使她穿得严严实实，也会一头冲进大海里。她会让我玩她的化妆品，完全不在乎我是不是用它们在她脸上练习化妆技巧。即使还没有吃晚饭，她也会带我去吃冰激凌。她还会在房子前的人行道上用粉笔画马。有一天晚上，我们从城里走回家，我对她说，我希望永远都跟她生活在一起。在那里，我是如此快乐。我觉得那是我生命中最好的时光。

四个星期后回到家，我一开始感觉非常陌生。那一幕我依然记忆犹新，我一进门，就看见奥古斯特奔跑过来欢迎我，在短短的一瞬间，我没有以我一贯的方式，而是用别人的目光去看他。只是一刹那，在他拥抱我、欢迎我回家的那一刻，我感到很奇怪，因为我以前从来没有那样看过他。我以前也从来没有过那样的感受：一种我痛恨自己有过的感受。但是当他全身心地亲吻我的时候，我只看见口水从他的下巴淌下来。突然之间我就那样了——像其他所有死盯着看或者掉过头去的人一样。

恐惧。恶心。害怕。

谢天谢地，这种感觉只持续了一小会儿，在我听到奥古斯特沙哑笑声的那一刹那烟消云散。一切又回到从前的样子。但是这为我打开了一扇窗。一个小小的猫眼。在猫眼的另一边，有两个奥古斯特：一个是我盲目所见的他，另一个是别人眼中的他。

这个世界上我唯一愿意对她吐露这点心事的人，我想是外婆，但是我没有。要在电话上说清楚实在太困难了。我以为她可能会来过感恩节，到时候再告诉她我的感受也不迟。但是，跟她一起在蒙托克仅仅两个月后，我美丽的外婆就去世了。这一切来得太突然了。显然，她去医院检查身体是因为她一直感觉有点恶心。妈妈和我开车去看她，但是路上开了三个小时，等到达医院的时候，外婆已经去世了。他们告诉我们，她死于心脏病。就这样。

这种感觉真是奇怪，一个人今天还在世上，第二天就不在了。她去哪里了？我真的会再见到她吗？或者这只是一个童话？

你看电影和电视节目的时候，总是看到人们在医院里接到噩耗，但我们却不然，我们与奥古斯特的所有求医之旅，总是有好结果。外婆去世的那一天，我印象最深的，是妈妈**缓慢**而痛苦地呜咽着，几乎瘫倒在地，她捂住自己的肚子，好像被什么人重重地打了一拳。我从来没见过妈妈这样，从来没有听到过她发出这种声音。虽然奥古斯特经历了那么多次手术，但妈妈总是装出一副勇敢的样子。

在蒙托克的最后一天，外婆和我在海滩看日落。我们带了一条用来垫屁股的毯子，但是天气寒冷，我们便围着它相互依偎着聊天，直到最后一抹夕阳消失在海面上。这时外婆说有个秘密要告诉我：她爱我胜过这世界上的一切。

"甚至胜过奥古斯特？"我问。

她微笑着抚摸我的头发，好像在思考该怎么回答。

"我很爱很爱奥吉。"她温柔地说。我还清楚记得她的葡萄牙口音，记得她卷舌发"r"音的方式。"但是他已经有很多天使在照看。维娅，我想让你知道，你有我照顾。好吗，孩子，亲爱的①？我想

---

① 原文为葡萄牙文。

让你知道，你对我来说是最重要的。你是我的……"她眺望着大海，伸出双臂，好像要努力平息海浪，"你是我的一切。你懂得我的意思吧，维娅？你就是我的全部①。"

我明白她的意思。我也知道，为什么她说这是个秘密。外婆是不应该偏心的。每个人都知道这一点。但是在她去世以后，我严守着这个秘密，让它像毯子一样覆盖着我。

透过猫眼看奥古斯特

他的眼睛比正常位置低了一英寸，几乎掉到了脸中间。它们向下倾斜得厉害，好像有人在他脸上呈对角线砍了一刀，左眼明显比右眼低多了。它们还向外凸出，因为他的眼窝太浅，容纳不下眼珠。他的上眼皮总是耷拉着，好像快要睡着了。下眼皮则下垂得厉害，看起来好像被一根无形的线向下拉着，你可以看到眼睑里面红色的血肉，好像从里面翻了出来。他没有眉毛和睫毛，相对他的脸来说，他的鼻子大得不成比例，像块赘肉。他的头部在耳朵的位置瘪了进去，像是有人用大钳子把他的脸从中间夹了一下。他也没有颧骨。从鼻翼两侧到嘴巴两侧，有两道深深的皱纹纵贯而下，这让他的容貌有一种蜡状感。有时候人们会认为他是被烧伤的，因为

---

① 原文为葡萄牙文。

他的容貌看起来好像融化了，形同垂泪的蜡烛。一系列矫正上颚的手术在他嘴巴四周留下了好几个疤痕，最醒目的是一条锯齿状的切口，从他的上嘴唇中央一直延伸到鼻子。他的上牙很小，并呈八字形斜开。他有很严重的龅牙，还有一副尺寸过小的颚骨，下巴也小得可怜。在他很小的时候，如果不是动手术把他的腿骨移植到了下颚，他根本就没有下巴。如果没有下巴，他的舌头就会从嘴里掉出来。谢天谢地，现在他已经好多了。至少，他已经可以吃东西了——他小的时候，只能靠导管喂食。他也能说话了，已经学会了把舌头放在嘴里——不过他花了好几年时间才掌握这门技巧。他也学会了如何控制住，不让口水滴到脖子上。这些都被看作奇迹。当他还是个小婴儿的时候，医生认为他根本存活不了。

他也听得见了。大部分先天畸形孩子的中耳都会有问题，以致听力受损，但是到目前为止，奥古斯特那花椰菜般的小小耳朵的听力还算不错。不过，医生认为他最终要使用助听器才行。奥古斯特讨厌这样的可能。他觉得助听器太惹人注意了。我当然没有跟他说，助听器只是他所有问题中最小的一个，因为我可以肯定他知道这一点。

话说回来，我并不是真的确定奥古斯特知道什么或不知道什么，他懂什么或不懂什么。

奥古斯特看得见别人怎么看他吗？或者他已经修炼到视而不见、不受干扰了？还是这一切都困扰着他？当他照镜子的时候，他看到的是妈妈和爸爸眼中的奥吉，还是别人眼中的奥吉？或者，他看到的是另一个奥古斯特，一个在他梦境里的隐藏在畸形头脸背后的人？有时候我看着外婆，我能在深深皱纹下看到那个曾经的漂亮女孩，我也能从步履蹒跚中看到那个来自依帕内玛的女孩。难道奥古斯特能看到自己的脸没有被单基因毁坏掉的样子？

我希望能问他这些问题。我希望他能告诉我他的感受。动手术前，还比较容易看懂他。你知道他眯眼，说明他很高兴。他撇嘴，说明他正在调皮。他下巴颤抖，说明他想哭。毫无疑问，他现在好多了，但是我们过去识别他情绪的信号也消失了。当然，又有了新的信号。妈妈和爸爸对此了如指掌。但我很难跟得上了。我也不想尝试了：为什么他不能像其他所有人那样说出他的感受？他嘴里已经不再含着阻碍他说话的导管了。他的下巴也没有被缝起来。他已经十岁了。他可以组织自己的语言了。但是我们依然围着他团团转，好像他依然是个还没长大的婴儿。我们根据他的心情、他的心血来潮和他的需要改变计划、采取备用方案、中断谈话、出尔反尔等等。如果他还小，这样做没关系。但是现在他需要长大。我们需要允许他、帮助他、促使他长大。我真正想说的是：我们已经花了那么长时间努力让奥古斯特觉得他是普通人，他也真的觉得自己是。但问题是，他不是。

高中

我最喜欢中学的一点是，它非常独立，与家里截然不同。到了那里，我就是奥利维娅·普尔曼——不是维娅，那是我在家里的名字。读小学的时候大家也叫我维娅。那时候，所有人无疑都认识我们。放学后妈妈常常来接我，奥古斯特通常坐在推车里。因为没什么人有能力照看奥吉，所以妈妈和爸爸带着他去我所有的班级表演、音乐会和朗诵会，所有的学校活动，连糕饼义卖会和图书义卖会也带他参加。我的朋友认识他。我朋友的父母认识他。我的老师认识他。连门卫都认识他。（"嘿，奥吉，你好吗？"他总是这么打招呼，然后跟奥古斯特举手击掌。）在第二十二小学，奥古斯特就像某一种固定角色。

不过，上初中后就没有那么多人知道奥古斯特的情况了。当然，我的老朋友都知道，但新朋友就不一定了。或者说，如果他们知道，那也不一定是他们知道我的第一件事情。也许是第二件或第三件吧。"奥利维娅？是的，她人不错。你知道她的弟弟是个畸形儿吗？"我一直很讨厌那个词，但我明白那只是人们如何描述奥吉而已。而且我也知道，每次我从一个派对离开，或者在比萨店碰到一群朋友，这种对话可能随时背着我发生。这也没什么大不了的。我一直都是一个先天畸形儿的姐姐，这根本不是什么问题。我只是不想一直被那样定义罢了。

到了高中，最称心的事情就是，几乎没有人认识我。当然，除了米兰达和艾拉。不过她们知道分寸，不会到处乱说。

米兰达、艾拉和我从一年级开始就认识了。我们之间最棒的就是，任何事情都不需要解释。当我决定自己叫奥利维娅而不是维娅时，她们心领神会，不用我费一点口舌。

从奥吉还是个小宝宝的时候，她们就认识他了。那时候我们都还小，最喜欢的事情就是给奥吉穿戴打扮，用羽毛围巾、宽檐帽和汉娜·蒙塔纳 [①] 假发把他包装一番。他当然非常喜欢，我们也觉得他这样子简直可爱至极。艾拉说，他让她想起了外星人 E. T. [②]。她

---

① 美国华特迪士尼公司出品的青少年情景喜剧《汉娜·蒙塔纳》，于 2006 年 3 月 24 日在美国迪士尼频道首播，捧红了童星麦莉·塞勒斯。

② 《E. T.》是好莱坞导演史蒂文·斯皮尔伯格执导的温馨科幻电影，E. T. 是 "the Extra-Terrestrial" 的缩写。德鲁·巴里摩尔在其中饰演了亲吻 E. T. 的小女孩。

这么说当然没有恶意（不过也许有那么一点点）。事实上，电影中有这样一个情节，德鲁·巴里摩尔用棕色假发把 E.T. 乔装打扮了一番——在麦莉·塞勒斯的全盛时期，奥吉就是 E.T. 的山寨版。

整个初中阶段，米兰达、艾拉和我差不多就是一个小圈子。这个小圈子介于超级受欢迎和一般般之间：不聪明，不是运动员，不富有，不是瘾君子，不小气，不伪善，不高大，不平胸。不知道我们三个人是因为有许多相似之处才情投意合，还是因为情投意合，所以变得有许多相似之处。我们三个人一起进了福克纳高中，简直高兴坏了。要知道，三个人一起被录取是很不容易的事情，尤其是我们中学没有任何别的人被录取。接到录取通知书那天，我们在电话里齐声尖叫，那一幕至今仍历历在目。

既然同上一所高中，为什么会有近来我们之间发生的事情，我搞不明白。完全不是我想象的那样。

汤姆上校

在我们三个人中，米兰达一直对奥古斯特最好。我和艾拉已经玩别的玩具去了，她还会抱着奥吉，陪他玩很久。即使我们长大了，米兰达也总是设法让奥古斯特融入我们的谈话，问他情况怎么样，跟他谈论《阿凡达》《星球大战》《识骨寻踪》①，她知道他喜欢

———————————

① 美剧 *Bones*。

这些。在他五六岁的时候，米兰达送给奥吉一顶宇航员头盔，那一年他几乎天天都戴在头上。她会叫他"汤姆上校"，他们一起唱大卫·鲍伊的《太空怪人》。那是他们的小默契。他们背得出所有歌词，会跟着 Ipod 高声歌唱。

米兰达从夏令营回到家，从来都是马上打电话给我们，所以没接到她的电话，我有点奇怪。我甚至还给她发了短信，她也没回。我想，既然她现在是辅导员，可能最后要在夏令营多待一段时间。有可能她还遇到了一个可爱的男生。后来，我看了她在脸书（Facebook）的留言板，才明白她已经回来整整两个星期了。于是，我给她发了 IM（即时通讯），在网上聊了一会儿，但是她也没有告诉我不打电话来的原因，这让我觉得有点奇怪。米兰达一向有点古怪，我以为仅此而已。我们计划在市区碰头，但后来又不得不取消，因为周末我们要开车去看爷爷奶奶。

所以，直到开学第一天，我才终于见到米兰达和艾拉。而且我不得不承认，我吓了一大跳。米兰达变得面目全非：头发剪成了超级萌的波波头，还染成了亮粉色，最让我没想到的是，她只穿了一件条纹直筒式抹胸，（a）似乎校园不宜，（b）也完全不是她一贯的风格。米兰达穿衣服通常很古板，但是她现在一头粉色头发，只穿一件抹胸。让她变得面目全非的还不仅仅是外表：她的行为也大相径庭。我不能说她不好看，因为她挺漂亮的，但是她看起来有些疏远，就像我只是一个普通朋友而已。这真是匪夷所思。

午餐的时候，我们三个人像往常一样坐在一起，但是气氛变了。我明显感觉到，艾拉和米兰达在暑假期间单独聚过几次，但是她们绝口不提。聊天的时候，我假装自己一点都不难过，但是我可以感觉到自己面红耳赤，强颜欢笑。虽然艾拉不像米兰达那样只穿一件抹胸，但我发现她的装束也与平常有些不同。她们好像事先商量好到新学校要有新形象，但是不愿意告诉我。我承认，我一直觉得少男少女的鸡毛蒜皮跟我无关，但是整个午餐我一直喉咙哽咽着。上课铃响起时，我颤声说了一句"再见"。

放学后

"听说今天我们送你回家。"

第八节课的时候米兰达对我说。她正好坐在我后面。我忘了妈妈昨晚打电话给米兰达的妈妈，问她是否能捎我回家。

"不用了，"我本能地脱口而出，"我妈妈能够来接我。"

"我还以为她必须去接奥吉什么的。"

"后来她又发现能接我了。她刚刚发短信给我了。没问题。"

"噢，好的。"

"谢谢。"

我彻底撒了一个谎，但是我不能想象自己跟焕然一新的米兰达同坐一辆车。放学后，为了避免在校门外遇见米兰达的妈妈，我躲进了洗手间。半小时后，我出了校门，跑了三个街区到公共汽车站，跳上一辆 M86，坐到中央公园西站，然后坐地铁回了家。

"嘿，亲爱的！"我进前门的时候妈妈说，"第一天过得怎样？我正在想你们到哪儿了。"

"我们半路上买了比萨。"真是不可思议，我简直可以信口开河。

"米兰达没跟你在一起?"米兰达没跟着进来,妈妈觉得有点奇怪。

"她直接回家了。我们作业很多。"

"开学第一天?"

"是的,开学第一天!"我大吼了一声,让妈妈大惊失色。但是没等她开口,我又说:"学校很不错。不过,实在是太大了。同学们看起来也很好。"我想把话说到位,这样她就觉得没必要多问了,"奥吉第一天上学怎么样?"

妈妈犹豫了一下,刚才我不耐烦地冲她吼,她还一直扬着眉。"好吧。"她慢条斯理地说,好像在深呼吸。

"'好吧'是什么意思?"我问,"到底好还是不好?"

"他说很好。"

"那你为什么说他不好?"

"我根本没有说他不好!见鬼,维娅,你这是怎么了?"

"就当我没问过。"我回了她一句,便横冲直撞一头闯进奥吉的房间,砰地一下关上了门。他正在玩游戏机,连头也不抬。我讨厌电子游戏把他变得半死不活的。

"今天上学情况怎么样?"我把黛西从床上挪开,在他身边坐下来,问道。

"挺好。"他回答道,依然闷头打游戏。

"奥吉,我在跟你说话!"我一把将游戏机从他手里拽了下来。

"喂!"他一下子暴跳如雷。

"今天上学情况怎么样?"

"我说了很好!"他朝我吼道,一把将游戏机从我手里抢了回去。

"大家对你友好吗?"

"是的!"

"没有人欺负你?"

他放下游戏机,抬头望着我,好像我问了一个世界上最愚蠢的问题。"为什么大家要欺负我?"他问。这是他出生以来我第一次听到他如此反唇相讥。我没看出他还有这个能耐。

"学徒" 阵亡

我不确定那天晚上奥吉是在什么情况下剪掉他的学徒辫的,而这件事为什么又让我大发雷霆。我一直觉得他对《星球大战》的一切迷恋让人生厌,他后脑勺上缀着小珠子的辫子也很难看。但他总是引以为豪——他花了多长时间留起来,他又是怎样在索霍区①的工艺品商店亲自挑选珠子。他和他最好的朋友克里斯托弗——他们无论什么时候聚在一起,都要用光剑和《星球大战》的玩意儿玩得不亦乐乎——他们一起同时开始蓄辫子。那天晚上奥古斯特剪掉了辫子,没有任何解释,没有事先告诉我(这真让人吃惊)——甚至也没有打电话给克里斯托弗——我无法解释自己为什么那么生气。

我看见奥吉在卫生间对着镜子梳理头发。他一丝不苟地梳着,

---

① 美国纽约曼哈顿南部一地区,以先锋派艺术、电影、音乐与时装款式等著称。

试图让每一根头发都恰到好处。他歪着头，从不同的角度审视自己，好像镜子里有一个神奇的角度可以改变他的脸部尺寸。

吃过晚饭后，妈妈来敲我的门。她看起来筋疲力尽，我这才意识到今天不仅对我和奥吉来说不容易，对她而言也是艰难的一天。

"你想告诉我今天是怎么回事吗？"她温和地小声问。

"现在不要，好吗？"我回答道。我在看书。我疲惫不堪。也许过一会儿我会告诉她米兰达的事，但不是现在。

"睡觉前我再来看你。"她说着，探过身子来在我头顶亲了一下。

"今晚可以让黛西跟我睡吗？"

"当然可以，我一会儿带它过来。"

"别忘了回来哦。"她离开的时候我说。

"我保证。"

但是当天晚上她没有回来，而是爸爸来了。他告诉我，奥吉的第一天过得很糟糕，她正在开解他。他问我这一天过得如何，我告诉他很好。他说他绝对不相信，于是我跟他说米兰达和艾拉表现得像傻瓜（不过，我略过了自己独自乘地铁回家这件事）。他说，没有什么比高中更考验友情的了，接着他就拿我正在读《战争与和平》这件事开起玩笑来。当然，并不是真的开玩笑，因为我曾听到他向别人吹牛说，他有一个"十五岁的读托尔斯泰的女儿"。但是他喜欢嘲弄我读到哪里了，是在战争部分还是在和平部分，书里是不是有一个拿破仑百日王朝的嘻哈舞者。这些玩笑有点无聊，但爸爸总是有办法让每个人大笑。有时候，只有这样才能让你好受一点。

"别生妈妈的气，"他弯腰给了我一个晚安吻，说，"你知道她有多担心奥吉。"

"我知道。"我回答。

"你想要灯开着，还是关上？有点晚了。"他在门口电灯开关处停下来说。

"你能先把黛西送过来吗?"

两秒钟后,他双手搂着黛西回来了,把它放在我身边。

"晚安,甜心。"他吻了吻我的额头说。他也吻了吻黛西的前额。"晚安,女孩。做个好梦。"

门口的幽灵

有一次,我因为口渴半夜起来喝水,结果看见妈妈站在奥吉的门外。门半开半掩,她的手搁在门把手上,额头顶着门。她没有进屋,也没有走开:只是站在门外,好像在倾听他睡着时的呼吸声。走廊上的灯没开,唯一照亮她的,是奥吉卧室里透出来的蓝色夜灯。她站在那里像一个幽灵。或者,我应该说像天使。我试图不打扰她回到房间,但是她听见了动静,朝我走了过来。

"奥吉还好吧?"我问。我知道有时候他翻身,一不小心会被自己的口水呛到。

"嗯,他没事。"她用手臂环抱着我说。她带我进到房间,给我盖好被子,给了我一个晚安吻。她从来不解释自己在门外做什么,我也不问。

我很想知道,有多少个夜晚她站在门外。我也很想知道,她是否也在我门外那样守望过。

早餐

"今天放学你可以接我回家吗？"第二天早上，我一边往百吉饼上涂奶酪一边问。

妈妈正在给奥古斯特做午餐（足够软的全麦面包夹美国奶酪，专为奥吉准备），奥古斯特坐在餐桌前喝燕麦粥。爸爸正在准备上班。由于我现在上高中了，上新学校的惯例是爸爸和我可以在早上一起乘地铁——这就意味着他比平常要提前十五分钟出门——中途我下车，他继续往前。放学后妈妈开车来接我。

"我原本打算给米兰达的妈妈打电话，看看她是不是可以再捎你回家。"妈妈回答。

"不，妈妈！"我立即说，"要么你来接我，要么我坐地铁。"

"你是知道的，我不希望你一个人乘地铁。"她回答。

"妈妈，我已经十五岁了！和我同龄的人都自己坐地铁！"

"她可以自己乘地铁回家。"爸爸在另一个房间说，然后一边调整领带一边走进了厨房。

"为什么米兰达的妈妈不能再捎她一次呢？"妈妈争辩道。

"她已经长大了，完全可以自己坐地铁了。"爸爸坚持说道。

妈妈看着我们。"出了什么事？"她没有特别问谁。

"如果你回我的房间，你就知道了，"我没好气地说，"你说了要回来的。"

"噢，天啊，维娅。"妈妈说，她这才想起来昨晚把我彻底抛在脑后了。她放下手里正在为奥吉切葡萄的刀（因为他的上颚太小依然会有窒息的危险）。"真对不起，我在奥吉房间睡着了，等我醒来的时候……"

"我知道，我知道。"我不在乎地点点头。

妈妈走过来，双手捧起我的脸，让我抬头看她。

"我真的真的很抱歉。"她喃喃地说。看得出来，她确实很愧疚。

"没关系啦！"我说。

"维娅……"

"妈妈，真的没事。"这一次我是认真的。她看起来十分歉疚，我只想让她不要自责。

她抱着我亲了亲，又回去继续切葡萄。

"那么，你跟米兰达出了问题？"她问。

"因为她表现得像个笨蛋。"我说。

"米兰达不是笨蛋！"奥吉急忙插嘴。

"她有可能是！"我叫道，"相信我。"

"那好吧，我会去接你。没问题，"她用刀背把切好的葡萄扫进零食袋，果断地说，"不管怎么样，那就这么办，我开车去接奥吉放学，然后来接你。我们大概四点差一刻到你学校……"

"不！"她话音未落，我便坚决地说。

"伊莎贝尔，她可以坐地铁！"爸爸不耐烦地说，"她是个大姑娘了，她都在读《战争与和平》了，拜托！"

"《战争与和平》跟我说的事情有什么关系？"妈妈显然很恼火。

"就是说你不用开车去接她，好像她还是个小女孩，"他严厉地说，"维娅，你好了吗？拿上书包，咱们走吧。"

"我好了，"我背上背包，说，"再见，妈妈！再见，奥吉！"

我飞快地亲了他们俩，朝门口走去。

"你有地铁卡吗？"妈妈在我身后问。

"她当然有地铁卡！"爸爸十分恼火地回答，"是的，妈妈！别那么操心了！再见！"他说着，在她脸上亲了一口。"再见，小伙子，"他对奥古斯特说，在他头顶亲了一下，"我为你骄傲，祝你今天开心。"

"再见，爸爸！你也一样。"

爸爸和我走下门廊楼梯，朝街上走去。

"放学以后，上地铁前给我打电话！"妈妈从窗口对我大喊。我没有转身，只是背对着她挥了挥手，这样她就能明白我听到了。爸爸倒是转过身去，朝回走了几步。

"《战争与和平》，伊莎贝尔！"他笑着指指我，大声说，"《战争与和平》！"

遗传基因 101

爸爸的家族双方都是来自俄罗斯和波兰的犹太人。上个世纪初，爷爷的祖父母为了逃离大屠杀，最后在纽约落脚。奶奶的双亲为躲避纳粹，最终在四十年代去了阿根廷。爷爷和奶奶在下东区的一场舞会上相遇，当时奶奶到纽约看望一个表弟。他们结了婚，搬到贝赛德，生下了爸爸和本叔叔。

妈妈的家族来自巴西。除了她的母亲、我美丽的外婆和她在我出生前就已经去世的父亲阿戈斯托，妈妈其他的家人——所有美丽的七大姑八大姨以及三亲六眷——现在都生活在里约郊外豪华的雷伯龙地区。外婆和阿戈斯托于六十年代移民至波士顿，生了妈妈和凯特姨妈——她后来嫁给了波特叔叔。

妈妈和爸爸邂逅在布朗大学，从此不离不弃。伊莎贝尔和内特，就像豆荚里的两粒豆子。他们大学毕业后去了纽约，几年后生下了我，然后在我一岁左右，搬进了北河高地的一幢红砖房子，那一带是曼哈顿上城的嬉皮士和流浪汉聚居的中心。

在我们多元混杂的大家庭基因库里，没有一个人明显表现出奥古斯特所具有的特征。我仔细研究过一些模糊而泛黄的老照片里已经去世很久的戴着三角头巾的老婆婆，黑白照片里穿清爽的白色亚麻西装的远房表亲，以及一身戎装的军人和梳着蜂巢式发型的女士，宝丽来相片里穿喇叭裤的青年人和长发飘飘的嬉皮士，在他们脸上，我从来没有发现丝毫跟奥古斯特脸部特征相似的痕迹。一个也没有。但是，在奥古斯特出生以后，我父母进行了基因遗传咨询，他们被告知，奥古斯特似乎患了一种"由常染色体隐性TCOF1基因突变导致的无法预知的下颌面骨发育不全，定位在5号染色体，并发症为羊腺病毒谱系的一种半侧面部肢体发育不良"。这种基因突变有时发生在妊娠期间，有时遗传自携带显性基因的父母一方。有时候它们是由多种基因的交互作用形成，可能与环境因素息息相关，这叫作"多因子遗传"。在奥古斯特的病例里，医生能够识别是一种"单核苷酸缺失突变基因"在他脸上开战。奇怪的是，单单看我的父母，你永远也看不出什么名堂——但他们双双携带着那种突变基因。

我也是携带者。

庞氏表

如果我有孩子，我会有二分之一的可能把这种有缺陷的基因遗传给他们。不是说他们会长得像奥古斯特，而是会携带在奥古斯特身体里存在并把他变得面目全非的双套基因。如果我嫁给一个携带同样有缺陷基因的人，那么二分之一的可能是我们的孩子也携带基因，不过看起来完全正常，有四分之一的可能是他们根本不携带这种基因，还有四分之一的可能就是他们会跟奥古斯特长得一模一样。

如果奥古斯特跟一个不带丝毫这种基因的人结婚生子，那么他们的孩子百分之百会遗传到这种基因，但像奥古斯特那样携带双套基因的可能性为零。也就是说，不管携带什么基因，他们都会完全正常。如果他娶一个携带此种基因的女人，那么他们的孩子将会和我的孩子概率相同。

这只能解释奥古斯特身上可解释的那部分。另外还有一个部分是他的基因组成，不会被遗传，但是非常不幸。

多年以来，无数的医生来为我父母画小井字网格，试图为他们解释清楚这张"基因彩票"的由来。遗传学家用庞氏表①来决定遗传性、隐性基因、显性基因以及遗传的概率和机会。但是，相对于他们已知的，还有更多是未知的。他们可以设法预测概率，却又无法保证。他们用了一些诸如"生殖腺嵌合体"、"染色体重排"，还有"缓发性突变"的术语来解释他们的科学为什么不是精确的科学。事实上，我很喜欢医生们谈话的样子。我喜欢听科学的声音。

① Punnett squares，即庞尼特氏方格表，简称庞氏表，是一种最简单、最直接计算杂交后代基因型和表型概率分布的方法。

我喜欢听他们用我不懂的词语解释我不懂的事情。有无数的人向"生殖腺嵌合体"、"染色体重排"或者"缓发性突变"这样的术语投降。无数个永远不会出生的孩子，比如我的孩子。

辞旧迎新

米兰达和艾拉飞黄腾达了。她们成功打进一个注定要载入高中荣耀史的新圈子。这一个星期的午餐非常痛苦，她们在餐桌上谈论的都是我不感兴趣的人，我决定跟她们一刀两断。她们什么都没有问。我也没有撒谎。我们就这样分道扬镳了。

过一会儿我就没事了。不过，为了过渡得容易一点，我一个星期都没去吃午饭，也是为了避免她们假惺惺地说："噢，真可惜，奥利维娅，这里没有你的位置了！"不如去图书馆看书更自在一些。

十月，我读完了《战争与和平》。这本书实在太赞了。人们觉得它很难啃，但其实不过是一部人物众多的肥皂剧罢了，人们坠入爱河，为爱而战，为爱而死。我希望将来有一天我也能那样谈恋爱。我希望我的丈夫会像安德烈王子爱娜塔莎那样爱我。

结果我跟一个叫埃莉诺的女孩玩到了一起，我从上第二十二小学时就认识她了，不过我们各自上了不同的中学。埃莉诺一直是个特别聪明的女孩——当时有点爱哭，不过人很好。我从来不知道她原来很幽默（不是爸爸那种令人捧腹大笑式的幽默，而是妙语连珠），她也从来不知道我其实是个乐天派。我想，在埃莉诺的印象里，我大概一直是个非常严肃的人。我后来还发现，她从来没喜欢过米兰达和艾拉。她觉得她们高傲自大。

通过埃莉诺，午餐时我获许坐进了"聪明学生"一桌。这群人比我经常一起厮混的那一群人数更多，也更多元化。其中包括埃莉诺的男朋友凯文——有一天他一定会成为班长的；一些电脑迷；还有一些跟埃莉诺差不多的女孩，她们是学校年鉴委员会和辩论俱乐部的成员；还有一个叫贾斯汀的沉默男孩，他戴着圆圆的小眼镜，会拉小提琴，我对他一见钟情。

有时候我会看见米兰达和艾拉，她们现在跟"超级人气组合"一起形影不离。我们会寒暄一句"嗨，最近怎么样"，然后走开。偶尔米兰达会问我奥古斯特的情况，说"告诉他，我向他问好"。我从来没有转达，不是因为生米兰达的气，而是因为最近一段时间奥古斯特沉浸在他自己的世界里。有时候即使在家里，我们也毫无交集。

十月三十一号

外婆是在感恩节前夜去世的。从那以后，虽然已经过去四年了，但这一天对我来说依然是一年中最悲伤的日子。妈妈也是，但她不怎么说。相反，她在全心全意地为奥古斯特准备万圣节服装，因为我们都知道，万圣节是他一年中最开心的日子。

今年也不例外。奥古斯特特别想化装成《星球大战》里一个叫波巴·费特的角色，因此妈妈在寻找适合他尺寸的波巴·费特道具服，说来奇怪，到处都缺货。她找遍了每一家网店，发现拍卖网上有几家网店正在作价处理一大批服饰，所以最后买了一件姜戈·费特的道具服，把它漆成绿色，变成了波巴·费特的行头。我想说，毫无疑问，她花了两个星期的时间来改造那件愚蠢的行头。不，我不会提妈妈从来没有给我做过一件万圣节服装的事，因为这根本没用。

万圣节的早晨，我醒来时想起了外婆，伤心得眼泪汪汪。爸爸一直不停地催我赶快穿衣服，这只能让我更加焦虑不安，于是我突然哭了出来。我只想待在家里。

那天早晨结果是爸爸送奥古斯特去上的学，妈妈说，我可以待在家里，我们俩一起哭了一会儿。有一件事我很确定：不管我有多么想念外婆，妈妈一定更想念她。多少次奥古斯特做完手术，命悬一线，多少次匆匆忙忙赶往急救室，外婆总是陪伴在妈妈身边。能跟妈妈一起哭一场，感觉很不错。这对我们俩来讲都是好事。哭着哭着，妈妈提议一起看《幽灵与未亡人》①，这一直是我们最喜爱的黑白电影。我觉得这个主意很棒。我想，也许我会利用这个同哭的机会向妈妈倾诉在学校里跟米兰达和艾拉的所有过节。但是我们刚刚在 DVD 前坐下来，电话响了。是奥古斯特学校的护士打来的，她告诉妈妈，奥古斯特肚子疼，最好把他接回家。于是，"老电影和母女情深"到此为止。

妈妈把奥古斯特接了回来，他一进家门，就径自冲进卫生间呕

---

① *The Ghost and Mrs. Muir*，1947 年出品。

吐了一番。然后，他上了床，用被子蒙住头。妈妈给他量了体温，为他送去热茶，又担当起"奥古斯特的妈妈"的角色。"维娅的妈妈"只出现了一小会儿就回去了。不过，我很理解：奥古斯特情绪很糟。

我们俩都没有问他为什么穿骷髅幽灵服，而不是妈妈为他特制的波巴·费特的衣服去上学。不知道妈妈看见自己用两个星期做的衣服穿都没穿就被扔在地上会不会生气——她没有表露出来。

不给糖就捣蛋

下午晚些时候，奥古斯特说他感觉不舒服，不能出去玩"不给糖就捣蛋"了。这对他来说实在太糟糕了，因为我知道他有多么喜欢玩这个游戏——尤其在天黑了以后。虽然我自己早已经过了玩"不给糖就捣蛋"的年龄，但我通常还是会随便扣上一张面具什么的，陪他满街区来来回回地跑，看着他挨家挨户地敲门，兴奋得晕头转向。我知道一年之中只有这一天他可以真的和别的孩子一样。没有人认识面具之下的那个他。对奥古斯特来说，那感觉绝对超赞。

晚上七点钟，我敲他的门。

"嗨。"我说。

"嗨。"他回答。他没有打电子游戏，也没有看漫画书，只是径自躺在床上盯着天花板。黛西像往常一样依偎在他身边，头枕在他大腿上。骷髅幽灵服在地板上皱成一团，旁边是波巴·费特的道具服。

"你肚子怎么样？"我挨着他在床边坐下来，问道。

"还有点恶心。"

"你确定不去参加万圣节大游行了吗？"

"确定。"

这让我非常吃惊。奥古斯特在他的治疗问题上向来不屈不挠，不管是手术过后才几天就去滑滑板，还是嘴巴几乎被封锁起来就用吸管一点一点地进食。这个孩子在十岁前所打的针、吃的药、经受的疗程比大多数人十辈子所经受的还要多，如今一点点恶心就让他打退堂鼓？

"你愿意跟我说说怎么回事吗？"我说，听起来有点像妈妈的口吻。

"不。"

"是学校里的事情吗？"

"嗯。"

"老师？作业？朋友？"

他没有回答。

"有人说了什么吗？"我问。

"人们总是说三道四。"他痛苦地回答。看得出来，他快要哭出来了。

"告诉我发生什么事了。"我说。

他一五一十地跟我说了。他无意中偷听到几个男生在说他的坏话。他不在乎别的男孩说什么，他能料到他们说什么，让他受伤害的，是其中一个叫杰克·威尔的男孩，他是他"最好的朋友"。我想起来过去这几个月里他提到杰克好几次。我还记得妈妈和爸爸说他看起来是一个相当不错的孩子，还说他们很高兴奥古斯特交到了那样的朋友。

"有时候小孩子是很愚蠢的，"我抓住他的手，温柔地说，"我肯定他不是故意的。"

"可是他为什么要那么说？他一直都假装是我的朋友。图什曼也许用好成绩什么的收买了他。我打赌他大概是这么说的，嗨，杰克，如果你跟那个怪胎做朋友，今年你就不必参加任何考试了。"

"你知道那不是真的，还有，不要叫你自己怪胎。"

"不管怎么样，我真希望自己从来没上过这所学校！"

"可是我一直以为你喜欢上学。"

"我讨厌这所学校！"他捶打着枕头，勃然大怒，"我讨厌它！我讨厌它！我讨厌它！"他声嘶力竭地尖叫着。

我什么都没说。我也不知道该说什么。他受到了伤害。他气得要命。

我让他由着性子发泄了一通。黛西舔起了他脸上的眼泪。

"好啦，奥吉，"我轻轻地拍拍他的肩，说，"你为什么不穿上姜戈·费特的衣服，然后——"

"是波巴·费特的衣服！为什么每个人都会搞混？"

"波巴·费特的衣服。"我按捺住性子说。我张开双臂搂住他的肩膀："我们就只是去参加游行，好吗？"

"如果我去参加游行，妈妈就会觉得我已经好了，明天会强迫让我去上学。"

"妈妈永远不会强迫你去上学的。"我回答道。

"好啦，奥吉。我们走吧。我保证会很好玩的。而且我会把我所有的糖果都给你。"

他没有争辩。他从床上起来，慢吞吞地套上了波巴·费特的道具服。我帮他调整肩带，收紧腰带，等他戴上头盔时，看得出来，他感觉好多了。

好好想一想

第二天，奥古斯特依然宣称肚子疼，这样就不必去上学了。我承认有点对不起妈妈，她真的很担心他肚子里是不是有蛔虫，但是我已经答应奥古斯特，不会把学校里发生的事件透露给她。

到了星期天，他还是铁了心下周不回学校上课。

"你打算怎么跟妈妈和爸爸解释呢？"他跟我说这事时，我问他。

"他们有言在先，任何时候只要我想退学，就可以退学。"他说这话的时候正在专心阅读一本漫画书。

"但是你从来就不是那种半途而废的孩子，"我苦口婆心地说，"那不像你。"

"我要退学。"

"你总得给妈妈和爸爸一个理由，"我一边点他，一边把漫画书从他手里抽出来，这样我们谈话时他就不得不抬头看着我了，"到那时，妈妈会给学校打电话，这件事情会闹得人人皆知。"

"杰克会惹上麻烦吗？"

“我想是的。”

“太好了。”

我必须承认，奥古斯特越来越让我感到吃惊。他从书架上抽出另一本漫画书浏览起来。

“奥吉，”我说，“你真的会让几个小破孩阻止你回学校上学吗？我知道你一直都喜欢上学。别让他们控制你。别让他们得逞。”

“他们不知道我听到他们的谈话。”他辩解道。

“是的，我知道，不过……”

“好啦，维娅。我知道自己在做什么。我已经下定决心了。”

“但是这太愚蠢了，奥吉！”我毅然决然地说，把那一本漫画书也从他手里拿走了，“你必须回去上学。每个人都有讨厌上学的时候。我有时候也讨厌上学。我有时候还讨厌我的朋友。但那就是生活，奥吉。你想被正常对待，对不对？这就是正常！我们大家都必须去上学，尽管我们都有不爽的时候，行吗？”

“维娅，人们会想方设法避免碰到你吗？”他回答道，顿时让我哑口无言，“是的，没错。我就是那么想的。所以不要把你在学校里的不爽跟我的不爽相提并论，好吗？”

“好吧，这很公平，”我说，“但是奥吉，问题不在于比谁的日子更糟糕，而在于我们大家都必须忍受糟糕的日子。现在，如果你不想一辈子都被当作婴儿对待，或者被当作一个有特殊要求的孩子，你就得振作起来，给我上学去。”

他没再说什么，但我觉得最后一句话他听进去了。

“你不必跟这帮孩子啰唆，”我继续往下说，“奥古斯特，实际上这样太酷了，你知道他们说了什么，但是他们并不知道你知道他们说了什么，你明白吗？”

“你到底在说什么？”

"你知道我的意思。如果你不愿意，你从此可以不必跟他们说话。他们永远不会知道为什么。明白吗？或者，你可以假装是他们的朋友，但是在内心深处你知道你不是。"

"你对米兰达就是这样的吗？"他问。

"不是，"我很防备地飞快回答，"对米兰达我从来不伪装自己的感受。"

"那你为什么说我可以？"

"我没有这么说！我只是说你不能让这帮小混球影响你，仅此而已。"

"就像米兰达影响你一样。"

"你为什么一直要扯上米兰达？"我不耐烦地叫道，"我在设法跟你谈你的朋友。请把我的朋友撇开。"

"实际上你再也不会跟她做朋友了。"

"这跟我们正在聊的事情有什么关系？"

奥古斯特看我的样子让我想起洋娃娃的脸。他洋娃娃一般的眼睛半睁半闭，毫无表情地盯着我。

"她几天前打过电话来。"他终于说。

"什么？"我愣住了，"你竟然没有告诉我？"

"她不是打给你的，"他说着把我手里的两本漫画书都抽走了，"她是打给我的。只是问个好，看看我怎么样。她甚至都不知道我上学了。我真不敢相信你竟然没告诉她。她说你们俩现在不怎么一起玩了，但是想让我知道，她会永远像个大姐姐一样爱我。"

我又是一愣，心里一阵刺痛。我待在那里，嘴里说不出话来。

"你为什么不告诉我？"我终于说。

"我也不知道。"他耸耸肩说，又翻开了第一本漫画书。

"好吧，如果你不去上学，我就会告诉妈妈和爸爸关于杰克·威尔的事情，"我说，"图什曼也许会把你召到学校，让杰克和别的孩子当着大家的面向你道歉，然后每个人都会像对待一个上学有特殊需要的孩子一样对待你。这是你希望的吗？这就是可能发生的事情。要不然，就干脆回去上学，装作什么事情都没发生过。或者，你也许想跟杰克理论一番，也好。但是，不管怎样，如果你——"

"好，好，好。"他打断了我。

"什么？"

"好！我会去上学！"他叫喊起来，声音不大，"只是够了，别再跟我说这事了！现在我可以看书了吗？"

"很好！"我回答。在转身离开他房间的时候，我想起了什么。"米兰达还提到我别的什么事情吗？"

他从漫画书上抬起头，直直地看向我。

"她说，让我告诉你她很想你。这是她的原话。"

我点点头。

"谢了。"我轻描淡写地说，不好意思让他看出来我有多开心。

第三章

萨默尔

　　无论他们怎么说，你仍然如此美丽。流言蜚语不能把你击倒。无论从哪个方面来说，你都无懈可击。是的，流言蜚语不能把你击倒。

　　　　　　　　　　　　　——摘自克里斯蒂娜·阿奎莱拉[①]《美丽》

---

① 克里斯蒂娜·阿奎莱拉（Christina Aguilera），美国女歌手、演员。

怪孩子

一些同学竟然问我，为什么总跟"那个怪物"形影不离。这些同学甚至都不怎么了解他。如果他们了解，就不会那么叫他了。

"因为他是个好孩子！"我总是这么回答，"不要那么叫他。"

"你是个圣人，萨默尔，"西蒙娜·陈有一天对我说，"你做的事情，我做不到。"

"这没什么大不了的。"我如实回答。

"是图什曼先生叫你跟他做朋友的吗？"夏洛特·科迪问。

"不，我跟他做朋友是因为我想跟他做朋友。"我回答道。

谁知道我跟奥古斯特·普尔曼坐在一起吃顿午餐就成了一个重大事件呢？人们表现得好像那是世界上最奇怪的事情。怪孩子自有奇怪之处。

第一天我跟他坐在一起是因为我同情他。仅此而已。他在那儿，一个长相奇怪的孩子在一所完全陌生的新学校。没有一个人跟他说话。每一个人都在盯着他看。跟我坐在同一张餐桌的所有女孩都在低声议论他。他不是毕彻预科学校唯一的新生，但他是唯一一个被大家谈论的人。朱利安给他取了个绰号叫"僵尸小子"，大家都这么叫他。"你见到'僵尸小子'了吗？"诸如此类的话不胫而走。奥古斯特也知道这些。即使你长了一张正常的脸，作为一个新生也够难熬的。何况他长着这样一张脸？

于是，我就走过去跟他坐在了一起。这不是什么大事。我希望人们不要小题大做。

他只是一个孩子。是的，是我所见过的长得最奇怪的孩子。但仅仅是个孩子而已。

瘟疫

我承认，需要一段时间才能适应奥古斯特的脸。现在，我跟他一起坐了两个星期了，这么说吧，他不是世界上吃相最好看的人。但是除了这一点，他非常棒。我还应该说的是，我再也不同情他了。那也许是让我第一次挨着他坐的原因，但不是我继续跟他坐一块儿的原因。我继续跟他坐一块儿，是因为他有趣。

这学期我不喜欢的一件事情，是许多同学言谈举止间俨然已经成人了，不用再玩了。他们要做的事情是"闲逛"和在课间休息时"聊天"。他们现在聊的都是谁喜欢谁，谁可爱和谁不可爱。奥古斯特才不过问这些事情。课间休息时他喜欢玩"四方阵"，我也爱玩。

实际上，正是因为跟奥古斯特一起玩"四方阵"，才了解到什么叫"瘟疫"。显然这是这学期才开始玩的"游戏"。任何不小心碰到奥古斯特的人只有三十秒时间洗手或者找到洗手液，否则就会传染上"瘟疫"。我不知道如果一个人真的碰到了奥古斯特会出什么事，因为还没有人碰到过他——至少没有直接碰到过。

玛雅·马克维茨告诉我，她不愿意在课间跟我们玩"四方阵"是因为她不想染上"瘟疫"，我才知道了这件事情。我问："什么'瘟疫'？"她才如实相告。我告诉玛雅，那种说法真的太无聊了，她也表示同意，但是她依然不愿去碰奥古斯特刚刚碰过的球，能不碰就绝不碰。

万圣节派对

我真的好兴奋，因为我收到了萨凡娜的万圣节派对邀请。

萨凡娜大概是学校里最受欢迎的女孩。所有男孩都喜欢她。所有女孩都想跟她做朋友。她是整个年级唯一真正有"男朋友"的女孩。那个男孩是第281中学的学生，不过她甩了他，开始跟亨利·乔普林约会，这还算讲得通，因为他们俩看起来已经完全像少男少女了。

不管怎么样，虽然我不在"受欢迎"之列，但莫名其妙受到邀请，感觉还蛮好的。当我告诉萨凡娜，我收到了她的请柬并打算去参加她的派对时，她对我非常亲热，不过她要我切记，她邀请的人不多，就不要到处吹嘘，闹得人人皆知。比如，玛雅就没有得到邀请。萨凡娜还明确告诉我不要化装。幸好她跟我说了，否则，我当然会化装去参加万圣节派对——不是专门为万圣节游行做的独角兽服饰，而是学校里的那套哥特少女装。但是，即使穿这一身，萨凡娜的派对也不准许。我去参加萨凡娜的派对，唯一不好的就是不能参加游行了，独角兽的服装也浪费了。这有点糟糕，不过还好。

总之，我来到她的派对，遇到的第一件事情是她站在门口迎接我，问："你的男朋友呢，萨默尔？"

我压根儿不知道她在说什么。

"我想万圣节他用不着戴面具，对吗？"她补充说。这下我明白了，她说的是奥古斯特。

"他不是我男朋友。"我说。

"我知道，只是开个玩笑！"她亲了一下我的脸颊（她那个圈子里的女孩无论什么时候打招呼都互相亲脸颊），把我的夹克扔到走廊的衣帽架上。然后她牵着我的手，下了楼梯来到地下室，派对在那里举行。我没看到她父母。

大概有十五个同学在那里。他们都是很有人气的学生，要么来自萨凡娜的圈子，要么来自朱利安的圈子。我想，在某种程度上他们恐怕已经合并成一个超级人气大圈子了，因为他们中已经有人开始互相约会了。

我竟然不知道有这么多对。我是说，我知道萨凡娜和亨利，但是西蒙娜和迈尔斯？艾莉和阿莫斯？实际上，艾莉跟我一样扁平单薄。

反正，我到了才五分钟，亨利和萨凡娜便站到我身边，几乎恐吓起我来。

"真的，我们想知道为什么你成天跟僵尸小子在一起玩。"亨利说。

"他不是僵尸。"我打哈哈地说，当他们在开玩笑。

我在笑，但我一点也不想笑。

"你难道不知道吗？萨默尔，"萨凡娜说，"如果你不是老跟他在一起玩，你会更受欢迎。就实话告诉你吧，朱利安喜欢你，他想约你出去。"

"是吗？"

"你觉得他帅吗？"

"嗯，我想是的。是的，他挺帅的。"

"那么你得选择一下，到底想跟谁在一起。"萨凡娜说。她跟我说话的时候，就像一个大姐姐对小妹妹说话一样，"萨默尔，大家都喜欢你。大家都觉得你非常好，而且非常非常漂亮。只要你愿意，你完全可以成为我们圈子里的一员，相信我，这是我们年级很多女孩都梦寐以求的事。"

"我知道，"我点点头说，"谢谢你。"

"别客气，"她回答道，"你想让我叫朱利安过来跟你谈谈吗？"

我顺着她指的方向望去，看见朱利安也正朝我们张望。

"嗯，我现在需要去一下洗手间，在哪里？"

她指了指，我走进洗手间，坐在浴缸沿上，打电话给妈妈，叫她来接我。

"没事吧？"妈妈问。

"没事，我只是不想待下去了。"我说。

妈妈没有再问，说她十分钟就到。

"别按门铃，"我告诉她，"到了门外打电话给我就行了。"

我在洗手间一直待到妈妈打电话来，趁没人注意，我偷偷上楼，取了夹克衫，走了出去。

才九点半。万圣节游行队伍正浩浩荡荡地通过阿默斯福特大道。到处都人山人海。每个人都奇装异服。骷髅，海盗，公主，僵尸，超级英雄，应有尽有。

唯独缺了独角兽。

十一月

第二天上学的时候，我告诉萨凡娜我吃到了变质的万圣节糖果，有点不舒服，所以早早离开她的派对回家了。她信以为真。我确实有点肚子疼，就算是个善意的谎言吧。

我也告诉她，我喜欢另外一个人，不是朱利安，这样她就不用管我了，希望她可以传话给朱利安，说我对他没什么兴趣。当然，她很想知道我喜欢谁，我告诉她这是个秘密。

万圣节之后奥古斯特就没来上课，等他回到学校，我看得出来他有点不对劲。吃午餐时，他表现得特别奇怪。

我跟他说话，他只是低头盯着食物，几乎没说一句话，好像不愿意看我眼睛似的。最后我说："奥吉，你还好吧？你是在生我气还是怎么回事？"

"不是。"他说。

"万圣节那天你不舒服，真为你惋惜。我一直在走廊上找'波巴·费特'呢。"

"是的，我生病了。"

"你是不是肚子疼？"

"我想是的。"

他翻开一本书看了起来，有点唐突的样子。

"我对埃及博物馆计划可期待了。"我说。

"是吗？"

他摇摇头，嘴里塞得满满的。实际上我把头扭了过去，因为他咀嚼的样子像是在故意恶心我，还有他的眼睛差不多也是闭着，让我有一种不祥之感。

"你抽到什么任务了？"我问。

他耸了耸肩，从牛仔裤口袋里掏出一张小纸条，从桌子上方扔给我。

我们年级每一个人都要为十二月的"埃及博物馆日"做一件埃及手工艺品。老师把所有的任务都写在小纸条上，放进玻璃缸，这样在集合的时候全年级所有学生都能依次从鱼缸里抽到。

我打开奥吉的纸条。

"哇，真酷！"我说，也许有点过于激动了，因为我想让他打起精神来，"你抽到的是萨卡拉金字塔的台阶。"

"我知道！"他说。

"我抽到的是冥神阿努比斯。"

"长狗头的那个？"

"实际上人家是豺狼头，"我纠正他，"喂，你想放学后一起开始动工吗？你可以去我家。"

他把手中的三明治放下，往椅背上一靠。我简直无法形容他投过来的那一瞥。

"你知道的，萨默尔，"他说，"你不必这么做。"

"你说什么？"

"你不一定非要跟我做朋友。我知道图什曼先生跟你谈过话。"

"我不知道你在说些什么。"

"我想说的是，你不必假装。我知道开学前图什曼先生跟一些同学谈过话，告诉他们必须跟我做朋友。"

"他没跟我谈过话，奥古斯特。"

"是的，他谈过。"

"不，他没有。"

"是的，他有。"

"不，他没有！我以我的生命发誓！"我把手举起来，这样他就能看见我没有十指交叉。他马上低头看我的脚，于是我把脚上的UGG靴子抖掉，他就可以看见我的脚趾头也没有交叉。

"你穿着连裤袜。"他指责道。

"你看得到我的脚趾是平的！"我叫道。

"好吧，你不必大喊大叫。"

"我不喜欢被人指责，好吗？"

"好吧，我很抱歉。"

"你是应该道歉。"

"他真的没跟你谈过话？"

"奥吉！"

"好的，好的，真对不起。"

我本来想多跟他生一会儿气，但是等他告诉我万圣节那天发生的事情后，我再也无法继续生他的气了。事情基本上是这样的，他听到杰克在背后说他坏话，说得很难听。这可以解释他为什么这个态度，我也明白了为什么他一直在"生病"。

"你保证不告诉任何人。"他说。

"我不会的，"我点点头，"你也保证今后再也不会故意那样对我了？"

"我保证。"他说。我们拉钩起誓。

警告：这个孩子是限制级

关于奥古斯特的长相，我给妈妈打过预防针。我描述过他的样子。我之所以这么做，是因为我知道她向来不善于掩饰自己的情感，而奥古斯特今天又是第一次到家里来做客。她上班的时候我甚至还发了个短信提醒她。但是等她下班回家，从她脸上的表情我意识到，我的准备工作还是做得不够。她进了家门，第一眼看到他时吓了一跳。

"嗨，妈妈，这是奥吉。他可以留下来吃晚饭吗？"我连珠炮似的问。

我的问题竟然过了一会儿才得到回应。

"嗨，奥吉，"她说，"嗯，当然了，亲爱的，只要奥吉的妈妈同意就可以。"

当奥吉用手机给他妈妈打电话的时候，我低声对妈妈说："别再做那种奇怪的表情了！"只有看到新闻里发生可怕的事情时，她才会有那样的表情。她好像没意识到自己失态似的，赶紧点头，接下来对奥吉就很亲切与正常了。

过了一会儿，奥吉和我干活儿累了，便到客厅里歇会儿。奥吉在看壁炉架上的照片，他看到了我和爸爸的合影。

"这是你爸爸吗？"他问。

"是的。"

"我不知道你是……那个词怎么说来着？"

"混血儿。"

"对！就是那个词。"

"是的。"

他继续盯着照片。

"你父母离婚了吗？我从来没见他接送你什么的。"

"噢，不，"我说，"他曾经是陆军副排长。几年前去世了。"

"哎呀！我不知道！"

"是的。"我点点头，递给他一张爸爸穿制服的照片。

"哇，这么多勋章。"

"是的，他相当厉害。"

"哇，萨默尔，真抱歉。"

"是啊，很糟糕。我非常想念他。"

"肯定的。"他点点头，把照片还给我。

"你认识的人有去世的吗？"我问。

"只有我的外婆，我甚至都不怎么记得她。"

"那太糟糕了。"

奥吉点了点头。

"你有没有想过人们去世时会发生什么事？"

他耸了耸肩。"没有真正想过。我的意思是，我想他们上了天堂？我的外婆就去了那里。"

"我想过很多，"我说，"我想，当人们死去时，他们的灵魂应该上天堂，不过只是一小会儿。到那里他们见见老朋友什么的，怀怀旧。不过我真的认为灵魂会思考他们在地球上的生活，比如他们是好是坏等等。然后，他们会投胎转世为这个世界的新生儿。"

"他们为什么要那么做？"

"因为这样他们就有改正错误的机会，"我回答道，"他们的灵魂有机会重来一次。"

他琢磨了一下我的话，点点头："这有点像补考。"

"对。"

"但是他们回来的时候样子变了，"他说，"我的意思是，他们回来的时候会变得面目全非，对吗？"

"嗯，是的，"我说，"灵魂还是老样子，但其他的一切都完全不同。"

"我喜欢这个说法，"他连连点头说，"我真的好喜欢，萨默尔。也就是说，来世我可以摆脱这张脸了。"

他说着指指自己的脸，眨了眨眼睛，把我逗笑了。

"我不这么想。"我耸耸肩说。

"喂，我甚至还可能会变得很英俊！"他笑着说，"那该有多爽啊，不是吗？我可以重返这个世界，变成一个英俊的家伙，超级健美，超级高大。"

我又笑了。他对自己看得很开。这正是我最喜欢奥吉的一点。

"喂，奥吉，可以问你一个问题吗？"

"好啊。"他说，好像非常清楚我想问什么。

我犹豫了一下。有那么一阵，我一直很想问他，却总是没有勇气。

"问什么？"他说，"你想知道我的脸到底是怎么回事？"

"是的，我想。如果这么问没关系的话。"

他耸耸肩，看起来没有生气或者伤心，我松了口气。

"好吧，没什么大不了的，"他轻描淡写地说，"我得的主要是一种下颌面部发育不良症——顺便说一下，我永远都学不会这些词的正确发音。不过，我还得了另外一种我甚至都发不出来音的综合征，这些东西聚在一起演变成一种超级巨大的东西，这家伙实在太罕见了，甚至都还没有一个名字。我的意思是，你知道的，我不想吹牛，但我实际上被看作某种医学奇迹。"

他笑了。

"这是个笑话，"他说，"你可以笑了。"

我摇摇头笑了起来。

"你真好玩，奥吉。"我说。

"是的，"他自豪地说，"我酷毙了！"

埃及的坟墓

接下来的一个月，奥古斯特和我放学后的大多数时间都待在一起，要么去他家，要么来我家。奥古斯特的父母甚至还邀请妈妈和我吃了几次晚饭。我听到他们在谈论安排妈妈和奥古斯特的本叔叔相亲的事情。

埃及博物馆展览那天，我们都兴高采烈，还有点眼花缭乱。头一天下雪了——虽然下得没有感恩节放假那天大，但是，无论如何下雪了。

体育馆变成了一座巨大的博物馆，每一个人做的埃及手工艺品都陈列在桌子上，用一张小小的说明卡解释它的由来。大部分手工制品都非常出色，但不得不说，我真的觉得我的和奥古斯特的是最棒的。我雕塑的阿努比斯看起来非常逼真，我甚至在表面涂了一层真正的金漆。奥古斯特用方糖造出了他的金字塔台阶，有六十厘米高，六十厘米长，他还往糖块上喷绘了一种仿沙颜料，看起来棒极了。

我们都穿着埃及服装。有的同学扮成了印第安纳·琼斯那类的考古学家。有的打扮得像法老。奥古斯特和我则穿得像木乃伊。我们的脸都遮住了，只留了两个小洞露出眼睛和一个小洞露出嘴巴。

家长们来了，他们都在体育馆前面的走廊上排队。我们被告知前去迎接自己的父母，每一个同学将用手电筒带领他或者她的父母进行一段穿越体育馆的黑暗旅程。奥古斯特和我一道带领着我们的妈妈。我们在每一个展品前停留，解说这是什么东西，我们或低声交谈，或答疑解惑。由于体育馆里面很黑，我们在交谈的时候得用手电筒把工艺品照亮。有时候，为了凸显戏剧化效果，在解说的时候我们就把手电筒抵在下巴底下。我们听着黑暗中传来嘤嘤嗡嗡的低语，看着电筒光在黑暗中晃来晃去，感觉好玩极了。

中间休息的时候，我到饮水机那里倒水喝，只能把木乃伊包裹布从头上取下来。

"喂，萨默尔，"杰克走过来对我说，看起来很像电影《木乃伊》里的人，"服装很酷。"

"谢谢。"

"另一个木乃伊是奥古斯特吗？"

"是的。"

"嗯……喂，你知道为什么奥古斯特生我气吗？"

"啊哈。"我点点头。

"你能告诉我吗？"

"不能。"

他点点头，看起来有点沮丧。

"我答应过他不告诉你。"我解释道。

"很奇怪，"他说，"我不知道为什么他突然就生我气了。没有道理啊。你至少可以给我一点暗示吧？"

我望了望，奥古斯特在屋子那头正跟我们的妈妈说话。我不想违背自己的铮铮誓言，我说过不会跟任何人讲他在万圣节偷听到的事情，但是我很同情杰克。

"骷髅幽灵衣。"我在他耳边嘀咕了一句，便走开了。

第四章

杰　克

　　我的秘密其实很简单：只有用心灵才能看得清事物的本质，真
正重要的东西是肉眼无法看见的。

——摘自安东尼·德·圣埃克絮佩里《小王子》

电话

大概是在八月，我父母接到了中学校长图什曼先生打来的电话。妈妈说："也许他给所有新生都打了电话表示欢迎吧。"爸爸说："那他有得打了。"于是妈妈给他打了回去，我听到了她跟图什曼先生在电话上的交谈。以下是她所说的话，一字不差：

"哦，嗨，图什曼先生。我是阿曼达·威尔，您给我打过电话？（**停顿**）噢，谢谢您！您这么说真是太好了。他正盼着呢。（**停顿**）是的。（**停顿**）哦。当然。（**很长的停顿**）哦哦。嗯哼。（**停顿**）嗯，您这么说真是太好了。（**停顿**）当然。哦。哇哦。嗯嗯。（**超级长的停顿**）当然，我明白。我肯定他会的。让我记下来吧……好了。我找个时间跟他谈一下再给您打电话，好吗？（**停顿**）不，谢谢您想到他。拜拜！"

等她挂了电话，我问："什么事，他怎么说？"

妈妈说："噢，实在是非常荣幸，不过真是让人难过。知道吗？今年有这样一个男孩要开始上中学，以前他从来没有真正融入过学校的环境，因为他都是在家学习，所以图什曼先生跟几个小学老师聊了一下，想找几个他们认为非常优秀又即将升入五年级的孩子，一定是老师们告诉他你是个特别好的孩子——当然，我也知道——因此图什曼先生想知道，他是否能指望你保护一下这个新生？"

"比如让他跟我在一起玩吗？"我问。

"正是，"妈妈说，"他把这叫作'欢迎朋友'。"

"可为什么是我？"

"我说过了，你的老师们告诉图什曼先生你是出了名的好孩子，他们对你评价这么高，我感到很骄傲……"

"为什么又难过呢？"

"什么意思？"

"你说，这很荣幸，但也有点让人难过。"

"哦，"妈妈点点头，"好吧，这个男孩似乎患有一种……嗯，我猜他的脸出了点问题……什么的。不一定。也许他出过事故。图什曼先生说等你下周去学校时他会再解释解释。"

"九月才开学呢！"

"他希望你在开学前见见这个孩子。"

"我非去不可吗？"

妈妈看起来有点惊讶。

"咳，不用，当然不用，"她说，"但这是在做好事，杰克。"

"如果不是非做不可，"我说，"我就不想做。"

"你能至少考虑一下吗？"

"我正在考虑，我就是不想做。"

"好吧，我不会强迫你的，"她说，"但是至少再想想，好吗？我要到明天才给图什曼先生打电话，再耐心想一想。我的意思是，杰克，我真的不认为这会让你多花时间在一个新同学身上……"

"问题不仅仅在于他是个新同学，妈妈，"我回答道，"他是个畸形人。"

"你这么说太过分了，杰克。"

"他就是，妈妈。"

"你甚至都不知道他是谁！"

"是的，我知道。"我说，因为她一说到他，我立刻就知道了，这个男孩的名字叫奥古斯特。

卡维尔商场

我还记得第一次看见他的情形，那是在阿默斯福特大道的卡维尔商场外面，那时我大概五六岁。我和保姆维罗妮卡正坐在商场外的长椅上，我的小弟弟杰米面对着我们坐在推车里。我想我一定是在闷头吃蛋卷冰激凌，因为我竟然没有注意到坐在身边的人。

然后，等我歪着头舔干净蛋筒底部时，我才一眼看到他：他就是奥古斯特。他紧挨我坐着。我知道这很夸张，但事实是我不由自主地"啊"了一声。老实说我被吓了一跳。我还以为他戴着一副僵尸面具什么的呢。这就像看恐怖片的时候，看见坏人从密林中跳出来，你会不由自主地"啊"一声。无论如何，我知道自己这样做很不好，我也知道这男孩没听到，但他姐姐听到了。

"杰克！我们得走了！"维罗妮卡说。她已经站起身，将推车掉了个头，因为显然杰米刚才也注意到了他，正要说让人难堪的话。于是我匆匆忙忙地跳起来，像有一只蜜蜂落到我身上一样，跟着维罗妮卡快步走开了。我能听到那男孩的妈妈在我们身后温柔地说："好啦，孩子们，我想我们该走了。"我转过身再看他们时，男孩正舔着冰激凌蛋卷，妈妈在收拾他的滑板车，而他的姐姐却对我怒目以视，好像要杀了我似的。我赶紧扭头。

"维罗妮卡，那个男孩是怎么回事？"我低声问。

"嘘！臭小子！"她怒气冲冲地说。我爱维罗妮卡，但是她生气时，就会发脾气。同时，就在维罗妮卡推着推车往前走的时候，杰米几乎挣出身子来，试图想再看一眼。

"可是，维罗妮卡……"杰米说。

"你们两个小子太没规矩了！太没规矩了！"我们走远了，维罗妮卡说，"那样傻瞪着眼看！"

"我不是故意的！"我说。

"维罗妮卡。"杰米叫道。

"我们就这样子走开，"维罗妮卡在喃喃自语，"噢！上帝，那个女人真可怜。我告诉你们，孩子们。我们每天都应该感谢主赐福于我们，听见了吗？"

"维罗妮卡！"

"什么事，杰米？"

"现在是万圣节吗？"

"不是，杰米。"

"可那个男孩为什么戴着面具？"

维罗妮卡没有回答。有时候，她生气了就会这样。

"他没有戴面具。"我对杰米解释。

"嘘！杰克！"维罗妮卡说。

"为什么你生这么大的气，维罗妮卡？"我忍不住问。

我以为这会让她更生气，但她其实只摇了摇头。

"我们这么做太糟糕了，"她说，"就那样站起来，好像活见鬼似的。你知道吗？我生怕杰米会说些什么。我不想让他说任何会伤害那个小男孩的话。但是太糟糕了，我们就这样子走开。他的妈妈全都看在眼里。"

"但我们不是故意的。"我回答。

"杰克，有时候你不一定要故意伤害人才会伤害人。懂吗？"

那是我第一次在附近看到奥古斯特，起码我还记得。不过那以后我也在附近见过他：几次在操场，几次在公园。曾经有段时间他常常戴着一顶宇航员头盔。附近所有的孩子都知道那是他。每个人都多多少少见过他。我们都知道他叫什么名字，不过他并不认识我们。

不论何时见到他，我都会想起维罗妮卡说过的话。但是很难。很难不偷偷地多看他一眼。见到他的时候，你很难表现正常。

我为什么改变主意

"图什曼先生还给谁打电话了？"那天夜里我问妈妈，"他告诉你了吗？"

"他提到了朱利安和夏洛特。"

"朱利安！"我说，"呃，为什么有朱利安？"

"你曾经跟朱利安挺好的啊！"

"妈妈，那都是幼儿园的事情了。朱利安是个大骗子。他成天都在费尽心思讨人喜欢。"

"好吧，"妈妈说，"但至少朱利安同意帮这个孩子的忙。冲这点你就必须相信他。"

我无话可说了，因为她是对的。

"那夏洛特呢？"我问，"她也答应帮忙吗？"

"是的。"妈妈说。

"她当然会了。夏洛特总是装好好小姐。"我回答。

"儿子，杰克啊，"妈妈说，"你最近好像对谁都有意见。"

"只是……"我说，"妈妈，你不知道这个男孩长什么样。"

"我可以想象。"

"不，你想象不到。你从来没见过他。但我见过。"

"也许不是你想的那个人。"

"相信我，是他。而且我还要告诉你，相当相当糟糕。他就是个畸形人，妈妈。他的眼睛都掉到这下面来了，"我指着自己的脸颊，"而且，他没有耳朵。还有，他的嘴就像……"

这时，杰米走进厨房从冰箱里拿出一盒橘子汁。

"问问杰米，"我说，"对吧，杰米？还记得去年有一次放学后我们在公园看见的男孩吗？那个叫奥古斯特的男孩？长着一张怪脸的那个？"

"噢，那个家伙？"杰米说着，瞪大了眼睛，"他让我做噩梦！！记得吗，妈妈？从去年起我总是做关于僵尸的噩梦？"

"我还以为那是看恐怖片的后遗症！"妈妈回答。

"不！"杰米说，"是看见那个男孩的结果！我看见他，当时就傻了，只是'啊'了一声，拔腿就跑……"

"等等，"妈妈严肃地说，"你是当着他的面这么做的吗？"

"我忍不住嘛！"杰米有点抱怨地说。

"你当然忍得住！"妈妈责骂道，"孩子们，我必须告诉你们，我对你们所说的事情感到非常失望，"她的表情和她的语气一样严肃，"老实说，我的意思是，他还只是个孩子——就跟你们一样！杰米，你能想象当他看见你从他身边逃开是什么感受吗？还尖叫着？"

"我没有尖叫，"杰米争辩道，"当时只是'啊'了一声！"他用双手捂住脸，开始在厨房里跑来跑去。

"行了，杰米！"妈妈怒气冲冲地说，"老实说，我以为我的儿子应该更有同情心！"

"什么叫同情心?"杰米问,他还没有上二年级。

"你非常清楚我说的同情心是什么意思,杰米。"妈妈说。

"只是他长得太丑了,妈妈。"杰米说。

"喂!"妈妈大吼一声,"我不喜欢那个词!杰米,赶紧拿了你的橘子汁走开。我想跟杰克单独聊一聊。"

"听着,杰克。"他一走妈妈就说,我知道她要长篇大论了。

"好吧,我会帮忙的。"我说,这让她十分吃惊。

"你会吗?"

"是的!"

"这么说我可以给图什曼打电话?"

"是的!妈妈,是的,我说了是的!"

妈妈笑了。"我知道你可以应付自如的,小伙子。好样的。我为你骄傲,杰基。"她把我的头发揉得乱七八糟。

喏,这就是我为什么改变主意。不是不想听妈妈的长篇大论,也不是想保护奥古斯特不受朱利安的欺负——虽然我知道这个人是个彻头彻尾的混蛋——而是因为当我听到杰米说他是怎么"啊"的一声从奥古斯特身边逃走时,我突然非常难过。问题是,像朱利安这样的混蛋小孩总是有的,但如果像杰米这样一向很乖的小孩都会这么过分,那么奥古斯特这样的男孩在中学就毫无立锥之地了。

四件事情

第一，要习惯他的脸。头几次，我想，哇，我永远都习惯不了。然后，大概一个星期以后，我想，哈，也没那么糟糕。

第二，实际上他是个很酷的家伙。我的意思是，他非常幽默。比如，老师说什么，奥古斯特就会嘀咕点什么搞笑的给我听，别人都听不见，而我会捧腹大笑。总的说来，他也是个好孩子。比如，他很好相处，很好说话等等。

第三，他很聪明。我还以为他在班上会成绩垫底，因为他以前从来没有上过学。但在大多数事情上，他都超过了我。我的意思是，也许他不如夏洛特和西蒙娜聪明，但也不相上下。跟夏洛特或西蒙娜不同的是，如果我真的需要，奥古斯特会帮我作弊（虽然只有几次）。有一次他还让我抄他的家庭作业，不过放学后我们俩都为此遭了殃。

"昨天的家庭作业你们俩错得一模一样。"鲁宾小姐看着我们俩说，好像在等待一个解释。我不知道该说些什么，因为解释就是：噢，那是因为我抄了奥古斯特的家庭作业。

为了保护我，奥古斯特撒了个谎。他是这么说的："噢，因为昨晚我们一起做的家庭作业。"根本不是这么回事。

"好吧，一起做作业是件好事，"鲁宾小姐回答，"但是你们应该独立完成，好吗？如果你们愿意，可以坐在一起做，但不能真的一起做，好吗？明白了吗？"

离开教室时，我说："老兄，谢谢你。"他说："没关系。"

他太酷了。

第四，既然很了解他，我想说其实我很想跟奥古斯特做朋友。

我承认，一开始我是他唯一的朋友，是因为图什曼先生吩咐我要对他特殊相待。但是现在，我会选择跟他在一起。我讲笑话的时候，他总是哈哈大笑。我觉得我可以对奥古斯特完全敞开心扉。他就像是好朋友一样。打个比方，如果五年级所有的同学靠墙站成一排，让我选择跟谁在一起，我会选择奥古斯特。

前度好友

骷髅幽灵衣？这是什么呀？萨默尔·道森一向有点扯，但这次她太过头了。我只是想问她，为什么奥古斯特像是在生我的气。我指望她会知道。但是她只说了一句"骷髅幽灵衣"？我简直莫名其妙。

真是奇怪，头一天，我跟奥古斯特还是好朋友，但是第二天，"嗖"的一下，他几乎不理我了。我完全摸不着头脑。我问他，"喂，奥古斯特，你在生我气还是怎么了？"他耸耸肩就走开了。因此，我只能把那当作一个明确的回答：是的。因为我可以确定我没有做任何可能让他生气的事，便指望萨默尔能为我指点迷津。可是我从她那里只得到一句"骷髅幽灵衣"？是啊，帮了大忙了。谢谢，萨默尔。

你知道的，我在学校里交友甚广。如果奥古斯特想跟我正式绝交，那好吧，我没问题，我才不会在乎呢。现在，我在学校里开始无视他，就像他无视我一样。实际上，这操作起来有点困难，因为几乎每堂课我们都坐在一起。

别的同学也注意到了，纷纷跑来向我打听是不是跟奥古斯特闹掰了。没有人去问奥古斯特。总之，几乎没有人跟他说话。我的意思是，除了我，唯一跟他待在一起的人是萨默尔。有时，他会跟瑞德·金斯利待一会儿，另外大小马克斯在课间找他玩过几次"龙与地下城"①。至于夏洛特这种好好小姐，她所做的只是从他身边经过时点头问个好而已。我不知道大家是不是还在他身后玩"瘟疫"的游戏，因为没有人直接告诉过我这件事，但我想说的是，除了我，他压根没有别的朋友可以一起玩。如果他不想跟我好，他才是损失惨重的人——不是我。

这就是我和他之间的过节。只有在不得已的情况下，我们才会彼此交流一下作业。比如，我问："鲁宾布置了什么家庭作业？"他会一一告诉我。或者，他会问："我可以用一下你的刨笔刀吗？"那我就把刨笔刀从铅笔盒里取出来给他。但下课铃一响，我们就各奔东西。

这是件好事，因为我现在可以跟更多的同学一起玩了。以前，我总是跟奥古斯特待在一起，同学们都不怎么跟我玩，因为这样一来他们就不得不跟他玩。有些事情他们还瞒着我，比如关于"瘟疫"事件的林林总总。我想，除了萨默尔，可能还有玩D&D的一群人，我是唯一一个没有掺和此事的。实际上，只不过没有人表现得特别露骨罢了——没有人愿意跟他一起玩。每个人都一心想成为"人气组"的成员，而他和你却越来越南辕北辙。但是现在我愿意

---

① Dungeons & Dragons，简称D&D，是世界上第一个商业化的桌上角色扮演游戏。

跟谁在一起，就跟谁在一起。如果我想进入"人气组"，我完全可以做到。

这也是一件坏事，因为，好吧，（a）其实我不是那么喜欢跟"人气组"混在一起；（b）其实我喜欢跟奥古斯特一起玩。

有点乱套了。而这一切都是奥古斯特的错。

下雪了

就在感恩节放假前一天，下了第一场大雪。学校停课，因此我们多放了一天假。我喜出望外，因为我对奥古斯特的整件事情感到非常沮丧，我需要时间冷静一下，不用每天面对他。同时，在这个世界上，我最喜欢的事情就是在下雪天醒来。我热爱那种感觉，当你早晨睁开眼睛，你甚至都不知道为什么，一切看起来都与平常截然不同。过了一会儿，你才恍然大悟，那是因为万籁俱寂。没有汽车喇叭声，也听不到公共汽车辘辘驶过街道的声音。你奔到窗前，只见窗外白雪皑皑，人行道，树木，街道上的车辆，窗户玻璃，一片银装素裹。如果上学的时候遇到下大雪，学校就会停课，好吧，我才不管自己有多大了——我一直觉得那是世界上最棒的感觉。我永远不会成为一下雪就撑伞的所谓大人——永远。

爸爸的学校也停课，因此他带我和杰米去公园里的骷髅山滑雪了。他们说几年前一个小孩在滑雪时跌断了脖子，不过我不知道这究竟是真的，还是一个传说。在回家的路上，我发现一副木头雪橇靠在古印第安巨岩纪念碑一边。爸爸说，不管它，只是垃圾而已，但是直觉告诉我这可能是最棒的雪橇。于是爸爸让我把它带回了家，那天接下来的时间我都用在修理它了。我用强力胶把破碎的板条粘起来，用高强度的白色布基胶带裹好，加固，然后我再用为埃及博物馆计划制作狮身人面像时买的白漆把整副雪橇漆成了白色。等全部晾干以后，我用金色字母在木头中段写出"闪电"字样，还在字上面做了闪电标志。我必须说，看起来相当专业。爸爸说，"哇，杰基！你对雪橇很在行呢！"

第二天，我们带着"闪电"回到骷髅山。那是我滑过的速度最快的雪橇——远远快过我们一直滑的塑料雪橇。户外暖和一些了，积雪变得更加松软、潮湿，很适合滑雪。我和杰米整个下午轮流使用"闪电"。我们在公园里一直玩到手指冻僵、嘴唇乌紫。实际上爸爸最后不得不把我们拽回了家。

到周末的时候，雪开始变灰变黄，接着一场暴雨将大部分积雪化成了雪泥。星期一到校的时候，雪已经没有了。

放完假第一天就淅淅沥沥地下雨，让人很不舒服。糟糕的一天。我心情也一样糟糕。

我第一眼看到奥古斯特就朝他点头说"嗨"。我们都站在储物柜前。他也点点头，回应了一声"嗨"。

我本来想告诉他关于"闪电"的事，但是我没有。

天佑勇者

布朗先生的十二月信念是：天佑勇者。我们大家都要写一篇短文，记叙我们生命中偶尔的勇敢行为，因为勇敢，我们又得到了什么样的报偿。

老实说，我想了很多。我必须说，我觉得我所做过的最勇敢的事情是成为奥古斯特的朋友。但我当然不能写这个。我怕我们到时必须当堂朗读，或者布朗先生会把它们贴在布告栏里，他有时候就这么做。因此，我写了一件无聊的事情——我小时候是如何怕大海的。这太傻了，但我想不出还有什么好写的。

我想知道奥古斯特写的是什么。大概他有很多选择吧。

私立学校

我的父母并不富裕。我这么说是因为人们有时候认为每一个上私立学校的学生都家缠万贯，但我们家并非如此。我的爸爸是老师，妈妈是社工，这就意味着他们的工作发不了大财。我们曾经有一辆车，但杰米开始上毕彻预科幼儿园时父母就把它卖了。我们住的不是联排别墅，也不是公园周边有门卫看守的房子。我们住在一幢五层公寓的顶层，从一个叫多娜·佩特拉的老太太那里租的，在百老汇大街的"另一头"，这是北河高地人们不愿意泊车的路段的"代号"。我和杰米同住一个房间。无意中我会听到父母的聊天内容，比如，"我们能再将就一年不用空调吗"或者，"也许今年夏天我可以再兼一份工作"。

今天课间的时候，我跟朱利安、亨利和迈尔斯在一起。朱利安是公认的富二代，他说："真讨厌，今年圣诞节我必须回巴黎。太无聊了！"

"老兄，但那可是巴黎啊。"我说这话时像个白痴。

"真的，非常无聊，"他说，"我奶奶住的地方前不着村后不着店，好像是离巴黎一个小时路程远的一个很小很小的山村。我向上帝发誓，那里什么事情也不会发生！我的意思是，有的话也就像这样：哇，墙上还有一只苍蝇！快看啊，人行道上睡着一条新来的狗。真好啊！"

我哈哈大笑。朱利安有时候还是很幽默的。

"不过我父母也在商量不去巴黎，而是举办一场盛大的派对。我希望如此。放假你打算干什么？"朱利安问。

"就到处逛逛。"我说。

"你真幸运。"他说。

"我希望再下一场雪，"我回答，"我搞到了一副非常神奇的新雪橇。"我正要跟他们讲有关"闪电"的事，但迈尔斯抢了话题。

"我也得到了一副新雪橇！"他说，"我爸爸从汉马克·施莱默①店里买回来的。顶级货。"

"怎么雪橇还有顶级货？"朱利安说。

"好像花了八百美元什么的。"

---

① Hammacher Schlemmer 是纽约老牌百货商店，创建于 1848 年。

"哇!"

"我们大家都去滑雪吧,到骷髅山比赛去。"我说。

"那座山太逊了。"

"你在开玩笑吧?"我说,"有一个小孩在那里跌断了脖子,这是骷髅山得名的由来。"

朱利安眯起眼睛看我,好像我是这世界上的头号白痴。"它之所以叫骷髅山,是因为这里是印第安古坟场,呃,"他说,"不管怎么样,现在应该叫它垃圾山,讨厌的垃圾。上次我去那里时觉得太恶心了,到处都是易拉罐、碎玻璃瓶什么的。"他摇摇头。

"我把我的旧雪橇扔那儿了,"迈尔斯说,"一堆毫无价值的垃圾——但是有人竟然也把它拿走了!"

"也许有个流浪汉也想滑雪!"朱利安放声大笑。

"你把它扔哪儿了?"我问。

"山脚下的巨石旁。第二天我再去的时候就不见了。我真不敢相信有人竟然把它拿走了!"

"这样吧,"朱利安说,"下次下雪的时候,我爸爸可以开车把我们大家带到韦斯切斯特①的高尔夫球场去,跟那儿相比,骷髅山简直什么都不是。喂,杰克,你要去哪儿?"

我已经走开了。

"我去储物柜拿一本书。"我撒了个谎。

我只想快点离开他们。我可不想让任何人知道,我就是那个顺手牵羊的"流浪汉"。

---

① Westchester,美国纽约州的县,富人聚居区。

科学课

我不是世界上最好的学生。我知道，有一些孩子真的喜欢上学，但老实说我不是。我喜欢学校的某些课程，比如体育课和电脑课。还有午餐和课间休息。但总而言之，如果不上学我会挺好的。关于上学，我最讨厌的事情是做家庭作业。我们耐着性子，尽可能地保持清醒，一堂接一堂地上课，任由他们向我们的脑子里注入一些乱七八糟的东西，比如怎么计算出立方体的表面积，或者动能和势能之间有什么区别。这依然还不够。我就想，谁在乎呢？我长这么大，从没有听我们的父母说"动能"这个词！

所有的课里我最讨厌科学课。我们要做那么多一点也不好玩的作业！还有，老师鲁宾小姐对所有的事情都要求严格——甚至包括报告开头的标题格式！有一次我的一项家庭作业被扣了两分，仅仅因为我没有注明日期。真是咄咄怪事。

我和奥古斯特要好的时候，我的科学课还行，因为他挨着我坐，一直让我抄他的笔记。奥古斯特是我所见过的男孩中书写最工整的。连他的草稿本也很整洁：用非常圆滑和规整的小写字母书写，从上到下一丝不苟。但现在我们不往来了，这真不是件好事情，因为我再也不能照抄他的笔记了。

今天我一直有点手忙脚乱，试图把鲁宾小姐所讲的内容记下来（我的书写实在太烂了），突然她谈到了五年级的科研实验项目，说我们每个人都得选择一项科学项目。

她讲话的时候，我在想，我们才完成了该死的埃及项目，现在又必须开始一项全新的任务？就在这时，我脑子里浮现出一个画面——噢！不要！——像电影《独自在家》里的那个小孩，双手捂

脸，嘴巴张得老大。我心里的表情就是这样。然后我想到在哪里见
过骷髅头，都是嘴巴张得老大，失声尖叫的画面。就在这时，记忆
里的一个画面突然进入脑海，我知道萨默尔所说"骷髅幽灵衣"是
什么意思了。真是奇怪，如同灵光乍现一般。万圣节的时候有个人
穿着"骷髅幽灵衣"坐在年级室里。我记得他离我只隔了几张课
桌。然后就再也没见过他。

噢，天啊。那是奥古斯特！

科学课还在继续，老师还在喋喋不休，我茅塞顿开。

噢，天啊。

我一直在跟朱利安谈论奥古斯特。噢，天啊。现在我终于明白
了。我太卑鄙了。我甚至不知道为什么。我甚至都不确定我到底说
了什么，但都不是什么好话。前后只有两三分钟时间。只是因为朱
利安和大家都想不通我怎么老跟奥古斯特在一起玩，我自己也觉得
很傻。我也不知道自己为什么要说那些话。我就那么口无遮拦地
说了。我当时真蠢。我真蠢。噢，上帝。大家都以为他要扮"波
巴·费特"！当着"波巴·费特"我绝对不会说那些胡话。但那就
是他，那个"骷髅幽灵"坐在椅子上看着我们。长长的白色面具，
上面有喷出来的假血。它嘴巴张得大大的，像一个食尸鬼在哭喊。
那就是他了。

我感觉自己要吐了。

搭档

　　鲁宾小姐后来说了些什么，我一句也没听进去。卜啦卜啦卜啦。科技展览项目。卜啦卜啦。搭档。卜啦卜啦。像查理·布朗电影里的大人在说话。像有人在水下说话。呜哇呜哇呜哇，呜哇呜哇。

　　这时，鲁宾小姐突然开始点名："瑞德和特里斯坦，玛雅和马克斯，夏洛特和西蒙娜，奥古斯特和杰克，"她一边念名字一边指着我们，"迈尔斯和阿莫斯，朱利安和亨利，萨凡娜和……"剩下的我什么都没听到。

　　"啊？"我说。

　　下课铃响了。

　　"孩子们，别忘了跟你们的搭档碰个头，从单子上选择一个项目！"鲁宾小姐说这番话时，大家都起身离开了。我抬头去看奥古斯特，但是他已经背上双肩包，差不多走到门口了。

　　我脸上的表情一定很傻，因为这时朱利安走过来对我说："看样子你和你的好兄弟要搭档了。"他说这话的时候一脸假笑。我太讨厌他这副嘴脸了。

　　"喂，回过神来了？"见我没回答，他说。

　　"闭嘴，朱利安。"我把活页夹放进双肩包里，只希望他离我远点。

　　"摆脱不了他，你肯定有点郁闷吧，"他说，"你应该告诉鲁宾小姐说你想换搭档。我肯定她会让你换的。"

　　"不，她不会的。"我说。

　　"问问她。"

"不，我不想。"

"鲁宾小姐?"朱利安叫道，他转过身的同时把手也举了起来。

鲁宾小姐正在前面擦黑板。听到有人叫，她转过身来。

"不要，朱利安!"我低声叫道。

"什么事，孩子们?"她不耐烦地问。

"我们可以换搭档吗，如果大家都愿意的话?"朱利安一脸天真地说，"我和杰克对科技展览项目有点想法，我们想在一起工作……"

"好吧，我想我们可以调整一下……"她说。

"不用，没问题的，鲁宾小姐，"我赶紧朝门外走去，说了一声"再见!"

朱利安追了出来。

"你为什么要那么做?"他在楼梯口追上了我，问道，"我们本来可以搭档的。如果你不愿意，你不必非跟那个怪胎做朋友不可……"

就在这时，我打了他，正好一拳打在他的嘴巴上。

留校

有些事情无法解释。你甚至都不会尝试。你根本无从说起。如果你开口，你所有的话都将语无伦次，像一团乱麻。你说的每个字都是错的。

"杰克，这件事情非常非常严重。"图什曼先生说。我在他办公室，坐在他桌子对面的椅子里目不转睛地盯着后面墙上的那幅南瓜画。"这种事情是可以开除人的，杰克！我知道你是个好孩子，我也不希望这种事情发生，但是你得解释清楚。"

"你不是这样的人，杰克。"妈妈说。一接到电话，她就从办公室赶过来了。看得出来，她不但非常生气而且非常吃惊。

"我本来以为你和朱利安是朋友。"图什曼先生说。

"我们不是朋友。"我双手交叉抱在胸前说。

"但是一拳打在人家嘴巴上，杰克？"妈妈提高声调说，"我说，你到底在想些什么？"她看着图什曼先生，"老实说，他以前从来没打过人。他不是这样的人。"

"朱利安的嘴流血了，杰克，"图什曼先生说，"知道吗，你打掉了他一颗牙？"

"乳牙而已。"我说。

"杰克！"妈妈摇了摇头，叫道。

"这是莫莉护士说的！"

"你真糊涂！"妈妈叫了起来。

"我只想知道为什么。"图什曼先生耸起肩膀说。

"说出来只会让事情更糟。"我叹息道。

"尽管告诉我吧，杰克。"

我耸了耸肩，什么也没说。我就是不能说。如果我告诉他朱利安叫奥古斯特"怪胎"，那他就会跟朱利安谈话，然后朱利安也会告诉他我是怎么说奥古斯特坏话的，最后人人都会知道那件事。

"杰克！"妈妈说。

我哭了起来。"很抱歉……"

图什曼先生皱了皱眉，又点了点头，但什么也没说。相反，他朝手心吹了口气，就像我们手冷时通常做的那样。"杰克，"他说，"事已至此，我真不知道该说些什么。我是说，你打了同学。这种事情我们是有纪律的，知道吗？自动退学。但你竟然都不肯想办法解释一下。"

这时我大哭起来，妈妈张开双臂搂住我，我忍不住放声痛哭。

"我们，嗯……"图什曼先生把眼镜取下来擦干净，说，"这样吧，杰克。从下周起，我们就要放寒假了。这周你就待在家里，如何？等到寒假结束后再返校，到时焕然一新。从头再来吧，可以这么说。"

"是让我停课吗？"我啜泣着说。

"嗯，"他耸耸肩，说，"严格来讲，是的，不过只是停几天。听着，在家的时候你要花时间想想发生的事情。如果你愿意的话，就给我写封信解释前因后果，再写封信给朱利安道歉，那我就不会给你记大过，好吗？回家跟爸爸妈妈好好聊聊，也许明天早晨就豁然开朗了。"

"这听上去是个好主意，图什曼先生，"妈妈点头说，"谢谢您。"

"一切都会好起来的，"图什曼先生走到门口说，门是关着的，"我知道你是个好孩子。我知道好孩子有时也会干蠢事，对吗？"他打开门。

"谢谢您的理解。"妈妈在门口跟他握手说。

"没关系。"他弯腰低声跟她说了几句什么，我没有听见。

"我知道了，谢谢您。"妈妈点头说。

"喏，孩子，"他拍拍我的肩膀，对我说，"思考一下自己的行为，好吗？过一个愉快的假期。光明节快乐①！圣诞快乐！宽扎节②快乐！"

我用袖子擦干眼泪，朝门外走去。

"跟图什曼先生说声谢谢。"妈妈拍拍我的肩说。

我停下脚步转过身去，但我没法看着他。

"谢谢您，图什曼先生。"我说。

"再见，杰克。"他回答。

我走了出去。

节日问候

真够邪门的，我们回家时妈妈取了邮件，是朱利安家和奥古斯特家同时寄来的节日贺卡。朱利安的贺卡是一张他打着领带的照片，看起来像是要去看歌剧什么的。奥古斯特的是一条可爱的老狗头上戴着驯鹿角，鼻子上套着红鼻头，脚上穿着红靴。狗的头顶上

---

① 光明节又称哈努卡节、修殿节、献殿节、烛光节、马加比节等，是一个犹太教节日。该节日为纪念犹太人在马加比家族的领导下，从叙利亚塞琉古王朝国王安条克四世手上夺回耶路撒冷，并重新将耶路撒冷第二圣殿献给上帝。

② 宽扎节即果实初收节。它是非裔美国人的节日，庆祝活动共七天，从12月26日至1月1日。源自非洲传统的收获节，以烛光仪式揭开序幕，每天点燃一支蜡烛，象征非裔美国人的七个原则：团结、自决、共同生活、合作经济、目的、创造和信念。

有一个卡通小泡泡，上面写着："嗬—嗬—嗬!"贺卡内页写道：

祝福威尔全家

愿世界和平

爱你们的内特、伊莎贝尔、奥利维娅、奥古斯特（还有黛西）

"很棒的贺卡，哈?"我对妈妈说，回家路上她几乎没跟我说一句话。我想她实在不知道跟我说什么才好。"那一定是他们家的狗。"我说。

"杰克，你愿意告诉我你心里到底是怎么想的吗?"她严肃地说道。

"我敢肯定，他们每年都给狗拍张照片印到贺卡上。"我说。

她从我手里接过卡片，看得很仔细。过了一会儿，她把卡片还给我，扬起眉，耸了耸肩："杰克，我们真是很幸运。很多东西我们总以为理所当然……"

"我知道，"我说，她用不着开口我就知道她要说什么，"我听说朱利安的妈妈拿到班级的集体照时居然把奥古斯特的脸 PS 掉了。她还冲洗了几张送给其他妈妈。"

"太可怕了，"妈妈说，"人们只是……他们不会总是那么善良。"

"我知道。"

"这就是你打朱利安的原因吗?"

"不是。"

于是我告诉她自己为什么打了朱利安，也告诉她奥古斯特已经跟我分道扬镳。我还把万圣节的事情也一股脑儿跟她说了。

信件、电子邮件、脸书和短信

12月18日

亲爱的图什曼先生：

　　我为自己打了朱利安感到非常非常抱歉。我这么做，是大错特错。我也会给他写封道歉信。如果可以的话，我真的不想告诉你为什么我要这么做，因为无论如何，事情已经无法挽回。还有，我也不愿意连累朱利安，让他为自己说了不该说的话惹上麻烦。

非常真诚的
杰克·威尔

12月18日

亲爱的朱利安：

　　对不起，我打了你。这都是我的错。我希望你没事。也希望你恒牙快点长出来。我的总是长得很快。

真诚的
杰克·威尔

12 月 26 日

亲爱的杰克：

谢谢你的来信。担任中学校长二十年来，我明白了一件事情：通常几乎每一个故事都不止两面。虽然我不了解详细情况，但我对引发你和朱利安反目的原因略有所知。

不过，打人总是不对的——永远都是——虽然我也知道，有时候好朋友是值得去维护的。今年对很多同学而言都很艰难，初中第一年通常如此。

再接再厉，坚持做我们都知道的那个好孩子。

祝一切都好！

劳伦斯·图什曼校长

收件人：ltushman@beecherschool.edu（图什曼）
写信人：melissa.albans@rmail.com（梅丽莎·佩帕·奥尔本斯）
抄送：johnwill@phillipsacademy.edu（约翰·威尔）；amandawill@copperbeech.org（阿曼达·威尔）
主题：杰克·威尔

亲爱的图什曼先生：

昨天我跟阿曼达·威尔和约翰·威尔谈过了，他们为杰克给我儿子嘴巴上那一拳表示道歉。我写信来是想告诉您，我丈夫和我支持您的决定，允许杰克停课两天后回毕彻预科复课。虽然我知道在别的学校打人是开除出校的充分理由，不过我也同意这种极端的方式在这里是行不通的。从孩子们上幼儿园我们就认识威尔一家了，我们相信，您会采取一切措施保证这样的事情不会再度发生。

为了实现这个目标，我在想，杰克那突如其来的暴力行为可能是他幼小的肩膀上压力过重的结果。说得具体点，就是那位需要特殊照顾的新同学，杰克和朱利安都被叫去跟他"做朋友"的那个。回想一下，看来这孩子在学校各项活动和班级合影中都成问题，我想，让我们的孩子来处理这些事情可能力不从心。当然了，当朱利安说起他很难跟那个男孩交朋友时，我们告诉他，在这件事情上他是"免责"的。我们认为，即使没有额外的负担或者困难加诸孩子们幼小、敏感的心灵，过渡到中学已经够难的了。我还要说一点，作为校董会的一员，我觉得有点不安，在这个孩子申请入学的过程中，没有更多地考虑到毕彻预科不是一所提供特殊照顾的学校。有很多家长——包括我自己——都在质疑让这个孩子入学的决定。至少，我是有点困惑的，因为这个孩子没有像别的初中生入学时那样接受严格的水平达标测试（就是面试）。

祝好！

梅丽莎·佩帕·奥尔本斯

收件人：melissa.albans@rmail.com（梅丽莎·佩帕·奥尔本斯）

写信人：ltushman@beecherschool.edu（图什曼）

抄送：johnwill@phillipsacademy.edu（约翰·威尔）；amandawill@copperbeech.org（阿曼达·威尔）

主题：杰克·威尔

第四章 杰 克 | 151

亲爱的奥尔本斯太太：

谢谢你写信来提出担心。请放心，如果我没有亲眼看到杰克·威尔对自己的行为感到十分后悔，如果我对他的改过自新没有信心，我是不会让他返校的。

你还提到对另外一个同学奥古斯特的担心，请注意，他不需要特殊照顾。他既不是残疾人、智障，也没有任何一方面发育迟缓，因此任何人都没有理由在他就读毕彻预科的问题上提出反对意见——不管我们是不是提供特殊照顾的学校。在招生流程这方面，招生主管和我都觉得，因为一个众所周知的原因，把面试移到奥古斯特家里进行也在我们的权限之内。我们认为，稍微打破一下规定也是合情合理的，但无论如何不能引起偏见——以这样或者那样的方式——尤其是对招生评审。奥古斯特是一个特别好的孩子，他已经赢得了几个真正出色的孩子的友谊，其中包括杰克·威尔。

这学期开学，我召集一些孩子加入"奥古斯特欢迎委员会"，我这么做是想让他更快适应学校环境。我不认为让孩子们善待一个新学生会给他们增加额外的"负担或者困难"。事实上，我觉得这能教给他们一两件关于同情、友谊和忠诚的事情。

事实证明，杰克·威尔不需要学习这些优秀品质中的任何一个——他已经都有了。

再次谢谢你的来信。

诚挚的

劳伦斯·图什曼

收件人：melissa.albans@rmail.com（梅丽莎·佩帕·奥尔本斯）

写信人：johnwill@phillipsacademy.edu（约翰·威尔）

抄送：ltushman@beecherschool.edu（图什曼）；amandawill@copperbeech.org（阿曼达·威尔）

主题：杰克

嗨，梅丽莎：

　　谢谢你们在杰克的事情上如此宽宏大量。你知道的，他对自己的行为感到非常后悔。我希望你们一定答应由我们来付朱利安治疗牙齿的费用。

　　看到你这么关心杰克对奥古斯特的友谊，我们非常感动。但请相信，我们问了杰克，他是否感到有额外的压力，他的回答是坚决的"没有"。他很喜欢跟奥古斯特在一起，觉得交到了一个好朋友。

　　祝你们新年快乐！

　　　　　　　　　　　　　　　　　　约翰和阿曼达·威尔

嗨，奥古斯特：

　　"鹿角兔·威尔"想在脸书（Facebook）上加你为好友

　　　　　　　　　　　　　　　　　　"鹿角兔·威尔"

　　　　　　　　　　　　　　　　　32个共同朋友

　　　　　　　　　　　　　　　　　　　谢谢，

　　　　　　　　　　　　　　　　　　脸书团队

收件人：auggiedoggiepullman@email.com

主题：对不起!!!!!

Message 短信：

　　嗨，奥古斯特。是我，杰克·威尔。我注意到你把我踢出好友名单了。希望你再加我为好友，因为，真的对不起。我只想说这个。对不起。我现在知道你为什么生我气了，我说的那些都不是我的真心话。我真蠢。希望你能原谅我。

希望我们还能做朋友

杰克

一条新短信

发件人：奥古斯特

12 月 31 日下午 4:47

　　收到你信息了，你知道我为什么生你气了？是萨默尔告诉你的吗？

一条新短信

发件人：杰克·威尔

12 月 31 日下午 4:49

　　她只暗示我"骷髅幽灵衣"，不过一开始我没弄明白，后来才想起来万圣节在教室里看见过一次"骷髅幽灵衣"。不知道是你，还以为你会扮成"波巴·费特"。

一条新短信

发件人：奥古斯特

12 月 31 日下午 4:51

　　最后一刻我改了主意。你真的打了朱利安？

一条新短信

发件人：杰克·威尔

12 月 31 日下午 4:54

　　是啊，我打了他一拳，打掉了他一颗大牙。一颗乳牙。

一条新短信

发件人：奥古斯特

12 月 31 日下午 4:55

　　你为什么打他????????

一条新短信

发件人：杰克·威尔

12 月 31 日下午 4:56

　　我不知道

一条新短信

发件人：奥古斯特

12 月 31 日下午 4:58

撒谎。我肯定他说了我什么，对吗?

一条新短信
发件人：杰克·威尔
12 月 31 日下午 5:02

他是个混蛋，不过我也是个混蛋。真的真的很抱歉，我不该说那些胡话，老兄，我们还能再做朋友吗?

一条新短信
发件人：奥古斯特
12 月 31 日下午 5:03

好的

一条新短信
发件人：杰克·威尔
12 月 31 日下午 5:04

太好了!!!!

一条新短信
发件人：奥古斯特
12 月 31 日下午 5:06

但是说实话，如果你是我，你真的想自杀吗？？？

一条新短信

发件人：杰克·威尔

12 月 31 日下午 5:08

不会！！！！！

我以我的生命起誓！

但是老兄——

如果我是朱利安，那我宁可自杀：）

一条新短信

发件人：奥古斯特

12 月 31 日下午 5:10

LOL ：）①

是的，老兄，我们和好吧。

----

① Laugh Out Loud，意为大笑。

寒假归来

不管图什曼先生怎么说，一月份我回到学校的时候，根本没有"焕然一新"的感觉。实际上，从早晨我一到储物柜跟前起，事情就完全不对劲。我站在阿莫斯旁边，他一向是个很直率的男孩，我说："哟，最近怎么样？"可他基本上只是略略点头，算打了个招呼，然后就锁上橱柜走开了。我当时觉得，好吧，有点意外。于是我又对亨利说："嘿，你最近怎么样？"他连一丝微笑都没有，就把头扭开了。

好吧，一定是出什么事了。五分钟之内连续被两个人鄙视。不是说要算人数。我想我可以拿特里斯坦再试一次，然后，结果一样。事实上，他看起来很紧张，好像害怕跟我说话似的。

现在是我得了某种瘟疫了，我想。这是朱利安的报复。

那天早晨情况就是这样。没有人理我。也不完全对，女生们对我完全正常。当然，奥古斯特跟我说话的。实际上，大小马克斯也跟我打招呼的，这让我感觉有点糟糕，因为跟他们同班五年了，我从来没跟他们一起玩过。

我希望午餐时情况会好一点，但是没有。我跟卢卡和伊赛亚坐在平常的座位上，我想他们人缘一般，而且是立场中立的运动型男生，跟他们在一起应该没什么问题。但是我打招呼的时候，他们几乎连头也没点。接着，当我们的桌号被叫到的时候，他们拿了午餐就一去不复返。我看到他们在餐厅另一头找了一张桌子。他们没有跟朱利安同桌，但是挨他很近，好像已经离"人气组"不远了。总之，我被抛弃了。我知道，五年级换餐桌的事情时有发生，但万万没想到会发生在我身上。

一个人用餐的感觉实在太糟糕了。我感到每个人都在看我。我觉得自己像个光杆司令。我决定不吃午餐了，到图书馆看书去。

"战争"

从夏洛特那里传来了为何大家孤立我的内幕消息。就在一天快要结束的时候，我发现柜子里有一张纸条。

放学后马上到 301 教室来见我。一个人来。夏洛特。

我走进去的时候她已经在了。"怎么了？"我说。

"嗨。"她说。她走到门口东张西望了一番，然后关上门，从里面锁上了。她转过身面对着我，一开口便咬起指甲来。"听着，我很不喜欢现在发生的事情，所以我要把我知道的事情告诉你。你可以保证跟谁都不讲是我说的吗？"

"我保证。"

"是这样的，寒假的时候朱利安家举办了一场巨大的假日派对，"她说，"我是说，巨大。我姐姐的朋友去年在同一个地方过的十六岁生日。好像有两百人到场，所以我说地方巨大。"

"嗯，然后呢？"

"嗯，然后……对了，全年级几乎每个人都到场了。"

"不是每个人。"我开玩笑道。

"没错，不是每个人。呃，不过好像连家长也到场了，你知道
的。比如，我父母都去了。要知道朱利安的妈妈是校董会的副主
席，对吗？因此她认识很多人。所以派对上发生的事情基本就是朱
利安奔走相告，跟每个人说你打他是因为你的情感问题……"

"什么？"

"还说你本来要被开除的，但是他父母出面恳请学校不开除
你……"

"什么？"

"还说，如果不是图什曼逼着你跟奥吉做朋友，那么什么事情
都不会发生。他说，他妈妈认为你是所谓压力之下的反弹……"

我简直不敢相信自己的耳朵。"没有人相信的，对吧？"我说。

她耸了耸肩。"那不重要。重要的是他非常受欢迎。还有，你
知道吗？我妈妈听说实际上他妈妈正迫使学校重新审核奥吉的入学
申请。"

"她能这么做吗？"

"她大概是说毕彻不是一所融合学校。这一类学校通常不区分
正常学生和有特殊需求的学生。"

"这也太蠢了。奥吉根本就没有特殊的需求。"

"是啊，但是她说如果学校改变了某些惯例……"

"但是他们压根就没有任何改变！"

"不，他们有的。你没注意到他们改变了新年艺术展的主题了
吗？过去五年级都是画自画像，但是今年他们让我们画可笑的动物
自画像，还记得吗？"

"太过分了！"

"我知道！我不是说我同意，我只是在转述她的话。"

"我明白，我明白，这简直一团糟……"

"我知道。总之，朱利安说了，他觉得你是跟奥吉做朋友才不开心的，阻止你老跟他在一起是为了你好。如果你开始失去老朋友，会成为对你的一个大警告。所以基本上，为了你好，他将和你彻底绝交。"

"有没有搞错：是我先跟他绝交的！"

"是啊，但是他说服了所有男生跟你绝交——为了你好。这就是为什么没有人跟你说话。"

"你正在跟我说话啊。"

"是的，好吧，但这更多是男生之间的事情，"她解释道，"女生们都保持中立。除了萨凡娜小圈子里的几个人，因为她们跟朱利安圈子里的几个人在约会。但对其他人而言，这真的是一场男孩之间的战争。"

我点点头。她的头歪向一边，嘴噘着，好像很同情我似的。

"我毫无保留地告诉你了，你没事吧？"她说。

"是的！当然！我一点也不在意谁跟不跟我说话，"我言不由衷地说，"这一切都太蠢了。"

她点点头。

"喂，奥吉知道这些吗？"

"当然不知道。至少，我没有告诉他。"

"还有萨默尔呢？"

"我想她应该不知道。听着，我得走了。我只想让你知道，我妈妈觉得朱利安的妈妈是个十足的自私鬼。她说她认为像她那样的人更关心的是自己孩子的集体照是什么样子，而不是做正确的事。你听说过 PS 照片的事情，对吧？"

"是的，太傻了。"

"我同意，"她点点头回答，"总之，我得走了。我只想让你知道是怎么回事。"

"谢谢你，夏洛特。"

"如果我听到别的什么，我会告诉你的。"她说。出门前，她朝门外张望了一番，确信没人看见才走了出去。我想，虽然她立场中立，但也不愿意被人看见跟我在一起。

换桌子

我真蠢，第二天午餐的时候跑去跟特里斯坦、尼诺和帕布洛坐在了一桌。我想他们比较保险，因为他们真的不在"受欢迎"之列，课间休息的时候，他们也不怎么出来玩 D&D。他们有点像中间派。一开始当我走向餐桌的时候，我还以为自己成功了，因为他们基本上表现得很高兴的样子，没把我的出现当回事。他们都说了一声"嗨"，不过我看得出来，他们互相交换了一下眼神。紧接着，昨天的一幕又重新上演了：当我们的桌号被叫到时，他们取了食物，就一起向餐厅另一头的一张空桌子走了过去。

倒霉的是，G 太太那天正好督餐，她目睹了这一幕，便追上了他们。

"这不允许，孩子们！"她大声地责备他们，"不能那样，你们马上回到自己的位置上去。"

哎呀，太棒了，这正好帮了我的忙。在他们不得已坐回来之前，我端起餐盘起身就走，健步如飞。我听到 G 太太在叫我的名字，但我假装没听见，继续朝餐厅另一头走去，一直走到餐台后面。

"来跟我们一起坐，杰克。"

是萨默尔。她和奥古斯特坐在一起。两个人都在朝我挥手。

开学第一天我为什么没跟奥古斯特坐一起

好吧，我根本就是个伪君子。我知道。我记得开学第一天看见奥古斯特坐在餐厅里的情景。每个人都在盯着他看。对他指指点点。那时候，还没有人能接受他的脸，有的甚至还不知道他要来毕彻上学，对很多人而言，开学第一天看到他实在太震惊了。大多数同学甚至害怕靠近他。

我看到他比我先走进餐厅，我知道没有人会愿意跟他坐，但我就是没法去跟他坐一块。整个上午我都跟他在一起，因为我们有那么多课一起上，我想我需要一点正常时间跟别的同学待在一起，缓口气。因此当我看到他走向午餐柜台那一边时，便故意找了一张尽可能离他最远的桌子。我跟伊赛亚和卢卡坐在一起，虽然我以前从来没见过他们，但我们从头到尾都在聊棒球，课间休息时我还跟他们一起打了会儿篮球。从那时起，他们便成了我的午餐同桌。

听说萨默尔跟奥古斯特坐到了一起，我很吃惊，因为我可以肯定的是，她不在图什曼先生叫去谈话要求跟奥古斯特做朋友的同学之列。因此我知道她这么做是出于好心，她真的非常勇敢。

然而现在我跟萨默尔和奥古斯特坐到了一起，他们对我非常友好，像从前一样。我把夏洛特告诉我的事情也透露给了他们，不过省掉了大部分细节，比如所谓的跟奥古斯特做朋友让我在压力下"反弹"，也没说朱利安的妈妈说奥吉需要特殊帮助，还有校董会的那部分。我只告诉了他们朱利安如何举办了一个假日派对，还设法让全年级同学都来反对我。

"只是觉得好奇怪，"我说，"让大家不跟你说话，甚至假装你不存在。"

奥吉笑了起来。

"你感觉怎么样？"他调侃地说，"欢迎来到我的世界！"

"交战方"

"正式的交战方都在这里了。"第二天午餐的时候萨默尔说。她抽出一张折叠的活页纸，打开来。上面一共写了三组名字。

杰克一方：杰克　奥古斯特　瑞德　马克斯·G　马克

斯·W

朱利安一方：迈尔斯　亨利　阿莫斯　西蒙　特里斯坦　帕布洛　尼诺　伊赛亚　卢卡　捷克　图兰德　罗曼　本　伊曼纽尔　齐克　托马索

中立方：马利克　雷莫　荷西　利夫　拉姆　伊凡　拉塞尔

"你是从哪里搞来的?"奥吉问，我正在看名单，他站在我身后。

"夏洛特整理出来的，"萨默尔快嘴快舌地回答，"上节课她给我的。她说，她觉得你应该知道哪些人站在你这边，杰克。"

"是啊，没几个，这是肯定的。"我说。

"有瑞德，"她说，"还有大小马克斯。"

"好极了。书呆子们都跟我是一伙。"

"不要毒舌，"萨默尔说，"八卦一下，我觉得夏洛特喜欢你。"

"是的，我知道。"

"你会约她出去吗?"

"你在开玩笑吧? 我不可以，现在人人都把我当瘟疫。"

话一出口，我就后悔了。接着是一阵尴尬的沉默。我看着奥吉。

"没关系啊，"他说，"我早就知道了。"

"对不起，老兄。"我说。

"不过，我不知道他们把我叫作瘟疫，"他说，"我还以为类似于'奶酪附体'什么的呢。"

"嗯，是的，跟《小屁孩日记》差不多。"我点头道。

"实际上，瘟疫听起来更带劲，"他打趣道，"就像一个人得了

'邪恶的黑死病'。"他一边说一边打了个引号手势。

"我觉得太可怕了。"萨默尔说，但奥吉耸耸肩，喝了一大口果汁。

"总之，我不会约夏洛特出去的。"我说。

"我妈妈觉得，不管怎么样，我们都太小了，还没到可以约会的年纪。"她回答。

"如果瑞德约你出去会怎么样呢？"我说，"你会去吗？"

看得出来，她一脸惊讶。"不！"她说。

"我只是问问罢了。"我哈哈大笑。

她摇摇头笑着问："为什么？你知道些什么？"

"没什么！只是问问！"我说。

"其实我很同意妈妈说的话，"她说，"我真的觉得我们太小了，还不到约会的时候。我的意思是，我看不出来这事有什么好急的。"

"是的，我同意，"奥古斯特说，"说起来有点不好意思，你们知道，**如果所有的孩子都朝我看齐怎么办？**"

他语气相当滑稽，惹得我哈哈大笑，竟然把刚喝进嘴里的牛奶从鼻孔里喷了出来，大家都笑翻了。

奥古斯特的家

已经是一月中旬了，我们竟然还没有选定要做的科学实验项目。我想，我一直拖是因为我压根不想做。终于，奥古斯特说，"老兄，我们必须动工了。"于是，放学后我们径直去了他家。

我的心里直打鼓，因为我不知道奥古斯特是否跟他父母说过我们现在所谓的"万圣节事件"。结果，他爸爸根本不在家，妈妈正要出去办事。我只跟她交谈了两秒钟，就确信奥吉从来没跟她提过这件事。她人非常好，对我和蔼可亲。

第一次走进奥吉的房间，我的反应是："哇，奥吉，你对《星球大战》可是严重上瘾啊。"

他有满满好几架的《星球大战》小模型，墙上是一幅巨大的《帝国反击战》海报。

"我知道，不是吗？"他笑着说。

他在书桌旁边的一张摇椅上坐下，我则一屁股坐进屋角一张豆袋椅里。这时，他的狗摇摇摆摆地进了屋，径自朝我走过来。

"它上过你的贺年卡！"我说着让狗舔着我的手。

"它，"他纠正我，"叫黛西。你可以摸它，它不咬人。"

我才开始摸它，它基本上就四脚朝天躺下了。

"它想让你揉揉肚子。"奥古斯特说。

"好的，这是我见过的最可爱的狗。"我按摩着它的肚子说。

"我也这么说，对吧。它是世界上最乖的狗。是不是，小女孩？"

一听到奥吉用这种腔调叫它，这狗就摇着尾巴，走到他身边去了。

"谁是我的小女孩呢？谁是我的小女孩呢？"奥吉唤道，它舔了舔他的脸。

"我真希望自己有条狗，"我说，"可我父母说我们家太小了。"我环顾四周，开始打量起他的房间来，这时他打开了电脑。"嘿，你有 XBOX360？我们可以玩吗？"

"老兄，我们现在要研究一下科学实验项目。"

"你有《光晕》^①吗？"

"当然有。"

"求你了，我们可以玩会儿吗？"

他已经登录进毕彻的网站，在滚动鲁宾小姐的教学页面，查找科学实验项目的名单。"我们从这里开始看好吗？"他说。

我叹了口气，在他身边的一只小凳子上坐了下来。

"苹果一体机真不错。"我说。

"你用的是哪一种电脑？"

"老兄，我连自己的房间都没有，更不要提我的电脑了。我父母用的是老掉牙的戴尔，基本上已经报废了。"

"好吧，这个项目怎么样？"他说着，把屏幕转到我面前。我快速浏览了一下页面，毫无头绪。

"做一只太阳钟吧，"他说，"听起来很酷。"

我往后一靠："咱们就不能做火山吗？"

"大家都在做火山。"

"老兄，因为这个简单。"我说着又摸了摸黛西。

"这个怎么样：如何用泻盐制造水晶锥？"

"听起来不怎样，"我回答道，"你们为什么叫它黛西？"

他一直盯着屏幕，头也不抬。"我姐姐给它取的名字。我想叫它达斯。其实，从严格意义上讲，它的全名叫达斯·黛西，不过我们从来没有那么叫过它。"

"达斯·黛西！真好玩！嗨，达斯·黛西！"我冲着黛西叫道，

_____

① XBOX360 的系列游戏。

它又四脚朝天躺下来了，要我抚摸它的肚子。

"好了，就这个了，"奥古斯特指着屏幕上一堆带导线的土豆说，"如何用土豆制造有机电池。这个太酷了。上面说你可以点亮一盏灯。我们可以称之为'土豆灯'什么的。你觉得怎么样?"

"老兄，听起来太难了。你知道我科学很差劲的!"

"闭嘴吧，你不差。"

"是的，我就是很差! 上次测验我才得五十四分。我的科学成绩糟透了!"

"不，你不差! 只是因为我们还在战斗，我没有帮助你。现在我就可以帮你。这是一个很好的项目，杰克。我们必须行动起来。"

"好吧，怎么都行。"我耸耸肩。

这时响起了敲门声。一个留着长长的黑色鬈发的女孩探进头来，很惊讶在这里看到我。

"噢，嗨。"她对我们俩打了个招呼。

"嗨，维娅。"奥古斯特说罢，眼睛又回到电脑屏幕上。

"维娅，这是杰克。杰克，这是维娅。"

"嗨。"我一边说，一边点头问好。

"嗨。"她一边说，一边仔仔细细地打量我。从奥吉说出我名字的那一刻起，我就明白，他曾经跟她说过我说他坏话的事情。我也能够从她看我的方式感觉到。事实上，她看我的样子让我觉得她想起了多年前在阿默斯福特大道上的卡维尔商场外面的我。

"奥吉，我有个朋友想让你认识一下，好吗?"她说，"他过几分钟就来。"

"是你的新男朋友吗?"奥古斯特打趣道。

维娅踢了踢他的椅子腿。"给我老实一点。"她说完，离开了屋子。

"老兄，你姐姐真火辣。"我说。

"我知道。"

"她恨我，对吗？你跟她说过'万圣节事件'？"

"是的。"

"是的，她恨我。还是，是的，你告诉她'万圣节事件'了？"

"两者都是。"

男朋友

两分钟后，奥古斯特的姐姐带着一个叫贾斯汀的男孩进来了。他看上去是个够酷的家伙。长头发。小圆眼镜。拎着一只又大又长的银色尖头箱子。

"贾斯汀，这是我的弟弟奥古斯特，"维娅说，"这是杰克。"

"嗨，小家伙们。"贾斯汀一边打招呼，一边跟我们握手。他看起来有点紧张。我猜可能是他第一次见奥古斯特的缘故。有时候我都忘了第一次见到他是多么震惊。"你的房间真酷。"

"你是维娅的男朋友吗？"奥古淘气地问，他姐姐一把将他的帽子拉下来，遮住他的脸。

"你箱子里装的是什么？"我问，"机关枪？"

"哈哈哈！"男朋友回答道，"你这么说真有趣。不，这是，呃……小提琴。"

"贾斯汀是一个小提琴家,"维娅说,"他有一支柴迪科 ① 乐队。"

"柴迪科乐队到底是什么?"奥吉看着我问。

"是一种音乐,"贾斯汀说,"类似于克里奥尔音乐 ②。"

"什么叫克里奥尔?"我问。

"你应该告诉大家这是挺机关枪,"奥吉说,"这样就没人会问这问那了。"

"哈哈,我想你说得没错,"贾斯汀点点头,把头发捋到耳后,说,"克里奥尔音乐是一种在路易斯安那州弹奏的音乐。"

"你是路易斯安那州人吗?"我问。

"不是,嗯,"他抬了抬眼镜,说,"我是布鲁克林人。"

不知怎么回事,我有点想笑。

"走吧,贾斯汀,"维娅拉拉他,"去我房间吧。"

"好的,一会儿见。再见。"他说。

"再见!"

"再见!"

他们一离开屋子,奥吉就看着我笑了。

"我是布鲁克林人。"我说。我们俩开始狂笑不止。

---

① 美国路易斯安那州南部的流行音乐。

② 美国路易斯安那州西班牙后裔克里奥尔人,他们的音乐叫克里奥尔音乐。

第五章

贾斯汀

有时候，我觉得我的脑袋这么大是因为装满了梦想。

——摘自伯纳德·波默兰改编的

戏剧《象人》①

① 约翰·梅里克（John Merrick，1862—1890）是一位被称作"象人"（Elephant
Man）的身体严重畸形的英国人，他的故事在 1979 年由伯纳德·波默兰
（Bernard Pomerance）改编成戏剧《象人》，第二年，大卫·林奇执导的同名电
影问世。

奥利维娅的弟弟

第一次见到奥利维娅的弟弟时，我必须承认，我简直惊呆了。

当然，我不应该这样的。奥利维娅早就告诉过我他的"症状"，甚至还描述过他的长相。不过她也聊到了这些年来他所做过的手术，因此我以为他现在看起来已经正常一些了。就像一个孩子出生时兔唇，经过外科手术修补，除了嘴唇上会留一个小疤，有时候你一点也看不出来。我以为他弟弟可能会全身疤痕累累。但情况并非如此。我绝对没想到此刻是这样一个戴棒球帽的小男孩坐在我面前。

实际上，坐在我面前的是两个小男孩：一个叫杰克的男孩，一头金色鬈发，长相完全正常；另一个就是奥吉。

我以为能够掩饰自己的惊讶。我希望自己做得到。不过，惊讶是最难假装的情感之一，不管是你不吃惊的时候努力想表现出吃惊的样子，还是吃惊的时候努力想表现出不吃惊的样子。

我跟他握手，我也握了另一个男孩的手。我不想把注意力集中在他脸上。房间真酷，我说。

你是维娅的男朋友吗？他说。我感觉他在笑。

奥利维娅把他的棒球帽往下一压。

这是一挺机关枪吗？金发男孩问，这个问法我闻所未闻。我们聊了一点柴迪科音乐，然后维娅牵着我的手，带我离开了房间。我们刚关上身后的门，就听到了他们的大笑。

我是布鲁克林人！他们中的一个唱歌般地说。

奥利维娅转了转眼睛，笑了。去我房间待会儿吧，她说。

我们现在交往两个月了。从我第一眼在餐厅看见她，她坐到我们那一桌的那一刻起，我就知道我喜欢她。我的眼睛无法从她身上离开。她真的很漂亮，橄榄色的皮肤，一双我所见过的最蓝的眼睛。一开始她表现得只想做朋友。我觉得她无意间释放了一种信号。靠边去。想都别想。她不像别的女生那样会卖弄风情。她跟你说话的时候直视着你的眼睛，好像在挑战你。因此我也直视着她的眼睛，好像我在回应她的挑战。后来我约她出去，她答应了，这让我激动不已。

她是一个非常有魅力的女孩，我喜欢跟她在一起。

直到第三次约会，她才告诉我奥古斯特的事。描述他的长相时，我想她用了"颜面异常"这样的术语。或者也许是"脸部不规则"。我记得她没有用"畸形"这个词，因为如果用了的话，我会过耳不忘。

哎，你觉得怎么样？我们一进她的房间她就紧张地问。吓到你了吗？

没有。我撒了个谎。

她笑了笑，看着别处。你吓了一跳。

我没有，我向她保证。他就像你说的那个样子。

她点点头坐到床上。她怎么还有那么多毛绒动物玩具，真可爱。她拿起一只北极熊，不假思索地往大腿上一抱。

我在她桌子旁边的摇椅上坐下来。她的房间一尘不染。

在我小时候，她说，许多孩子来玩过一次之后再也不会来第二次。我的意思是，许许多多的孩子。甚至还有朋友不愿意来参加我的生日派对，因为他在。实际上他们从来没有告诉过我，但会反馈给我。一些人只是不知道怎么面对奥吉，你明白吗？

我点头。

这跟他们故意那么做还不是一回事，她接着说。他们就是害怕。我的意思是，不管怎么说，他的脸是有点吓人，是吧？

我想是的。我回答。

但是你没事吧？她温柔地问。你没有被吓到吧？感觉很害怕吗？

我没有吓到，也不觉得害怕。我笑着说。

她点点头，望着腿上的北极熊。我看不出来她是否相信我。但是她接着在北极熊的鼻子上亲了一下，笑着把它扔给了我。我想，这意味着她相信我。或者至少她愿意相信我。

情人节

情人节那天我送了奥利维娅一条心形项链，她送了我一个用旧软盘做的斜挎包。她怎么能做出这种东西，真的好厉害啊。用线路板做耳环。用 T 恤衫做连衣裙。拿旧牛仔裤做包。她是那么心灵手巧。我说将来她可以成为一名艺术家，但是她想做一名科学家。尤其是遗传学家。我猜，她是想找到可以治疗像她弟弟那样的病人的妙方。

终于，我们打算让我见见她的父母。星期六晚上在阿默斯福特大道上的一家墨西哥餐厅。我紧张了一整天。一紧张，我的抽搐症就犯了。我是说，我一直有抽搐症，但现在跟小时候不一样：只是有时使劲眨眼，以及偶尔的头部僵直。但是当我紧张时，这些症状都会加重——要见她的家人，我当然紧张死了。

我到餐厅的时候，他们已经在里面等了。她爸爸站起来跟我握手，她妈妈给了我一个拥抱。在落座之前，我和奥吉击拳问候，还亲了一下奥利维娅的脸颊。

认识你真高兴，贾斯汀！我们已经听说了你的很多事情。

她的父母好得不能再好了。他们很快就让我放松下来。服务生拿来了菜单，我注意到他目光落在奥古斯特身上时的表情。但是我假装没看到。我想，今晚我们大家都装作什么也没看到。服务生。我的抽搐症。奥古斯特在桌子上压碎玉米片，用勺子把碎片刨进嘴里的方式。我看了看奥利维娅，她朝我笑了一下。她知道。她看见了服务生的表情。她也看见了我的抽搐症。奥利维娅什么都看在眼里。

晚餐时间，我们都在说说笑笑。奥利维娅的父母问我有关音乐的事情，我是怎么对小提琴产生兴趣的，诸如此类的事情。我告诉他们我过去学的是古典小提琴，但是后来喜欢上了阿拉帕契山脉的民间音乐，后来又是柴迪科音乐。他们每一句话都听得津津有味，一副兴致勃勃的样子。他们告诉我，下次我的乐队演出时一定要跟他们说一声，他们要来听。

说老实话，我不太习惯备受关注的感觉。我父母一点都不清楚我这一生想要干什么。他们从来不问。我们也从来没讨论过。我想，他们甚至都不知道两年前我用自己的巴洛克小提琴换了一把哈登格小提琴①。

吃过晚饭，我们回奥利维娅家吃冰激凌。他们的狗在门口迎接。一条老狗。超级可爱。只是它在走廊上吐得到处都是。奥利

---

① 挪威民间小提琴。

维娅的妈妈赶紧冲过去拿纸巾，她爸爸把狗抱起来，好像它是个孩子。

怎么回事，老女孩？他说。这狗被悬在半空，舌头伸得老长，尾巴摇摆着，腿笨拙地伸在空中。

爸爸，给贾斯汀讲讲你是怎么找到黛西的。奥利维娅说。

是的！奥吉说。

爸爸笑着在椅子上坐下来，仍然把狗抱在怀里。显然，这个故事他已经讲过很多遍了，他们所有人都爱听。

是这样的，有一天我下了地铁回家。他说。一个从来没见过的流浪汉用推车推着这条毛茸茸的杂种狗，他向我走过来，说，嘿，先生，想买我的狗吗？我想都没想，说，可以啊，你想要多少钱？他说十块，于是我把皮夹里的二十美元都给了他，他把狗给了我。贾斯汀，相信我，你这辈子从来没闻过那么臭的味道！我甚至都没法告诉你它有多臭！我直接把它带到了街上的兽医那里，然后再把它带回了家。

顺便说一下，竟然都没有先给我打个电话！妈妈一边清理地板，一边说道，他都没问我对他带流浪汉的狗回家有没有意见。

妈妈说这番话的时候，这狗竟然一直望着她，好像知道每个人说的每件事都跟它有关似的。这是一条快乐的狗，它似乎知道，那一天它是交了好运才找到这个家庭的。

我有点明白它的感受。我喜欢奥利维娅一家。他们笑口常开。

我的家根本不是这样的。我四岁的时候妈妈和爸爸就离婚了，他们对彼此恨之入骨。在长大的过程中，我每周有一半时间在爸爸位于切尔西的公寓度过，另一半则到我妈妈在布鲁克林高地的家。我有一个比我大五岁的哥哥，但他几乎不知道我的存在。从记事起，我就感觉父母几乎迫不及待地等我长大，能够自力更生。"你可以自己去商店。""给你公寓的钥匙。"有意思的是，有类似"保护过度"这样的词来形容一些父母，但就没有一个意思相反的词。你能用什么词来描述对孩子保护不周的父母？保护不周？疏忽大意？自我中心？力不从心？这些都是吧。

奥利维娅的家人总是互相说着"我爱你"。

我都不记得我家里人最后一次对我说这句话是什么时候了。

等我回到家，抽搐症全好了。

《我们的小镇》

我们正在为今年的春季会演排练戏剧《我们的小镇》①。奥利维娅鼓动我去参加主角的选拔，演舞台经理，不知怎么就被选中了。这纯属侥幸。以前我从来没在什么戏里演过任何一个主角。我告诉奥利维娅，是她给我带来了好运。不幸的是，她没能得到演女主角艾米丽·韦伯的机会。被那个一头粉色头发名叫米兰达的女孩得到了。奥利维娅只得到了一个小角色，同时也是艾米丽一角的替补演员。实际上我比奥利维娅还要失望。她似乎松了一口气。我不喜欢人们盯着我看，她说。这句话从这么漂亮的女孩口中说出来有点奇怪。我有点怀疑，也许是她故意把面试搞砸了。

---

① 《我们的小镇》(*Our Town*) 是美国著名剧作家桑顿·怀尔德在 20 世纪 30 年代创作的一部作品。

　　春季会演在四月底。现在是三月中旬，那么我还有不到六周的时间来背台词。加上彩排。加上跟我的乐队合练。加上期末考试。加上跟奥利维娅待在一起。可以肯定的是，这六个星期将会非常忙乱。戏剧老师达文波特先生已经抓狂了。毫无疑问，到会演结束时他会让我们都发疯的。我私下里听说，他本来一直计划排演《象人》的，但在最后一刻换成了《我们的小镇》，这一变化让我们的排练推迟了一周。

　　我一点也不期待接下来疯狂的一个半月。

瓢虫

　　奥利维娅和我坐在她家门前的台阶上。她在帮我背台词。这是一个温暖的三月之夜，几乎像夏天了。天空依然湛蓝，但夕阳西沉，在人行道上投下长长的阴影。

　　我背诵着：是的，太阳已升起了上千次。因为冬天的寒冷和夏天的炎热，山脉的表层产生了变化，雨水又把那些泥沙冲刷到山下。又有一些婴儿出生，他们现在已经开始学说话了。有许多原来活泼、好动的孩子，已经意识到他们不能脸不变色心不跳地从楼梯的扶手上滑下来……

　　我摇摇头。想不起后面的了。

　　所有这一切都可能在一千日内发生。奥利维娅一边看剧本，一边提示我。

对，对，对。我摇摇头，说。又叹息道，我累坏了，奥利维娅。我怎么可能记得住所有这些台词？

你可以的。她笃定地回答。她伸出双手，捧起一只不知从哪里冒出来的瓢虫。看见了吗？好运气的预兆。她说着慢慢拿开上面那只手，露出正在手掌心爬行的瓢虫。

好运气，或者是炎热的天气。我开玩笑地说。

当然是好运气，她回答道，一边看着瓢虫爬上手腕。应该可以对瓢虫许个愿。奥吉和我小时候常常对萤火虫这么干。她又合拢双手捧住那只瓢虫。来吧，许个愿。闭上眼睛。

我听话地闭上眼睛。过了好一会儿才睁开。

你许愿了吗？她问。

是的。

她笑了，摊开手，仿佛是一种暗示，瓢虫展开翅膀，迅速飞走了。

你想知道我许的什么愿吗？我吻了吻她，问。

不。她害羞地回答，抬头望着天空。此时此刻，天空的颜色跟她的眼睛一模一样。

我也许了个愿。她神秘地说。但是她可以许愿的事情多了去，我不知道她在想什么。

公共汽车站

我在跟奥利维娅告别的时候，奥利维娅的妈妈、奥吉、杰克和黛西一起从台阶上下来了。场面有点尴尬，因为我们正深情地吻着彼此。

嗨，孩子们，妈妈假装什么也没看见地说。但两个男孩咯咯笑着。

嗨，普尔曼太太。

请叫我伊莎贝尔，贾斯汀，她又说了一次。她好像是第三次跟我这么说了，看来我确实需要改口了。

我正要回家。我说。似乎是为了解释。

噢，你要去乘地铁吗？她手里拿着报纸，跟在狗后面说。你可以陪杰克走到公共汽车站吗？

没问题。

你没问题吧，杰克？妈妈问他，他耸了耸肩。

贾斯汀，你可以陪他等公交车吗？

当然。

我们大家都说"再见"。奥利维娅朝我眨了眨眼睛。

你不用陪我等，我们一起走过街区的时候他说。我一直都是自己一个人乘公交车，奥吉的妈妈保护过度。

他的嗓音已经变得低沉沙哑，一副小硬汉的样子。他有点像黑白老电影中的小混混，就应该戴报童帽、穿短靴。

我们到了公共汽车站，时刻表上说公交车八分钟后到。我陪你一起等，我对他说。

随便你。他耸耸肩。可以借我一块钱吗？我想买口香糖。

我从口袋里掏出一块钱，看着他穿过街道走向街角的杂货店。不管怎么样，他看起来还是太小了，不该一个人到处跑。然后我想到自己独自一个人乘地铁时有多大。是太小了。我知道总有一天，我会成为一个保护过度的父亲。我的孩子们会知道我在乎他们。

我站在那儿等了一两分钟，注意到从另一个方向走过来三个男孩。他们正好路过杂货店，其中一个朝店里张望了一下，用胳膊肘轻轻推了另外两个，于是三个人倒退回去，一起朝里看。看得出来他们有点不怀好意，三个人一边你推我搡，一边笑。他们中的一个跟杰克差不多高，但另外两个看起来大一些。他们躲在店门口的水果摊后面，等杰克走出来的时候，他们悄悄尾随在他身后，发出大声呕吐的声音。杰克在街角不经意地转过身，想看看跟在后面的究竟是什么人，他们便大笑着相互击掌，一哄而散。一群小兔崽子。

杰克若无其事地穿过街道，走到公共汽车站，他站在我身边，吹出一个泡泡。

你的朋友？最后我问。

哈。他说。他努力想笑，但我看得出来，他很难过。

我学校的几个傻瓜罢了。他说。朱利安和他的两个跟班，亨利和迈尔斯。

他们经常这样骚扰你吗？

不，以前从来没有。在学校里他们永远不会这么做，不然会被开除的。朱利安的家离这里有两个街区，我觉得在这里遇到他纯属运气不好。

噢，好吧。我点点头。

没什么大不了的。他向我保证。

我们都不约而同地朝阿默斯福特大道望过去，看看公共汽车有没有来。

我们在闹矛盾。过了一会儿他说，好像这可以解释一切。然后，他从牛仔裤口袋里掏出一张揉得皱巴巴的活页纸递给我。我展开一看，上面有三组名字。他让全年级的人跟我作对，杰克说。

不是全年级吧。我看着名单，提醒他。

他在我柜子里留纸条，说每个人都恨你什么的。

你应该告诉老师。

杰克看着我，好像我是个傻瓜，摇了摇头。

不管怎么样，还有这么多中间分子。我指着名单说。如果你把他们争取过来，形势就会拉平一点。

是啊，不错，那真的会发生，他讽刺地说。

为什么不会？

他又瞪了我一眼，好像我是这个世界上最愚蠢的家伙。

怎么？我问。

他摇摇头，好像我已经无可救药。这么说吧，他说，我跟学校里某个最不受欢迎的同学恰恰是朋友。

我心里一动，他没有直接挑明是奥古斯特。

所有事情的关键都在于他跟奥古斯特做朋友。他不想告诉我，因为我是他姐姐的男朋友。是的，当然，情有可原。

我们看见公共汽车从阿默斯福特大道开过来了。

好吧，坚持住。我把纸条还给他，对他说。中学一开始总是很糟糕，接下来会好一些。一切都会好起来的。

他耸耸肩，把名单塞回口袋。

他上了车，向我挥手再见。我看着公共汽车渐渐走远。

我步行到两个街区外的地铁站时，看见那三个孩子正在隔壁百吉饼屋前晃荡。他们依然在笑着互相打打闹闹，俨然几个街头小混混——不过是几个穿昂贵紧身牛仔裤的富家子弟虚张声势罢了。

神差鬼使地，我摘下眼镜放进口袋，把小提琴夹在胳膊底下，尖头朝前。我朝他们走过去，表情凶恶狰狞。他们怔怔地看着我，笑声从嘴边消失了，蛋卷冰激凌也歪掉了。

喂，听着，不要惹杰克。我咬牙切齿地以克林特·伊斯特伍德的硬汉式口气一字一句地说。再惹他一次，你们会非常非常后悔的。然后为了制造效果，我敲了敲小提琴箱。

懂了吗？

他们一齐点头，冰激凌滴到了他们手上。

很好。我神秘地点了点头，然后一步两级地冲向地铁站。

排练

首演之夜越来越近了，演戏占去了我大部分时间。许多台词要背。该我说话的时候全是大段的独白。不过，奥利维娅出了一个绝妙的主意，很有帮助。她让我带着小提琴上场，说话的时候弹上一段。剧本上不是这么写的，但达文波特先生觉得让剧院经理拉小提琴别有一种不羁的味道。对我来说这简直太棒了，因为每当我需要一点时间才能想起下一句台词的时候，只消用小提琴拉一段《战士的快乐》，便能为自己赢得一点时间。

我跟同台演出的同学越来越熟了，尤其是扮演艾米丽的那个粉头发女孩。原来她并不是我想的那样高傲——考虑到经常跟她在一起的那群人而言。她的男朋友是身材健美的运动员，是学校各种体育赛事的风云人物。那个世界跟我毫无关系，所以我觉得有点惊讶，这个叫米兰达的女孩原来非常平易近人。

有一天，我们坐在后台地板上等待技术人员来修理主射灯。

嗯，你跟奥利维娅交往有多久了？她突然问。

大概有四个月了。我说。

你见过她弟弟了吗？她轻描淡写地问。

实在太意外了，我无法掩饰自己的惊讶。

你认识奥利维娅的弟弟？我问。

维娅没告诉你吗？我们曾经是好朋友。奥吉还是个婴儿的时候我就认识他了。

哦，是的，我想我知道这事。我回答。我不想让她看出来奥利维娅没跟我说过此事。我不想对她叫她维娅表现得大惊小怪。除了奥利维娅的家人，没有人叫她维娅，但是这个我以为是陌生人的粉头发女孩，却叫她维娅。

米兰达笑了起来，她摇了摇头，但什么也没说。一阵尴尬的沉默后，她从包里掏出钱夹，从几张照片里找出一张递给我。一个小男孩在阳光灿烂的公园里。他穿着短裤和 T 恤——一顶宇航员头盔罩住了他的整个脑袋。

那天大概有华氏一百度，她看着照片笑着说。但是他怎么也不肯脱下头盔。他持续戴了两年，冬天戴着，夏天戴着，在沙滩也戴着。简直疯狂。

是啊，我在奥利维娅家里看见过照片。

那顶头盔是我送他的，她说。听起来有点骄傲。她拿了照片，小心插回钱夹。

很不错。我回答。

这么说，你感觉还好？她直视着我说。

我莫名其妙地看着她。什么还好？

她皱了皱眉，好像觉得我不可思议似的。你知道我在说什么，她从水杯里喝了一口水说。咱们打开天窗说亮话吧，她又说，这个世界对奥吉·普尔曼并不友善。

鸟

为什么你不跟我说你和米兰达·纳瓦斯曾经是朋友？第二天我问她。这事她瞒着我，我真的很生气。

这不是什么大不了的事。她很防备地看着我说，好像我很奇怪似的。

这是件大事情，我说。我看起来像个傻瓜。你怎么可以瞒着我呢？你甚至一直都表现得好像不认识她一样。

我不认识她。她很快回答。我不知道那个粉头发的拉拉队长是谁。我认识的她是一个收集美国女孩娃娃的笨蛋。

噢，别这样，奥利维娅。

你才不要这样呢！

你应该告诉我的，我轻轻地说，假装没注意到一颗硕大的泪珠突然从她脸颊上滚落下来。

她耸耸肩，拼命忍住，不让泪水决堤。

没事，我没生气，我说，以为眼泪是为我流的。

老实说我并不在乎你是不是生气了，她没好气地说。

哦，那太好了，我反唇相讥。

她什么也没说。她热泪盈眶。

奥利维娅，怎么了？我问。

她摇摇头，像是不想谈的样子。但是突然间，眼泪汹涌而下。

对不起，不是因为你，贾斯汀。我不是因为你而哭。她终于哭着说出来。

那你为什么哭？

因为我不是个好人。

你在说什么呀？

她不看我，只用手心揩眼泪。

我没有告诉父母演出的事，她很快地说。

我摇了摇头，不太明白她在对我说什么。没关系，我说。现在也不迟，还有票——

我不想让他们来看演出，贾斯汀。她不耐烦地打断我。你难道不明白我在说什么吗？我不想让他们来！如果他们来，就会带上奥吉，我只是不想……

她话音未落，又开始哭起来。我用手搂住她。

我不是个好人！她哭喊道。

不是那样的。我温柔地说。

就是那样！她呜咽地说。到一所新学校，没有人认识他，感觉真好，你知道吗？没有人在我背后窃窃私语。那种感觉真好，贾斯汀。但是如果他来看演出，那么每个人都会议论纷纷，大家都会知道……我不知道为什么会这么想……我发誓以前我从来不会为他感到难为情。

我知道，我知道，我安抚她说。你有权利这么做，奥利维娅。你一生中对付的已经够多了。

奥利维娅有时会让我想起一只鸟，愤怒的时候她的羽毛会全部竖起来。当她像现在这样脆弱的时候，她就是一只迷途的小鸟，无巢可依。

于是我张开羽翼，让她可以有依靠。

世界

今天晚上我睡不着。我满脑子浮想联翩。独白的台词。该背的元素周期表。需要理解的原理。奥利维娅。奥吉。

米兰达的话不断地在耳边回响：这个世界对奥吉·普尔曼并不友好。

我想了很多，琢磨着这句话的每一层含义。她是对的。这个世界对奥吉·普尔曼是不友善。这个小孩子做了什么，要遭受如此的惩罚？他的父母做了什么？还有奥利维娅？有一次她提到，某个医生告诉她父母，一个人感染使奥古斯特变得面目全非的综合征的概率是四百万分之一。如此说来，这岂不是让世界变成了一个巨大的赌注？你一出生，就相当于买了一张彩票。不管你是幸运还是不幸，一切都是偶然。一切都是碰运气。

我脑子里盘旋着这些念头，但不一会儿，温柔的思绪让我安静下来，像一个降了三级音的大调和弦。不，不，并非一切都是偶然的，如果真的是，这个世界就会彻底遗弃我们。但世界没有。它以我们看不见的方式照顾着大多数脆弱的生灵。比如盲目疼爱你的父母。比如为比你长得好看而负疚的姐姐。比如那个声音沙哑、因为跟你在一起而被朋友孤立的小男孩。甚至还有一个把你照片随身带在钱夹里的粉头发女孩。生命也许是一场赌注，但是世界最终会让一切平衡。世界眷顾它所有的鸟儿。

第六章

奥古斯特

　　人类是一件多么了不起的杰作！多么高贵的理性！多么伟大的力量！多么优美的仪表！多么文雅的举动！宛若天使的作为！媲美上帝之见解！宇宙的精华！

——摘自莎士比亚《哈姆雷特》

北极

"土豆灯"在科学展览上大获成功。杰克和我得了 A。这是他整整一年来所有课程中拿到的第一个 A，因此他激动万分。

所有的科学展览项目都陈列在体育馆的桌子上。陈列方式跟十二月的"埃及博物馆"一个样，只不过这次摆在桌子上的不是金字塔和法老，而是火山和立体分子模型。也不需要同学们像上次那样带领父母参观每一个人的手工艺品，而是我们必须站在自己的桌子旁，等所有的父母一个一个地走过来参观。

这里有个算数问题：全年级六十个同学等于就有六十对父母——还不包括祖父母。所以至少有一百二十双眼睛看向我。这些大人的眼睛还不像他们孩子的眼睛那样习惯我的存在。这就好像罗盘的指针，无论你面向何方，它总是指向北方。所有人的眼睛都是罗盘，而我对他们来说就像北极。

这就是我不喜欢有家长参加学校活动的原因。不过已经不像新学期开学时那么糟糕了。比如感恩节分享日，我觉得那是最糟糕的一次。那是我第一次一下子必须面对家长。接下来是"埃及博物馆日"，不过那次还好，因为我化装成了"木乃伊"，没有人注意到我。后来是冬季音乐会，我简直恨透了，因为我必须参加合唱。我不但不会唱，还感觉自己像是在展览。新年艺术作品展虽然不是那么糟，但是依然让人恼火。他们把我们的艺术作品全部摆放在学校的走廊上，让父母来检验。让毫无心理准备的大人在走廊上从我身边经过，这相当于重新开了一次学。

不管怎么样，我不是介意人们对我的反应。我说过无数次了：我已经习惯了。我不会让这些困扰自己。这有点像出门的时候外面下着毛毛雨。你不会因为下毛毛雨而穿上雨靴。你甚至都不会打伞。你冒雨走着，几乎注意不到头发被打湿。

但是当偌大的体育馆挤满了家长时，毛毛细雨就彻底变成了一场暴风雨。每个人的眼睛扫视着你，就像一道道巨浪打过来。

妈妈和爸爸一直在我的桌子旁，还有杰克的父母。很有趣，孩子们怎么分组，父母分组也一模一样。比如我的父母、杰克的父母和萨默尔的妈妈相见甚欢。我也看见朱利安的父母与亨利的父母、迈尔斯的父母一直在一起。甚至连大小马克斯的父母也形影不离。真有意思。

后来在回家的路上，我告诉了妈妈和爸爸，他们也觉得这是一个有趣的发现。

我想，这就叫物以类聚，人以群分。妈妈说。

奥吉娃娃

有一段时间，"战争"是我们唯一的话题。二月是"战争"最严峻的时候。事实上当时已经没有人跟我们说话了，朱利安**开始**在我们的柜子里留纸条。他给杰克的留言很愚蠢，比如：你这个烂货，笨蛋！不会有人再喜欢你了！

给我留言是：怪胎！还有一条写着：滚出我们的学校，半兽人！

　　萨默尔认为我们应该把这些纸条交给鲁宾小姐，她是初中部的教务长，或者干脆给图什曼先生，但我们觉得像是打小报告。好吧，不是说我们就不会留纸条，而是我们留的实在一点杀伤力都没有。只是有点搞笑和挖苦。

　　一条是这么写的：你真漂亮，朱利安！我爱你。你愿意嫁给我吗？爱你的比尤拉。

　　另一条是：喜欢你的头发！亲亲，比尤拉。

　　还有一条是：你是个乖宝宝。挠挠我的脚丫子吧。亲亲，比尤拉。

　　比尤拉是我和杰克虚构出来的人物。她有很多很多恶心的习惯，喜欢吃脚趾缝里绿油油的东西，吮吸指关节。我们想象这样的一个人会深深迷恋上朱利安，因为他的长相和举手投足都很像 KidzBop 组合①的某个成员。

　　二月份朱利安、迈尔斯和亨利还捉弄过杰克好几次。他们倒没有捉弄我，我想，因为他们知道，一旦他们被逮到在"欺负"我，将会是个大麻烦。他们觉得，杰克是一个更容易的目标。因此，有一次他们偷了他的运动短裤，在更衣室里玩"猴子在中间"②的游戏。还有一次，迈尔斯在年级室挨着杰克坐，他把杰克的作业单拂下桌，揉成团，掷给了教室另一头的朱利安。如果皮特莎小姐在的话，这种事当然不可能发生，但是那天来的是一个代课老师，她永远不会知道到底发生了什么。杰克对这类事情总是应付自如。他从

① 　KidzBop 是美国的一个流行歌曲合辑系列，由童声代替原唱歌手演绎，10 年间总共发行了 21 张音乐专辑，CD 销量超过 1100 万张。
② 　monkey in the middle，是从前英国小孩子爱玩的一个游戏。游戏中有一个小孩站在两个小孩子中间，做中间的猴子，设法把别外两个小孩子的球抢到手。当然，另外两个小孩会把球相互传来传去，尽量不让中间的孩子抢到球。

来不让别人看出他很难过，不过我知道，他有时还是很难过的。

我们年级的其他同学都知道这场纷争。除了萨凡娜那一帮人，女孩子一开始都保持中立。但是到三月的时候，她们都厌倦了此事。有些男孩也是。比如有一次，朱利安正要往杰克的背包里倒铅笔屑，他们的死党阿莫斯一把把背包从朱利安手里抢过来，还给了杰克。我觉得好像大多数男生开始不买朱利安的账了。

就在几个星期前，朱利安开始散播一个可笑的谣言，说杰克雇用了一个"职业杀手"去"收拾"他、迈尔斯和亨利。这个谎言实在太无聊了，实际上大家都在背后笑话他。因为这件事，站在他那边的男生纷纷变节，明确转为中立。因此到三月底的时候，只有迈尔斯和亨利还站在朱利安那一边——我想，连他们也厌倦了这场"战争"。

我确信大家也都不在我背后玩"瘟疫"游戏了。如果我偶然撞到他们，也没有人会再退缩了，别人向我借铅笔的时候也不会表现得好像笔上有虱子一样。

现在也有人不时跟我开开玩笑。比如有一天我看见玛雅在一张丑娃娃信签上给艾莉留言，不知道为什么，我漫不经心地说了一句："你知道创造丑娃娃的人是以我为标准的吗？"

玛雅瞪大眼睛看着我，似乎信以为真。等反应过来我只是开玩笑时，她觉得这是世界上最好笑的事情。

"你太好玩了，奥古斯特！"她说。然后她把我刚才说的话告诉了艾莉和其他女生，大家也都觉得很好玩。好像一开始她们觉得很震惊，但看到我一笑了之，便明白可以放心地拿这件事情开玩笑了。第二天，我发现我的椅子上放着一只丑娃娃钥匙扣，还有一张玛雅的便条，上面写道：送给世界上最可爱的奥吉娃娃！亲亲，玛雅。

这种事情搁在六个月前是永远不可能发生的，但是现在越来越频繁了。

同时，大家对我开始戴助听器这件事也非常体谅。

"洛博特"

从儿时起，医生就警告我父母，有朝一日我会需要戴助听器。不知道怎么搞的，这把我吓坏了：也许因为所有跟我的耳朵有关的事情都让我心烦。

我的听力变得越来越糟，但是我没有告诉任何人。我脑子里一直就有的海浪声变得越来越大了。它盖过了人的声音，让我感觉像置身水下。如果坐在教室后面，我就听不见老师说话。但是我知道，只要我告诉妈妈或者爸爸，结果就是戴上助听器——我希望可以撑过五年级，不用戴什么助听器。

但等到十月做健康年检时，我听力测试不合格，医生说："小伙子，是时候了。"他把我送到一个耳科专家医生那里，让他给我的耳朵做检查。

在我的五官里面，我最讨厌耳朵。它们在我脸侧像两只握紧的小拳头。它们的位置也偏低，看起来像捏扁的比萨面团支在我脖子上。好吧，也许我有点夸张。但我真的恨死它们了。

耳科医生第一次把助听器拿出来给我和爸爸妈妈看时，我呻吟了一声。

"我不要戴这玩意儿。"我双手往胸前一抱，大声宣布。

"我知道它们可能看起来大了一点，"耳科医生说，"但是我们必须用头箍把它们绑起来，因为我们没有别的办法把它们贴在你耳朵上。"

明白了吧，普通助听器通常有一部分是可以套在外耳上的，这样就可以让耳蜗固定到位。但就我而言，由于我没有外耳，他们必须把耳蜗放进一条加强型的头箍里，再把头箍固定在我的后脑勺上。

"我不能戴这个东西，妈妈。"我抱怨道。

"几乎注意不到它们，"妈妈想努力显得高兴一点，说，"看起来像耳机。"

"耳机？看看它们，妈妈！"我生气地说，"我看起来会像洛博特！"

"哪个洛博特？"妈妈心平气和地问。

"洛博特？"耳科医生笑了，他正看着"耳机"在做调整，"《帝国反击战》？那个后脑勺绑着很酷的仿生无线电发射器的光头男人？"

"我完全不知道你们在说什么。"妈妈说。

"你知道《星球大战》的玩意儿？"我问耳科医生。

"知道《星球大战》的玩意儿？"他说着，把那家伙套在我头上，"实际上是我发明了《星球大战》的玩意儿！"他往椅背上一靠，看看头箍是否合适，然后又把它摘了下来。

"奥吉，现在我想跟你说明一下所有这套东西是怎么回事，"他指着一副助听器的各种零部件说，"这块塑料薄片连接着耳膜上的导管。**这就是为什么我们要在十二月份采模**，为的是保证这个部分放进你的耳朵里舒适合体。这部分叫音钩，明白了吗？这部分很特殊，我们用它连接支架。"

"洛博特的装备。"我痛苦地说。

"嘿，洛博特很酷的，"耳科医生说，"它不会使你看起来像一只广口瓶，知道吗？那会非常糟糕。"他又小心翼翼地把"耳机"套在我头上："就这样了，奥古斯特。现在感觉怎么样？"

"非常不舒服！"我说。

"你会很快适应的。"他说。

我照了照镜子。我的眼睛开始流泪了。因为我只看见我的头部两侧伸出的许多导管——像天线一样。

"我真的必须戴这玩意儿吗，妈妈？"我尽量抑制住不哭出来，"我讨厌它们，戴上也没有任何区别。"

"耐心点，小家伙，"医生说，"我还没把它们打开呢。等你听到区别再说，你会想戴的。"

"不，我不想！"

这时，他打开了。

听觉明亮

我该怎么描述医生打开助听器之后我所听到的东西？或者我听不见的东西？很难用语言来形容。我脑海中的大海不复存在。它消失了。我能清清楚楚听见各种声音。这种感觉就好像你置身于一间灯泡坏了的屋子，只有换了灯泡你才会意识到原先屋子有多暗，你会像这样——哇！这么明亮！我不知道是否有一个词跟视觉上的"明亮"意思相同，我真希望自己知道怎么描述这种感觉，因为我的耳朵现在可以说"听觉明亮"。

"听起来怎么样，奥吉？"耳科医生问，"你听得到我吗，小家伙？"

我看着他笑了笑，但没有作声。

"亲爱的，你听起来有什么不一样吗？"妈妈问。

"你不用大喊大叫，妈妈。"我高兴地点点头。

"你听得更清楚了？"耳科医生问。

"我再也听不见噪声了，"我回答道，"我耳朵里真清净。"

"白噪声消失了。"他点点头说。他看着我，眨了眨眼睛："我说你会喜欢你听到的东西的，奥古斯特。"他又把左耳的助听器调整了一番。

"是不是听起来差别很大，亲爱的？"妈妈问。

"是的，"我点头，"听起来……明亮多了。"

"那是因为你现在有仿生听力了，小家伙，"耳科医生一边调整右耳助听器一边说，"现在摸摸这里。"他把我的手放到助听器后面。"感觉到了吗？那是音量旋钮。你得找到一个适合你的音量。我们接下来就调整。好了，你觉得怎么样？"他举起一面小镜子，让我看大镜子里面助听器的操作效果。我的头发把大部分头箍都盖住了。唯一探出来的部分是导管。

"你对你的新仿生助听器感觉还好吧？"耳科医生从镜子里看着我，问道。

"是的，"我说，"谢谢你。"

"真是太感谢了，詹姆斯医生。"妈妈说。

我戴着助听器在学校露面的第一天，还以为同学们会大惊小怪。但是没有人这么做。萨默尔很高兴我的听力好转，杰克说这让我看起来像一个联邦调查局特工什么的。仅此而已。布朗先生在英语课上问了一下我这个东西，但不是这样问的——你头上戴的到底是什么东西？而是说："如果你需要我重复一下，奥吉，请一定告诉我，好吗？"

现在回想起来，我真不明白自己为什么一直提心吊胆？有趣的是，有时候你一直对一些事情忧心忡忡，结果却没什么大不了的。

维娅的秘密

春假过后几天，妈妈发现维娅隐瞒了她下周在学校上演校园戏剧的消息。妈妈气疯了。其实妈妈也没有气得那么厉害（不过爸爸不同意这种说法），但是维娅这么做，她真的很生气。她和维娅大吵了一架。我能听见她们在维娅的房间里互相吼叫。我的"仿生洛博特耳朵"听见妈妈说："你最近是怎么了，维娅？你喜怒无常、郁郁寡欢、神神秘秘……"

"没有跟你们说一场愚蠢的戏剧，怎么就不对了？"维娅几乎在尖叫，"我在里面连一句台词都没有！"

"你的男朋友有！难道你不想让我们去看他演出吗？"

"是的！实际上，我就是不想！"

"不要叫！"

"是你先叫的！让我一个人待着，行吗？你已经让我一个人待一辈子了，不知道你怎么又突然对我的高中生活感兴趣……"

妈妈怎么回答的，我就不知道了，因为一切都安静下来了，连我的"仿生洛博特耳朵"也接收不到一丝信号。

我的"洞穴"

到晚饭前，她们俩似乎已经和好了。爸爸下班迟了。黛西在睡觉。白天早些时候它吐得很厉害，妈妈预约了明天早晨的兽医。

我们三个人坐下来，没有人说话。

最后，我说："那么，我们要去看贾斯汀演的戏吗？"

维娅没说话，只低头看着盘子。

"你知道的，奥吉，"妈妈平静地说，"这出戏，你这个年龄的孩子不会感兴趣的。"

"这么说，我不会被邀请喽？"我看着维娅说。

"我没那么说，"妈妈说，"只是我认为你不会喜欢。"

"你会觉得非常无聊。"维娅说，好像在指责我什么似的。

"你和爸爸要去吗？"我问。

"爸爸会去，"妈妈说，"我和你在家待着。"

"什么？"维娅朝妈妈叫道，"好极了，这么说你打算用不去来惩罚我的诚实？"

"一开始你并不想让我们去，记得吗？"妈妈回答。

"但是现在你知道了，我当然希望你去！"维娅说。

"你们俩在说什么？"我大声问。

"没什么！"她们异口同声地说。

"只是维娅学校里的事情，跟你没关系。"妈妈说。

"你们在撒谎。"我说。

"你在说什么？"妈妈有点震惊地说。连维娅也很惊讶。

"我说你撒谎！"我嚷嚷道。"你在撒谎！"我站起来朝维娅吼叫道，"你们俩都是骗子！你们俩当着我的面撒谎，就像我是个白痴！"

"坐下，奥吉！"妈妈抓住我的手臂说。

我挣脱了，指着维娅。

"你以为我不知道怎么回事？"我叫喊道，"你不过不想让你高中的新朋友知道你的弟弟是个怪胎罢了！"

"奥吉！"妈妈叫道，"那不是真的！"

"别骗我，妈妈！"我尖叫起来，"不要把我当小孩子！我不是弱智！我知道是怎么回事！"

我沿着走廊跑进我的房间，砰的一声把门关上，我太用劲了，竟然听到门框后面的墙上有碎块脱落下来。我抓了一个枕头盖到我恶心的脸上，在上面摆了一堆毛绒玩具，好像自己正在一个小小的洞穴里。如果可以把枕头一直顶在脸上四处走动，我会的。

我甚至都不明白自己怎么会气急败坏的。晚餐开始时，我并没有真的生气。我甚至都不觉得难过。但是突然之间我就爆发了。我知道维娅不希望我去看她那出愚蠢的戏。我也知道为什么。

我以为妈妈会马上跟进我房间，但是她没有。我希望她发现我在毛绒玩具堆成的"洞穴"里，所以我等了一会儿，但是十分钟过去了她还没有跟来。这很不正常。平常我在房间里生闷气的时候，她都会来看看我。

我想象妈妈和维娅在厨房里谈论我。我想象维娅非常非常地难过。我想象妈妈在引咎自责。等爸爸回家的时候，他也会对她大发雷霆。

我在枕头和毛绒玩具之间扒开一个小小的洞，瞥了一眼墙上的钟。已经过去半个小时了，妈妈还没有到我房间里来。她们还在吃饭吗？出什么事了？

终于，门打开了。是维娅。她甚至都没有走到我床前来，也不是像我想象的那样悄悄地进来。她急急忙忙地奔了进来。

告别

"奥吉，"维娅说，"快来，妈妈需要跟你谈谈。"

"我不会道歉的！"

"不是说你的事！"她叫道，"不是世界上所有事情都跟你有关，奥吉！快起来。黛西病了，妈妈要带它去宠物医院看急诊。来告别吧。"

我把枕头从脸上推开，抬头看她。这时我才发现她在哭。"你说'告别'是什么意思？"

"你倒是快点啊！"她伸出手说。

我抓住她的手，跟着她下到客厅再去厨房。黛西侧着身子躺在地板上，四腿直挺挺地往前伸着。它气喘吁吁地，好像刚才一直在公园里跑步。妈妈跪在它身边，摩挲着它的头。

"怎么回事？"我问。

"它突然开始呜咽。"维娅说着挨妈妈身边跪了下来。

我低头看妈妈，她也在哭。

"我这就送它去街上的宠物医院，"她说，"出租车会来接我。"

"宠物医院会治好它的，对吗？"我问。

妈妈看着我。"希望如此，亲爱的，"她低声说，"但老实说我也不知道。"

"当然会的！"我说。

"黛西最近一直病得很严重，奥吉。再说它也老了……"

"但是他们能够治好它的。"我看着维娅说，希望她也认同我的观点，可维娅没有抬头看我。

妈妈的嘴唇在颤抖。"我想，我们跟黛西说再见的时候到了，奥吉。对不起。"

"不！"我说。

"我们不想让它受罪，奥吉。"她说。

电话响了。维娅接了电话，说了一声"好的，谢谢"，然后就挂了。

"出租车在外面。"她用手背擦了擦眼泪说。

"好的，奥吉，请帮我开一下门好吗，亲爱的？"妈妈说着轻轻把黛西抱了起来，好像抱着一个耷拉着头的巨大婴儿。

"求你了，不要，妈妈？"我哭着堵在门口。

"亲爱的，请让开，"妈妈说，"它很重。"

"那爸爸怎么办？"我哭道。

"他到医院跟我碰头，"妈妈说，"他也不希望黛西受苦，奥吉。"

维娅把我从门口拉开，给妈妈开了门。

"如果你们需要什么，我的手机开着，"妈妈对维娅说，"你能给它盖一下毯子吗？"

维娅点点头，但是她已经在放声大哭。

"跟黛西说再见吧，孩子们。"妈妈说，眼泪在脸上哗哗地流。

"我爱你，黛西，"维娅亲吻着黛西的鼻子说，"我非常爱你。"

"再见，小女孩……"我在黛西耳边低声说，"我爱你……"

妈妈抱着黛西走下门廊。出租车司机已经打开了后车门，我们看着她坐了进去。关上车门前，妈妈抬头看了看站在公寓门口的我们，轻轻招了招手。我从来没见过她如此悲伤。

"我爱你，妈妈！"维娅说。

"我爱你，妈妈！"我说，"对不起，妈妈！"

妈妈给了我们一个飞吻。我们眼睁睁地看着车子走远，维娅关上门。她盯着我看了一会儿，然后紧紧地抱住我，我们一起号啕大哭。

黛西的玩具

半小时后贾斯汀来了。他紧紧地拥抱了我一下，说："抱歉，奥吉。"我们都坐在客厅里，相对无言。不知为什么，维娅和我找遍了屋子的每个角落，把黛西的所有玩具都找出来堆在咖啡桌上。现在我们只能呆呆地盯着这堆玩具。

"它真的是世界上最好的狗。"维娅说。

"我知道。"贾斯汀揉揉她的后背说。

"它是突然之间开始呜咽的吗？"我问。

维娅点点头。"好像是你离开餐桌两秒钟后，"她说，"妈妈正要去找你，但这时黛西开始了，像是呜咽。"

"像什么？"

"就是呜咽吧，我也说不清楚。"维娅说。

"像在咆哮吗？"我问。

"奥吉，像呜咽！"她很不耐烦地回答，"它开始只是呻吟，好像什么东西弄疼了它。它还发疯般地喘气。然后一屁股跌倒在地，妈妈走过去试图抱它起来，不过，它显然疼得厉害。它咬了妈妈。"

"什么？"我说。

"妈妈试图去摸它肚子时，黛西咬了她的手。"维娅解释道。

"黛西从来没咬过任何人！"我回答。

"它身不由己，"贾斯汀说，"显然它很痛苦。"

"爸爸是对的，"维娅说，"我们不该让它的病情恶化。"

"什么意思？"我问，"他知道它病了吗？"

"奥吉，过去的两个月里妈妈大概带它去看了三次兽医。它最近一直在呕吐。你没注意到吗？"

"但是我不知道它生病了呀！"

维娅没有再说什么，不过她伸出胳膊抱住我的肩膀，把我拉到身边。我又哭了起来。

"对不起，奥吉，"她轻声说，"我真的很抱歉，你原谅我好不好？你知道我有多么爱你，对吗？"

我点点头。不知不觉，争吵已经无关紧要了。

"妈妈流血了吗?"我问。

"只是被轻轻咬了一下,"维娅说,"就在这里。"她指着她的大拇指根部，给我演示黛西是怎么咬到妈妈的。

"她疼吗?"

"妈妈没事，奥吉。她还好。"

两小时后，妈妈和爸爸回家了。他们开门的一瞬间我们就明白了，黛西没有跟他回家，它已经死了。我们在客厅围着黛西的一堆玩具坐下来。爸爸跟我们讲了在宠物医院的经过，兽医怎么给黛西照 X 光，检验血液，告诉他们它的胃部长了个巨大的肿瘤。它的呼吸很困难。妈妈和爸爸不希望它受罪，于是爸爸就像平常喜欢做的一样把它抱到怀里，让它的腿悬在空中，在兽医给它的大腿注射的时候，他和妈妈一遍又一遍地跟它吻别，跟它说悄悄话。大概一分钟后，它死在爸爸的怀里。它死得很安详，爸爸说。就像睡着了一样。爸爸的声音颤抖着重复了好几次，然后清了清嗓子。

我以前从来没看见过爸爸哭，但是今天晚上见到了。我去妈妈和爸爸的卧室找妈妈陪我睡，结果看到爸爸坐在床沿正在脱袜子。他背对着门，并不知道我站在门口。一开始我还以为他在笑，因为他的肩膀在发抖，但是接着他用手蒙住了眼睛，我这才意识到他在哭。这是我听到过的最轻的哭泣，像是在轻言细语。我本来想走到他身边去，但是转念一想，他哭得那么小声也许是因为他不想让我或者别人听到。于是我离开，转身去了维娅的房间，我看见妈妈和维娅并肩躺在床上，维娅在哭泣，妈妈在轻声安慰。

因此，不需要任何人吩咐，我换了睡衣，打开夜灯，关了大灯，然后上床，钻进我早前留在床上的毛绒玩具小山丘里。所有的一切仿佛发生在一百万年前。我摘下助听器，把它放在床头柜上，然后把被子拉到齐耳处，我想象黛西正依偎在我身上，它用潮湿的大舌头舔我的脸，好像这是世界上它最喜欢的一张脸。我就这样睡着了。

天堂

我一觉醒来，天依然黑着。我下了床，走进爸爸妈妈的房间。

"妈妈？"我轻轻地叫道。四周一片漆黑，我没看到她已经睁开眼睛。"妈妈？"

"你没事吧，亲爱的？"她恍恍惚惚地问。

"我可以跟你睡吗？"

妈妈朝爸爸那边挪了挪，我在她身边依偎着躺下来。她吻了吻我的头发。

"你的手不要紧吧？"我说，"维娅跟我说黛西咬了你。"

"只是轻轻咬了一下。"她对我耳语道。

"妈妈……"我哭了起来，"我很抱歉我说了那些话。"

"嘘……没什么好抱歉的。"她的话轻到我几乎听不见。她的脸贴着我的脸。

"维娅是不是嫌我丢脸？"我说。

"不，亲爱的，不是。你知道她不会。她只是在适应新学校。这并不容易。"

"我知道。"

"我知道你知道。"

"对不起，我不该说你是骗子。"

"睡吧，好孩子……我真的很爱你。"

"我也好爱你，妈妈。"

"晚安，亲爱的。"她温柔地说。

"妈妈，黛西现在跟外婆在一起吗？"

"我想是的。"

"她们在天堂吗？"

"是的。"

"人们去天堂的时候看起来和正常人一样吗？"

"我不知道。我想不一样吧。"

"那人们怎么才能互相认得出来？"

"我不知道，亲爱的，"她的声音听起来很疲惫，"他们只是凭感觉吧。你不需要用眼睛去爱，对吗？你只需要用内心去感受。在天堂就是这样。只有爱，没有人会忘记他们所爱的人。"

她又吻吻我。

"睡吧，亲爱的。很晚了。我累坏了。"

但我睡不着，即使我知道她已经睡着了。我也能听到爸爸睡着了，我想象维娅睡在走廊那头她的房间里。我想知道此时黛西是不是也在天堂睡着了。如果它睡着了，它会梦到我吗？我想知道，有一天我到了天堂，不再因这张脸而困扰会是什么感觉。正如它永远不会给黛西造成困扰一样。

替补

黛西去世几天后，维娅带回来三张校园戏剧的演出票。我们再也没有提起过那天晚餐时的争吵。演出那天晚上，她和贾斯汀要提前到校，出发前她给了我一个大大的拥抱，告诉我她爱我，做我的姐姐她感到很骄傲。

这是我第一次到维娅的新学校。比她以前的学校大多了，也比我的学校大一千倍。可以容得下很多人。戴仿生洛博特助听器唯一的缺点是，我再也不能戴棒球帽了。在这种情况下，棒球帽真的派得上用场。有时候我希望自己还能像小时候一样，戴着那顶旧宇航员头盔实现游离。信不信由你，人们会觉得看见一个戴宇航员头盔的小孩远远不如看见我的脸那么怪异。不管怎么样，我一直低着头跟在妈妈后面，穿过一条长长的灯火通明的走廊。

我们跟着人群到了礼堂，有学生在入口处派发节目单。我们找到了第五排的位置，靠近礼堂中央。我们一坐下，妈妈就开始在手提包里摸索起来。

"真不敢相信，我忘了带眼镜！"她说。

爸爸直摇头。妈妈总是忘记她的眼镜，要么钥匙，要么别的什么东西。她总是丢三落四的。

"你想坐近一点吗？"爸爸问。

妈妈眯起眼睛看看舞台。"不用了，我看得见。"

"现在就说出来，否则就永远保持缄默。"①

"我很好。"妈妈回答道。

---

① 这句话常常是在基督教婚礼结束前，牧师对着所有见证婚礼的宾客们所做的宣示。奥吉的爸爸这么说，是因为他一直很幽默。

"看，贾斯汀在这儿。"我指着节目单上贾斯汀的照片说。

"他这张照片不错。"他点头回答。

"怎么没有维娅的照片？"我问。

"她是替补演员，"妈妈说，"不过，看啊，这儿有她的名字。"

"他们为什么叫她替补演员？"我问。

"哇噢，看看米兰达的照片。"妈妈对爸爸说，"都认不出她来了。"

"他们为什么叫她替补演员？"我又问了一句。

"如果主要演员因为某种原因不能演出，代替他上台的人就叫替补演员。"妈妈回答道。

"你听说马丁又要结婚了吗？"

"你在开玩笑吧？"妈妈吃惊地回答。

"谁是马丁？"我问。

"米兰达的父亲。"妈妈回答我，接着又对爸爸说："谁告诉你的？"

"我在地铁上碰到了米兰达的妈妈。她为此很不开心。他又要当爸爸了。"

"哇。"妈妈摇摇头说。

"你们在谈什么？"我说。

"没什么。"爸爸回答。

"可是为什么叫'替补'呢？"我问。

"我不知道，奥吉狗狗，"爸爸回答，"也许是因为演员们在某种程度上是跟着主角学习之类的？① 我真的不清楚。"

我还想说点别的，但这时灯光一暗。观众马上安静下来。

"爸爸，请你不要再叫我奥吉狗狗了，好吗？"我在爸爸耳边悄悄说。

---

① "替补"即 understudy。

　　爸爸笑着点点头，朝我竖了竖大拇指。

　　戏开场了。大幕拉开。空荡荡的舞台上只有贾斯汀一人，他坐在一把摇摇晃晃的旧椅子上，正在给小提琴调弦。他穿着一件老式外套，头戴一顶草帽。

　　"这部戏叫《我们的小镇》，"他对观众说，"原著桑顿·怀尔德，制作兼导演菲利浦·达文波特……小镇的名字叫'格罗威尔的角落'，在新罕布什尔州——刚好穿过马萨诸塞州边境线，位于北纬42度40分，西经70度37分。第一幕展现的是我们小镇的一天。这一天是1901年5月7号。时间在破晓前。"

　　我立刻知道，我会喜欢这部戏。它不像我过去看过的其他校园剧，比如《绿野仙踪》或者《食破天惊》。不，这部戏很成人化，我坐在那儿看得津津有味。

　　戏演了一会儿，一个叫韦伯太太的角色在叫她的女儿艾米丽。我从节目单上得知那是米兰达要演的角色，因此我倾身向前想好好看看她。

　　"这是米兰达，"妈妈眯着眼睛看着舞台，悄悄对我说，这时艾米丽走出来了，"她看起来变化真大……"

　　"不是米兰达，"我悄声说，"是维娅。"

　　"啊，我的老天！"妈妈一声低呼，在座位上跟跄了一下。

　　"嘘！"爸爸说。

　　"是维娅。"妈妈悄悄对他说。

　　"我知道，"爸爸低声笑道，"嘘！"

结局

演出太惊艳了。我不想剧透，但是结局让观众都眼泪哗哗的。妈妈整个哭出了声，那时维娅饰演的艾米丽正在说：

> 再见，再见了世界！再见，格罗威尔小镇……妈妈、爸爸！再见了，时钟……再见了，妈妈的向日葵、食物和咖啡、新熨好的衣服、暖和的热水浴……睡觉和起床……噢，大地，只有认识到你的人才会发现你的美丽！

维娅说这段台词的时候真的哭了，我看见泪珠从她腮边滚落。太感人了。

幕布拉上后，观众席上掌声四起。演员们一个一个出来谢幕。维娅和贾斯汀最后出来，他们一露面，所有观众都站了起来。

"太棒了！"我听见爸爸用手做喇叭状在喝彩。

"为什么每个人都起立？"我问。

"起立是为了致敬。"妈妈说着也站了起来。

于是我也站起来拍手。我拍得手生疼。有那么一会儿，我想此时此刻维娅和贾斯汀感觉该有多美啊，所有的人都起立为他们喝彩。我觉得应该有一个不成文的规定，世界上每个人一生中都至少应该获得一次全场起立鼓掌的机会。

终于，不知道过了多少分钟，台上的演员退后一步，幕布在他们前方拉上。掌声止息，灯光亮起，观众起身退场。

我和妈妈、爸爸一起来到后台。许许多多人正围着演员们，在他们背上拍拍打打，向他们表示祝贺。我们看到维娅和贾斯汀站在人群中央，微笑着看着每一个人，说说笑笑。

"维娅！"爸爸穿过人群，一边招手一边大声喊。等他离得够近时，他一把把她抱了起来。"你真了不起，亲爱的！"

"我的天呀，维娅！"妈妈兴奋地尖叫。

"我的天呀，我的天呀！"她那么使劲地拥抱维娅，我觉得维娅都快窒息了，但是她一直在笑。

"你太出色了！"爸爸说。

"非常出色！"妈妈半是点头半是摇头地说。

"还有你，贾斯汀，"爸爸握着贾斯汀的手说，同时又给了他一个拥抱，"你表现得太精彩了！"

"太精彩了！"妈妈反复说着。老实说，她已经激动得说不出话来。

"看到你出现在台上吓了我一跳，维娅！"爸爸说。

"妈妈一开始没把你认出来！"我说。

"我没认出是你！"妈妈用手捂住嘴说。

"就在演出开始前米兰达生病了，"维娅上气不接下气地说，"甚至都来不及宣布一下。"我必须说，她看起来有点陌生，因为她还化着妆，我以前从来没见过她这样子。

"那你是在最后一刻才上台的？"爸爸说，"哇。"

"她真了不起，不是吗？"贾斯汀搂着维娅说。

"所有观众都湿了眼睛。"爸爸说。

"米兰达没事吧？"我说，但是没有人听见。

这时，一位男士拍着手朝贾斯汀和维娅走过来，我想应该是他们的老师。

"太棒了，太棒了！奥利维娅和贾斯汀太棒了！"他亲了亲维娅的双颊。

"我说错了几句台词。"

"但你坚持演到了最后。"这位男士笑得嘴都合不拢。

"达文波特先生,这是我的父母。"维娅说。

"你们一定为女儿感到骄傲!"他用双手握着他们的手说。

"是的!"

"这是我的弟弟奥古斯特。"维娅说。

他正要说点什么,但是看到我一下子就愣住了。

"D 先生,"贾斯汀拉住他手臂说,"请过来见见我的妈妈。"

维娅正要跟我说话,但有人过来跟她交谈,我还没反应过来,就孤零零地站在人群中了。我是说,我知道妈妈和爸爸在哪儿,但周围全是人,而且不停有人撞得我团团转,再盯着我看一两眼,这让我感觉有点难受。我不知道是因为有点热还是怎么了,我开始有点头晕。人们的脸在我脑子里模糊起来,我试着想把"洛博特耳朵"的音量调低一点,但是我一开始稀里糊涂地调大了,这吓了我一大跳。等我抬起头时,妈妈、爸爸、维娅都不见了。

"维娅?"我大声叫。我穿过人群去找妈妈。"妈妈!"但周围除了人们的肚子和领带,我什么也看不见。"妈妈!"

突然,有人从背后抓住了我。

"看看这是谁啊!"一个熟悉的声音说着,紧紧地抱住了我。一开始我还以为是维娅,但我转过身,一下子惊呆了。"嘿,汤姆上校!"她说。

"米兰达!"我叫道,使出浑身的力气紧紧地抱住了她。

第七章

米兰达

我忘记了我曾看到过许多美丽的事物，我忘记了我曾需要去发现生活的真谛。

——摘自天籁女声组合[①] 单曲《美丽的事物》

---

① 天籁女声组合（Andain）是一支来自美国加州的电子流行组合，习惯用原声器材混音，配合女主声迷幻的呢喃吟唱。

夏令营的谎言

父母在我九年级前的夏天离了婚。父亲很快就有了新欢。虽然母亲从来没明说过，但我想实际上这就是他们离婚的原因。

他们离婚后，我几乎没见过父亲。母亲的举止比以前任何时候都更陌生。她还不是情绪不稳定，她就是冷漠、疏离。我母亲是那种把笑脸给全世界但对我却没什么好脸色的人。她从来不跟我多说话——不说她的感受、她的生活。她在我这个年龄是什么样子，我知之甚少。她喜欢什么或不喜欢什么，我也不太清楚。有几次她提到她的父母——我从来没见过他们——讲得最多的是她一长大就如何尽可能地远离他们。她从来不跟我说为什么。我问过几次，但她都装作没听见。

那个夏天我并不想参加夏令营。我本来想跟她在一起，帮她渡过离婚这个难关。但是她坚持让我去。我以为她想要单独静一静，于是就随她去了。

夏令营很糟糕。我一点都不喜欢。我原本以为做初级辅导员会好一些，但并非如此。上一年我认识的同学一个也没来夏令营，因此我不认识任何人——一个也不认识。莫名其妙地，我跟同营的女孩子玩起了自欺欺人的小游戏。她们对我问东问西，于是我就信口开河：我告诉她们，我的父母在欧洲，我住在北河高地最繁华的一条大街上的一幢豪宅里。我有一条狗，名字叫黛西。

有一天我脱口而出说我有一个畸形的弟弟。我压根儿不知道自己为什么要这么说，也许是觉得有趣。当然，营房里小女孩们的反应非常夸张。真的吗？非常抱歉！肯定很艰难吧！等等。毫无疑问，话一出口我就后悔莫及。我觉得这也太假了。我想，如果维娅知道的话，她一定会觉得我非常奇怪。不过必须承认，我觉得自己还是有点资格撒这个谎的。我从六岁起就认识奥吉了。我一直看着他长大。一直跟他玩。为了他，我看了六部《星球大战》，这样我就可以跟他聊外星人和赏金猎人什么的了。我送了一顶宇航员头盔给他，他戴了两年都不肯脱下来。我的意思是，把他当我的弟弟，这是我的殊荣。

最奇怪的是，这些谎话，这些杜撰的事情竟然给我带来了惊人的人气。别的初级辅导员从营员们嘴里听说了，他们全都信以为真。在我一生中，从来没有在任何场合被看作"人气女孩"，但这个夏天的夏令营除外，不管出于何种原因，每个人都想跟我在一起。甚至连住在 32 号营房的女孩们都对我青睐有加。她们都是些人精。她们说喜欢我的头发（不过她们帮我改了发型）。她们说喜欢我化的妆（不过她们也帮我改了）。她们教我怎么把 T 恤衫塞到吊带背心里面。我们一起抽烟。我们半夜溜出去，穿过林间小路跑到男生夏令营。我们跟男孩子们约会。

从夏令营回到家，我马上给艾拉打电话，约她一起制定计划。不知道为什么，我没有打给维娅。我想我不喜欢跟她聊琐碎的事情。她会问我父母的情况，还有夏令营的情况。艾拉从来不过问我的事情。跟她做朋友更容易一些。她不像维娅那么严肃。她很有趣。她觉得我把头发染成粉色很酷。她愿意听所有那些半夜穿过树林的故事。

学校

这一年我很少见到维娅，即使见到了也很尴尬。我感觉她总是在评判我。我知道她不喜欢我的新形象。我还知道她不喜欢我的这帮朋友。我也不喜欢她的那些朋友。实际上我们从来没争吵过，只是渐渐疏远了。艾拉和我互相说她坏话：她是个故作正经的女人，她这样，她那样。我们知道自己的刻薄，但是假装她做了什么对不起我们的事，这样不睬她才更容易。事实上，她丝毫没变，但我们变了。我们变得跟别人一样，而她却一如既往。不知道为什么，这让我非常恼火。

有时，我会在餐厅找找看她坐在哪里，或者查一下选修课表看看她选了什么课。不过除了在走廊上打过几次招呼，偶尔说一声"你好"，我们从来没有真正交谈过。

大概过了一学期我才注意到贾斯汀。我之前根本没把他放在眼里，只知道他是个瘦瘦的家伙，戴着厚厚的眼镜，留一头长发，一把小提琴不离身。后来有一天，我在学校门口看见他搂着维娅。"维娅有男朋友了！"我冷嘲热讽地对艾拉说。不知道为什么，她交男朋友让我很吃惊。在我们三个人中，她绝对是最漂亮的：深蓝色的眼睛，一头乌黑的长鬈发。但是她举手投足间好像从来就没有对男孩有过兴趣。她表现得太聪明了，不至于对这种事情上心。

我也有男朋友，一个叫扎克的男孩。当我告诉他我要选修戏剧课时，他摇摇头说："当心别变成演戏狂。"他不是世界上最有同情心的家伙，但是非常可爱。他是学校图腾柱上的佼佼者，大学代表队的运动员。

一开始我并没有打算参与演戏。后来我看到报名单上有维娅的名字，于是也神差鬼使地把自己的名字写了上去。这个学期的大部分时间我们都在设法避开对方，好像压根儿不认识彼此。然后有一天，上戏剧课的时候我到得早了点，达文波特叫我去多复印几份剧本，这是他打算让我们排练的春演作品：《象人》。我听说过这部戏，但并不知道它讲的是什么，便在等复印机的时候浏览了一遍。原来是一百多年前一个叫约翰·梅里克的重症畸形人的故事。

"我们不能演这部戏，D先生。"我回到教室时对他说，并告诉他事出有因：我的弟弟有先天缺陷，脸部畸形，这部戏可能过分了一点。他看起来有点恼火，也有点不近人情，但我说我父母对学校演这种戏也会很有意见。总之，他最后换成了《我们的小镇》。

我想，我之所以争取艾米丽·吉伯斯的角色是因为我知道维娅也想得到它。但我从来没想到我会打败她。

我最怀念的

跟维娅的友谊让我最怀念的是她的家人。我爱她的妈妈和爸爸。他们总是那么热情好客，对我无微不至。跟他们在一起时很有安全感——比世界上任何一个地方都更安全。在别人家感觉比在自己家安全，这是一件多么可悲的事情，不是吗？当然，我也很爱奥吉。我从来不怕他，哪怕我还很小的时候也不怕。我有朋友不相信我去过维娅家。"他的脸吓死人了。"他们说。"你们真愚蠢。"我对他们说。只要适应了奥吉的脸，你不会觉得有多糟糕。

我给维娅家打过一次电话，只是想问候一下奥吉。也许我还隐隐地希望维娅会接电话。

"嗨，汤姆上校！"我叫的是我给他取的绰号。

"米兰达！"听得出来，他听到我的声音好高兴，这其实让我非常吃惊。"我现在到一所常规学校上学了！"他兴奋地告诉我。

"真的吗？"我非常震惊。我想，我从来没想过他会上一所常规学校。他的父母一直都对他呵护有加。我还一直以为他是那个戴着我送的宇航员头盔的小男孩。跟他交谈的时候，听得出来他还不知道我和维娅已经友情不再。"高中情况不一样，"我向他解释道，"你可以跟许多不同的人玩。"

"我在新学校也交到了一些朋友，"他告诉我，"一个叫杰克的男孩和一个叫萨默尔的女孩。"

"太好了，奥吉，"我说，"好吧，我打电话来是想告诉你，我很想你，希望你一切都好。你可以随时打电话给我，好吗，奥吉？你知道我一直都很爱你。"

"我也很爱你，米兰达。"

"代我向维娅问好。告诉她我很想她。"

"我会的。再见！"

"再见！"

非同凡响，却无人欣赏

首演之夜，我的父亲和母亲都不能来看演出。母亲因为有工作要忙，父亲是因为他的新婚太太随时可能生产，他必须随叫随到。

扎克也不能来。他要参加一场不能错过的对阵大学生的排球赛。实际上，他本来希望我推掉首演去为他加油的。当然，我所有的"朋友"都去了比赛，因为她们的男朋友都要上场打球。连艾拉也没有来。假如有选择，她一定选择跟圈子里的人在一起。

因此，在首演之夜，跟我沾亲带故的人一个都没有来。情况是这样的，彩排到三四遍的时候我意识到自己很擅长表演。我很会把握角色的心理。我能把台词吃透。在我念台词的时候，它们就像是从我脑子里和内心深处迸发出来的一样。老实说，在首演之夜，我还可以做到精益求精——我一定会演得很棒。我的表演将会非同凡响，可是也将无人欣赏。

大家都在后台紧张地默背台词。透过幕布，我瞥见人们正在大厅里纷纷就座。这时我看见奥吉跟着伊莎贝尔和内特沿着走廊进来了。他们在第五排靠中央的三个座位上坐了下来。奥吉戴着领结，兴奋地四处张望着。比起差不多一年前我最后一次见到他，他长大了一点。现在他剪短了头发，还戴着助听器。他的脸没什么变化。

达文波特正在和布景师交接最后的一些变动。我看见贾斯汀在后台踱步，紧张地念念有词。

"达文波特先生，"我开口的时候自己都吃了一惊，"对不起，我今晚不能上台了。"

达文波特慢慢转过身。

"什么？"他说。

"对不起。"

"你在开玩笑吧？"

"我就是……"我低头咕哝道，"感觉不太舒服。我很抱歉。我好像要吐了。"这当然是撒谎。

"你不过是临场前的紧张而已……"

"不！我演不了！我是说真的。"

达文波特火冒三丈。"米兰达，这太不像话了。"

"对不起！"

达文波特深深地吸了一口气，像是在努力控制自己的情绪。说老实话，我觉得他看起来像要大发雷霆。他的额头都变成了亮粉色。"米兰达，这是绝对不允许的！现在去做一下深呼吸再——"

"我不演了！"我大声地说，眼泪说来就来。

"很好！"他没有看我，声嘶力竭地吼了一声。然后他转向布景师，那个叫大卫的男生。"到灯光房去把奥利维娅找来！告诉她今晚代替米兰达上场！"

"什么？"大卫说，他还没回过神来。

"快去！"达文波特冲着他大吼道，"马上！"其他同学已经明白有事发生，团团围了过来。

"发生什么事了？"贾斯汀问。

"计划临时有变，"达文波特说，"米兰达今天不太舒服。"

"我生病了。"我努力装出病恹恹的样子说。

"那你怎么还在这里？"达文波特怒气冲冲地对我说，"别废话了，脱掉服装，拿去给奥利维娅！好吗？大家快点！我们走吧！快！快！"

我以最快的速度跑到后台更衣室，脱下演出服。两秒钟后响起了敲门声，维娅把门推开了一半。

"发生什么事了？"

"赶快，把这穿上。"我把裙子递给她说。

"你病了？"

"是的！你快点！"

维娅不知所措地脱掉T恤衫和牛仔裤，把长裙从头上套下来。我帮她理好，又把背上的拉链拉上。

幸好艾米丽·韦伯要到戏开演十分钟后才上场，所以负责化妆和造型的女生还有时间把维娅的头发盘起来，给她快速上妆。我从来没见过维娅化浓妆的样子：她看起来像个模特。

"我不敢保证记得住我的台词，"维娅从镜子里打量着自己说，"你的台词。"

"你会做得很好的。"我说。

她从镜子里看着我："你为什么要这么做，米兰达？"

"奥利维娅！"达文波特在门口小声叫道，"两分钟后你上台。机不可失，失不再来！"

维娅跟着他朝门外走去，这样我就永远没有机会回答她的问题了。反正，我不知道自己会说些什么。我也不知道答案是什么。

演出

我在舞台后侧看完了剩下的演出，达文波特站在我旁边。贾斯汀让人惊艳，在令人心碎的最后一幕，维娅演得实在太棒了。她说错了一句台词，但贾斯汀帮她掩饰得很好，观众席中甚至都没有人意识到。我听到达文波特在喃喃自语："很好，很好，很好。"他比所有同学加起来——演员、布景师、灯光师、拉幕布的工作人员——都还要紧张。坦白说，达文波特都快崩溃了。

唯一让我感到有点后悔的——如果要说后悔的话——是演出结束时的谢幕。维娅和贾斯汀是最后走向前台的，当他们鞠躬时，观众全都站了起来。这一幕，我承认，对我来说有点百感交集。不过几分钟后，我就看见内特、伊莎贝尔和奥吉来到了后台，他们看起来都眉开眼笑。每个人都跟演员们拍拍打打，祝贺他们演出成功。一边是大汗淋漓但心满意足的演员，一边是前来向他们表达敬意的观众，一时间，后台一片混乱和疯狂。在拥挤的人群中，我注意到奥吉看起来有点恍惚。我赶紧穿过人群，走到他身后。

"嘿！"我说，"汤姆上校！"

演出之后

我说不清楚为何隔了这么长时间再见到奥古斯特会如此开心，还有当他拥抱我的时候，我感觉好极了。

"我真不敢相信你已经长这么大了。"我对他说。

"我以为你会参加演出呢！"他说。

"我没法上台，"我说，"但是维娅太赞了，你说是不是？"

他点点头。两秒后，伊莎贝尔找到了我们。

"米兰达！"她亲了亲我的脸高兴地说。然后又对奥古斯特说："不要再像这样消失了。"

"消失的人是你。"奥吉回嘴道。

"你现在感觉怎么样？"伊莎贝尔对我说，"维娅告诉我们你病了……"

"好多了。"我回答。

"你妈妈来了吗？"

"没有，她要工作，其实这对我来说不是什么大事，"我实话实说，"不管怎么样我们还会再演两场，不过我觉得自己不会演得像维娅今天晚上这么棒。"

内特过来了，我们的谈话基本没什么两样。这时伊莎贝尔说："对了，我们准备去吃消夜庆祝演出成功。你觉得能跟我们一起去吗？我们非常欢迎你去！"

"噢，不了……"

"求你了？"奥吉说。

"我该回家了。"我说。

"我们坚持要你去。"内特说。

这时维娅、贾斯汀和贾斯汀的妈妈一起走了过来，维娅伸出胳膊搂着我。

"你一定要去。"她带着久违的微笑看着我说。我跟随他们走出人群，必须承认，这是很久以来我第一次打心眼里感到快乐。

第八章

奥古斯特

你将触摸到天空，飞翔吧……美丽的孩子。

——摘自尤里思米克斯乐队[①]《美丽的孩子》

① 尤里思米克斯乐队（Eurythmics），英国摇滚乐队。

五年级"走进大自然之旅"

　　每年春天，毕彻预科学校全体五年级学生都会前往宾夕法尼亚的布罗伍德自然保护区，进行一次为期三天两夜的旅行。一路上要坐四个小时的大巴。学生睡在有高低床的小木屋。有篝火与烤棉花糖，还有徒步穿越森林的活动。这一年老师们都在不断地提醒我们，因此全年级同学都非常兴奋——除了我。其实我不是不兴奋，而是因为我从来没有在外面过夜的经验，有点紧张。

　　大多数孩子到我这个年龄都有在别人家过夜的经历。许多孩子参加过住宿营，或者跟祖父母一起住过什么的。但我从来没有。除非你算上住院，但即便是住院，也都是爸爸妈妈陪着我过夜。我从来没有在爷爷奶奶家睡过，在凯特姨妈和宝叔叔家也没有。小时候主要是因为有太多的医疗问题，比如我的输气导管需要每小时清洁一次，或者鼻饲管脱落得重新接上去。等长大了一点，我也从来不想到任何别的地方过夜。有一次我在克里斯托弗家睡了半个晚上。那时我们都八岁，他是我最好的朋友。我们一家去他家做客，我和克里斯托弗玩乐高星球大战玩得太开心了，要离开的时候我恋恋不舍。我们说："求求你们，求求你们，我们可以在这儿过夜吗？"于是我们的父母都同意了。妈妈、爸爸和维娅开车回家。我和克里斯托弗玩到半夜，直到他妈妈丽莎说："好了，孩子们，该睡觉了。"好家伙，这时候我有点紧张了。丽莎试图哄我睡觉，但我哭了，因为我想回家。于是凌晨一点钟丽莎打电话给妈妈爸爸，他们一路开车回到布里奇波特来接我，回到家已经是凌晨三点钟。到现在为止，那是我唯一一次在外面过夜，而那差不多就是一场灾难，这也是我为什么对"走进大自然之旅"感到忐忑不安。

　　另一方面，我又真的很兴奋。

出名的原因

我请求妈妈再为我买一个带轮子的行李箱，因为我一直用的那个上面满是《星球大战》的各种小装饰，所以我没有办法拎着这家伙参加五年级的"走进大自然之旅"。尽管我非常喜欢《星球大战》，但我也不希望因为这个出名。每个人在中学都会被贴上这样那样的标签。比方说，瑞德的标签是他对海军生活、海洋的痴迷。阿莫斯的标签是六岁的时候曾经拍过电视广告。而西蒙娜的标签是她那个非常聪明的脑袋。

我的意思是，你在中学里的名声总会和你喜欢的东西有些关系，但你最好对这些东西小心一点，就像马克斯·G.和马克斯·W.，我们从来不会忘记他们对"龙与地下城"的痴迷。

所以我要尽量淡化自己对《星球大战》的喜爱。我是说，这部电影对我而言的确很特殊，就像医生为我装的助听器一样，但是我不想让它成为我在初中出名的原因。其实我也不太确定我想和什么东西联系在一起，但一定不是《星球大战》。

唔，其实也不完全是这样：我知道自己在学校因为什么出名，但是对于这事儿我无能为力。不过对一只"星球大战"的旅行包，我总可以做点什么。

收拾行李

出发前的晚上，妈妈帮我收拾东西。我们把要带的衣服全部摊在床上，然后她把所有东西都叠得整整齐齐，依次放进包里，我就在一边看着。那是一只蓝色的带滚轮的行李包——没有任何商标或者装饰品。

"如果我睡不着怎么办？"我问道。

"带本书吧，睡不着的话就打开手电筒，看书看到犯困为止。"她回答。

我点点头。"万一我做噩梦呢？"

"你们的老师会在的，亲爱的，"她说，"而且杰克也在。你的朋友们也在。"

"我可以把巴布带上。"我说。巴布是我小时候最喜欢的毛绒玩具，一只有柔软黑鼻子的小熊。

"你不会现在都还搂着它睡觉吧？"妈妈问。

"没有，但是我把它放在柜子里，以防半夜醒来睡不着，"我说，"我可以把它藏在包里，没人会知道。"

"那就这么办吧。"妈妈点点头，把巴布从衣柜里取出来。

"希望他们允许我们带手机。"我说。

"我知道，我也希望！"她说，"不过我相信你这几天会过得很开心，奥吉。你确定要我把巴布装进去吗？"

"嗯，但是放在没人能看见的最下面。"我说。

她把巴布塞在行李包最里层，然后把我要带的最后一件 T 恤盖在上面。"两天你要穿这么多衣服！"

"三天两夜呢。"我纠正她。

"是啊。"她点点头笑了。"三天两夜呢,"她拉上行李包拉链然后拎起来,"不是特别重,你试试。"

我拎了拎。"还行。"我耸耸肩说道。

妈妈坐到床上。"嘿,你的《帝国反击》海报哪儿去了?"

"哦,我早就把它取下来了。"我回答。

她摇了摇头。"唔,我之前并没有注意到。"

"你也知道,我在努力改变形象。"我解释道。

"好吧,"她笑着点点头,好像心领神会,"总之,亲爱的,你得答应我,你不会忘记用防蚊液的对吧?喷在腿上,特别是在树林里走路的时候。我把它放在包的前口袋里。"

"嗯嗯。"

"还要戴太阳镜,"她说,"你不会愿意被晒伤的。还有,我再说一遍,如果去游泳千万不要忘了摘下助听器。"

"我会被电到吗?"

"不会,但是爸爸会找你麻烦的,这些东西可贵了,"她笑道,"我把雨披也放在前口袋里了,奥吉,下雨的时候也一样要注意,好吗?一定记得要用雨披兜帽盖住助听器。"

"没问题,长官!"我一边说一边敬礼。

她笑着把我拉近。

"我简直不敢相信这几年你长大了这么多,奥吉。"她双手捧住我的脸温柔地说。

"我看起来长高了?"

"肯定的。"她点头。

"但我仍然是全年级最矮的。"

"其实我说的不是你的身高。"她说。

"你担心我会讨厌那个地方吗?"

"你会玩得很开心的，奥吉。"

我点点头。她起身在我前额飞快地喝了一下。"好啦，我说我们都该去睡觉了。"

"但是现在才九点啊，妈妈。"

"你们的大巴明天六点钟就出发了。你不会想迟到吧？快点快点，你刷牙了没？"

我点点头，爬上床。妈妈也在我身边躺下来。

"你今天不用等我睡着，妈妈，"我说，"我看会儿书就睡了。"

"真的？"她点了点头，一副很吃惊的样子。她捏了捏我的手，亲了一下。"那么好吧，晚安，亲爱的。做个好梦。"

"你也是，妈妈。"

她把床头的小读书灯打开。

"我会给你们写信的，"她出去的时候我说，"不过可能我都回家了信还没有寄到。"

"那我们就可以一块儿读了。"她说着朝我抛了个飞吻。

妈妈离开我的房间后，我就从床头柜里拿出了《纳尼亚传奇：狮子、女巫和魔衣橱》，读着读着就睡着了。

"……虽然妖婆懂得高深魔法，可她不懂得还有更高深一层的魔法。她懂的那一套只到远古时代为止。但如果她能看得更远一点，看到太古时代的寂静和黑暗深处，她就会看到还有一条不同的咒语。"

拂晓时分

第二天一大早我就醒了。屋里很黑，窗外更是一片漆黑，不过我知道应该很快就要天亮了。我在床上翻了个身，但是一点睡意也没有。这时，我看见黛西坐在我的床边。我是说，我知道那不是黛西，但是有那么一会儿我看见的影子实在是太像它了。当时我并不觉得是一个梦，但我现在想想，那一定是个梦。我看见它并不觉得悲伤，而是内心充满了美好的感觉。它一会儿就消失了，黑暗之中我再也看不见它。

屋子里渐渐亮了起来。我伸手拿到助听器戴在头上，这时才彻底醒过来。我听见垃圾车轰隆隆驶过街道，还有鸟儿在后院吱喳鸣叫。我听见妈妈的闹钟在楼道那头哔哔作响。黛西的灵魂让我内心坚强，我知道不管自己在哪儿，它总是和我在一起。

我下床走向书桌，给妈妈留了张便条。我来到客厅，我的行李包放在门边，我打开它，摸索半天才找到我要找的东西。

我把巴布送回我的房间，把它放在床上，把给妈妈的小便条粘在它的胸口上，然后用毯子将它盖住，这样妈妈会晚点再看见它。便条上写着：

> 亲爱的妈妈，我不需要巴布了，但是如果你想我了，可以抱抱它。亲亲，奥吉。

第一天

大巴一路飞奔。我靠窗坐着，杰克坐在我旁边靠过道的座位。萨默尔和玛雅坐在我们前面。每个人心情都很好。车子里一片欢声笑语。我很快就注意到朱利安不在我们的大巴上，但亨利和迈尔斯都在。我想他一定是在另一辆公共汽车上，但是过了一会儿，我听到迈尔斯对阿莫斯说，朱利安翘掉了年级旅行，因为他认为"走进大自然"的整个活动——用他的话来说——傻里傻气的。我一下子如释重负，因为连续三天两夜和朱利安待在一起是我对这趟旅行感到不安的主要原因。现在既然他不在，那我就可以彻底放松，高枕无忧了。

我们在中午时分到达自然保护区。我们做的第一件事就是把行李放进小木屋里。每一个房间有三张高低床，所以我和杰克猜石头剪刀布决定谁睡上铺，结果我赢了，太好了！跟我们同屋的还有瑞德、特里斯坦、帕布洛和尼诺。

在小木屋吃过午饭后，我们所有人都去森林里进行了两小时的远足。这森林可不是中央公园的那种，而是真正的森林。巨大的树木遮天蔽日。到处都是藤缠叶绕和东倒西歪的树干。呼啸声、啁啾声和嘈杂的鸟叫声不绝于耳。森林里也弥漫着轻雾，像淡蓝色的烟环绕着我们。太美了。自然导游把森林的一切秘密都展示给我们：我们经过的各种各样的树木，居住在枯木里的正在爬行的昆虫，森林里鹿和熊的迹象，是什么种类的鸟儿在鸣唱以及到哪里可以找到它们。我发现，我的"洛博特助听器"让我的听力超过了大多数人，因为我常常第一个听到新的鸟叫。

开始下雨了，我们返回营地。我穿上雨披，拉上兜帽，这样我的助听器就不会被淋湿了，但是等我们到达小屋的时候，我的牛仔裤和鞋子都湿透了。每个人都湿透了。不过很好玩，我们在房间里狠狠地玩了一场"湿袜子大战"。

因为接下来一天都在下雨，所以整个下午我们差不多都消磨在了康乐室。康乐室有一张乒乓球桌，还有一台老式街机可以玩像《吃豆人》和《导弹的命令》这一类的游戏，我们一直玩到吃晚饭的时候。幸运的是，这时雨已经停了，所以我们可以办一场真正的篝火野炊了。围着篝火的原木长凳还有一点潮湿，但我们把夹克铺在长凳上，就着火堆玩了起来，我们烤棉花糖，还有我吃过的最美味的热狗。妈妈太明智了，这儿的确有很多蚊子。但明智的是在离开小木屋前我喷了防蚊液，因此我没有像其他同学那样被蚊子围攻。

我喜欢天完全黑下来以后待在篝火旁的感觉。我喜欢看火星如何从火堆里漂浮起来，然后慢慢消失在夜空中。我喜欢看火光如何照亮人们的脸。我也喜欢听火燃烧时发出的噼噼啪啪的声音。我还喜欢在一片漆黑的树林里，尽管伸手不见五指，但是一抬头你就会看到天空中无数的星星。这里的天空看起来和我在北河高地看见的不太一样。不过在蒙托克，我看见过这样的天空：像有人在光滑锃亮的黑色桌面上洒下了盐。

回到小木屋时，我已经累得筋疲力尽，根本不需要拿出书来读，头一挨到枕头我就睡着了。也许我还梦见了星星，但我什么都不记得了。

游乐场

第二天就像第一天一样开心。我们早上去骑马，下午又在自然导游的指导下爬上了几棵参天大树。等回到小木屋吃晚饭的时候，大家又都疲惫不堪。晚饭后，他们告诉我们，我们有一小时的休息时间，然后大家就坐十五分钟的车到游乐场去体验户外电影之夜。

我还没有找到机会给爸爸妈妈和维娅写信，所以我赶紧写了一封，告诉他们我们今天和昨天都干了些什么。我想象自己回家后大声读给他们听的场面，因为这封信是不可能比我先到家的。

我们到达游乐场时，太阳刚刚开始西沉。大概是七点三十分的样子。草地上的影子拉得很长，天空中，云朵粉的粉、橙的橙，看起来好像有人拿粉笔将天空涂成五彩的。不是说我以前在城里没有看到过美丽的日落，而是因为——以前我总是隔着许许多多的建筑看日落——我不习惯从四面八方都能看到这么宽广的天空。在这个游乐场里，我可以理解为什么古人认为世界是平的，天空是盖在它上面的一个穹顶。站在巨大的空地中央看天空，的确如此。

因为我们学校是到得最早的，我们便可以在空地上由着性子东奔西跑，直到老师招呼我们可以去找一个观赏效果最好的位置，把睡袋铺到地上。我们解开行李袋，像把野餐毯铺在草地上一样，在空地中央的巨大电影屏幕前面把睡袋铺开。然后我们去停在游乐场边的一排食品车那里，买回一大堆零食和汽水。那边也有很多小摊贩，卖着烤花生和烤棉花糖，就像在农贸市场一样。稍远一点，是一排嘉年华式的摊位，就是那种你可以玩把棒球扔到篮子里赢得填充毛绒玩具之类的游戏的地方。杰克和我都试了一下，但都空手而归，不过我们听说阿莫斯赢了一只黄色的河马，把它送给了西蒙娜。于是绯闻不胫而走：运动员与学霸。

从食品车那里望出去，你可以看到电影屏幕后面的玉米田，玉米秸秆覆盖了整个原野的三分之一。剩下的地方全部都被森林包围了。当夕阳在天空继续下沉时，森林入口处的高大树木呈一片深蓝色。

当其他学校的大巴驶进停车场时，我们已经回到了铺着自己睡袋的地方，就在大屏幕的前面：那是全场最好的位置。大家传递着小吃，开心地嬉闹着。我、杰克、萨默尔、瑞德和玛雅在玩猜谜。我们可以听到其他学校的学生抵达的声音，四周传出大笑声和孩子们说话的声音，但我们看不清楚他们。虽然天还亮着，但是太阳已经完全沉落下去了，地上的一切都变成了深紫色。云现在也变成了一团团影子。我们已经看不清面前的谜题卡了。

就在这时，没有任何预兆地，游乐场两头的灯突然亮了。是那种又大又刺眼的体育场用灯。我想到了电影《近距离接触》的一个画面——外星飞船降落下来，音乐响起：嘟——哒——嘟——哒——当。游乐场上所有人都开始鼓掌、欢呼起来，好像有什么重大事件即将发生。

善待自然

大灯旁边一个大喇叭响了起来：

"欢迎大家。欢迎来到在布罗伍德自然保护区进行的年度第二十三回大电影之夜。欢迎来自……第 342 中学,也就是威廉·希斯学校的老师和学生们!"一阵巨大的欢呼声从游乐场的左边响起。"欢迎格拉夫学院的老师和学生们!"欢呼声又响了起来,这次是从游乐场右边传来的。"欢迎毕彻预科学校的老师和学生们!"我们全部人马都扯着嗓子欢呼起来。"今晚,大家的光临让人激动。同样让人激动的是,今晚的天气也很配合——老实说,你们能想象这将是一个多么美丽的夜晚吗!"大家再次高声欢呼起来。"所以在我们准备电影放映时,希望你们能花点时间来听一听这一则重要的公告。正如你们所知道的,布罗伍德自然保护区一直致力于保护我们的自然资源和自然环境。我们希望大家不要乱扔垃圾。离开时请把垃圾清理干净。只要善待自然,自然就会善待你。我们希望你们在四处走动时能一直记住这一点。不要越过游乐场边缘的橙色圆锥体木桩。不要到玉米地或森林里去。请尽量不要到处乱跑。即使你不喜欢看电影,也要想到你的同学可能喜欢,所以请保持礼貌:不要大声说话,不要播放音乐,不要四处跑动。厕所位于小卖部的另一边。电影结束后,这里将会变得一片漆黑,所以我们要求你们在回大巴车上时一定要跟同学校的同学待在一起。老师们,就以往的情况而言,总是至少有一个学生在布罗伍德的大电影之夜走失,所以管好你们的学生,不要让这事发生在你们身上!今晚放映的电影是……《音乐之声》!"

我立刻拍起手来,虽然这部电影我已经看过好多遍了,因为它一直是维娅最喜爱的电影。但让我惊讶的是,一群学生(不是毕彻的学生)发出了嘘声和嗤笑声。甚至有人从广场右边向屏幕扔易拉罐,这个举动似乎让图什曼先生感到很惊讶,我看见他站起来,朝扔易拉罐的人那边看过去,不过我知道在黑暗中他什么都看不到。

电影马上就要开始了。灯光渐渐暗了下去。玛丽亚修女站在山顶一圈又一圈地旋转着。天一下子变冷了，我套上黄色的蒙托克连帽卫衣，调好助听器的音量，然后靠在我的背包上，开始看电影。

"群山充满了生机……"①

森林充满了生机

电影正演到一个无聊的地方，就是那位名叫罗尔夫的男人和大女儿在唱"你十六岁，快要十七岁"的时候，杰克用手肘轻轻碰了我一下。

"老兄，我要去小便。"他说。

我们俩都站了起来，几乎是跳着越过了在睡袋里坐着或躺着的同学们。萨默尔在我们经过时挥了挥手，我也朝她挥了挥手。

有许多来自其他学校的学生在食品车旁走动，或玩玩嘉年华游戏，或只是逛逛。

当然，厕所排着长队。

"算了吧，我去找棵树解决了。"杰克说。

"真恶心，杰克。我们等一等吧。"我回答说。

但他往广场边的一排大树走了过去，那边已经越过了橙色的圆

---

① 《音乐之声》的台词。

锥体木桩，虽然我们被警告过不能越界，我还是跟他走了过去。当然，我们也没有带手电筒，因为压根儿忘了带。天太黑，我们朝着树林走过去的时候几乎看不到十步开外的地方。幸运的是，电影透过来一点光，所以当一束电筒光朝我们照过来的时候，我们立刻就知道那是亨利、迈尔斯和阿莫斯。我猜，他们也不想排队等厕所吧。

迈尔斯和亨利还是不跟杰克说话，但是阿莫斯已经不计前嫌。他经过的时候，朝我们点了点头算是打招呼。

"小心熊！"亨利喊了一声，和迈尔斯笑着走开了。

阿莫斯摇了摇头，好像在对我们说：别理他们。杰克和我继续往前走，一直走到了森林里。他四处搜寻，找到了一棵完美的树，终于解决了他的问题，但是在我看来，他好像永远都尿不完似的。

森林里充满了各种奇怪的喧哗声，啾啾啾，呱呱呱，就像凭空竖起了一堵噪声之墙。然后我们听到不远处传来一阵响亮的咔嗒咔嗒声，很像玩具手枪在发射——那肯定不是昆虫的声音。更远处，像在另一个世界，我们可以听到"玫瑰上的雨滴和猫咪的胡须"①。

"啊，这下舒服多了。"杰克一边说着一边拉好拉链。

"现在我也要尿尿。"我说。我对着离得最近的一棵树撒了尿——我可不会像杰克那样再往里走了。

"你闻到味道了吗？像鞭炮一样。"他走到我身边说。

"嗯，是的，那是什么味道，"我一边回答一边拉拉链，"真奇怪。"

"咱们走吧。"

---

① 《音乐之声》中玛利亚唱的歌。

外星人

我们沿着来时的路朝大屏幕方向走。就在这时，我们迎头遇到了一群陌生的学生。他们刚刚从森林里走出来，我敢肯定，他们一定做了一些不想让老师知道的事情。我闻到了燃烧过的烟的味道，那是鞭炮的味道。他们用手电筒照向我们，一共有六个人：四个男孩和两个女孩。看起来像是七年级的学生。

"你们是哪个学校的?!"一个男孩大声问。

"毕彻预科学校!"杰克话音未落，突然，一个女孩失声尖叫起来。

"哦，我的上帝!!"她尖叫着，用手捂住自己的眼睛，好像哭了出来。我想也许有一只大虫子正好撞到她脸上或者怎么了。

"这绝对不可能!!"一个男孩大声喊，他的手在空中挥来挥去，像是碰到了什么烫东西。然后他捂住嘴："开玩笑吧，伙计!这是开玩笑吧!"

他们几个人都半开玩笑地用手遮住眼睛，互相推搡着大声咒骂起来。

"那是什么东西?!"拿手电筒指着我们的那个孩子说道。直到这时我才意识到电筒光正好照在我脸上，他们谈论——尖叫——的对象是我。

"咱们离开这里。"杰克悄悄对我说，他拉住我的卫衣袖子，正要走开。

"等等!"拿手电筒的家伙喊道，拦住了我们的去路。他拿着手电筒指着我的脸，离我只有大约一点五米远。"天哪! 天哪!!"他摇摇头，张大嘴巴说，"你的脸怎么啦?"

"行了，埃迪。"其中一个女孩说。

"我不知道我们今晚看的是《魔戒》啊！"他说，"听着，伙计们，这就是咕噜^① 啊！"

这话让他的朋友们异常兴奋。

我们再次试图离开他们，那个叫作埃迪的孩子再一次阻止了我们。杰克比我高了一个头，他又至少比杰克高一个头，所以对我而言那家伙就像个巨人。

"他不是人，而是个外星人！"另一个孩子说。

"不，不，不，伙计，他是人，但他是一个半兽人！"埃迪笑着拿手电筒指着我的脸说。这一次他堵到了我们面前。

"别烦他，好吧？"杰克说着推开他的手电筒。

"我就不，你能把我怎么样。"埃迪回答道，这下他拿手电筒指着杰克的脸。

"你有什么问题，伙计？"杰克说。

"你的朋友就是我的问题！"

"杰克，我们走吧。"我拉了拉他的胳膊。

"哦！天啊，这东西会说话！"埃迪尖叫起来，又拿手电筒照在我脸上。接着另一个家伙扔了一只爆竹在我们的脚下。

杰克试图推开埃迪，但埃迪使劲推了一把杰克的肩膀，使他往后一栽。

"埃迪！"一个女孩尖叫道。

"你们听着，"我走到杰克前面，双手像交通警察那样举起说，"我们比你们小很多……"

"你在跟我说话吗，弗雷迪·克雷格？我想你不会想招惹我的，

---

① 《魔戒》里的怪物名。

你这个丑八怪。"埃迪说。我知道这时我应该以最快的速度跑开，但是杰克还倒在地上，我不能把他一个人丢这儿。

"哟，老兄，"我们身后响起了一个新的声音，"怎么啦，伙计们？"

埃迪转过身，把手电筒转向声音传来的方向。刹那间，我简直不敢相信我的眼睛。

"别招惹他们，伙计。"阿莫斯说，在他身后站着迈尔斯和亨利。

"谁在说话？"那个叫埃迪的家伙说。

"别招惹他们，伙计。"阿莫斯不慌不忙地重复道。

"那你也是一个怪胎咯？"埃迪说。

"他们都是一群怪胎！"他的一个朋友说。阿莫斯没有回答，但是看着我们："来吧，伙计们，我们走，图什曼先生在等我们呢。"

我知道他说的不是真的，但我扶杰克站起来，朝阿莫斯走过去。经过埃迪身边时，他突然伸手使劲抓住了我的兜帽，让我摔了个四仰八叉。这一跤跌得真惨，我感到手肘重重地撞到了一块石头上。所以，后来发生了什么事我并没有完全看清，只知道阿莫斯像一头大怪物一样朝埃迪撞了过去，两个人齐齐摔倒在我身边。

接下来的一切变得很疯狂。有人扯着我的袖子让我站起来，大声喊道："快跑！"另外一个人在尖叫："抓住他们！"同时，有那么几秒钟，我感觉实际上有两个人拉着我的袖子往相反的方向跑。我听到他们都在大声骂着，直到我的卫衣被撕成两半，第一个家伙拽住我的胳膊，把我护在身后一起往前跑，我奋不顾身地跑啊跑。我能听到身后急促的脚步声，是他们在追我们，一路大呼小叫，但是周围太黑了，我不知道到底是什么人在喊，我只是感觉一切都像沉在水底。四周一片漆黑，我们发疯似的跑啊跑，每当我要慢下来的时候，拽着我胳膊的那个人就大叫："不要停！"

黑暗中的声音

我们跑啊跑，好像永远没有尽头，终于，有人喊道："我想我们甩掉他们了！"

"阿莫斯？"

"我在这儿！"阿莫斯的声音从我们身后几米开外传来。

"我们可以停下来了！"迈尔斯从远处大叫道。

"杰克！"我大叫。

"哇！"杰克说，"我在这里。"

"我什么也看不见！"

"你确定我们甩掉他们了？"亨利放开我的胳膊，问道。这时我才意识到，是他一直在拽着我跑。

"是的。"

"嘘！听一下！"

我们全都不作声，仔细倾听黑暗中的脚步。但听到的只有蟋蟀和青蛙的叫声，还有我们自己疯狂的喘息声。我们弯着腰气喘吁吁，肚子绞痛。

"我们甩掉他们了！"亨利说，"哇，刚才实在是太惊险了！"

"手电筒哪儿去了？"

"我弄丢了！"

"你们怎么过来了？"杰克说。

"我们先前看见你们了。"

"他们看起来挺混蛋的。"

"你刚才把他撞倒了！"我对阿莫斯说。

"哈哈，我知道！"阿莫斯笑着说。

"他甚至都没反应过来！"迈尔斯说。

"他是这样说的，'你也是个怪胎？'然后你就'砰'地撞过去了！"杰克说。

"砰！"阿莫斯在空中挥了一拳，说，"但在我撞倒他之后，我就想：快跑啊，阿莫斯你这笨蛋，他比你强壮十倍呢！于是我赶紧爬起来，拼命狂奔！"

我们都笑了。

"我抓住奥吉，大叫一声，'快跑！'"亨利说。

"我甚至都不知道一路是你拽着我！"我回答。

"这太疯狂了。"阿莫斯摇摇头说。

"完全疯了。"

"你的嘴唇出血了，老兄。"

"我被狠狠打了几拳。"阿莫斯擦了一下嘴唇说道。

"我觉得他们应该是七年级的学生。"

"他们真高大啊。"

"坏蛋！"亨利高声骂道，但我们都赶紧叫他别作声。

我们又仔细听了一会儿，确定没有人听到他的叫喊。

"我们到底在哪儿啊？"阿莫斯问，"我连电影屏幕都看不到。"

"我想我们在玉米地里。"亨利回答。

"嗯，我们在玉米地里。"迈尔斯说着把一株玉米秸秆推向亨利。

"好吧，现在我搞清楚我们在哪儿了，"阿莫斯说，"我们必须往这个方向走，这能把我们带到广场的另一边。"

"嘿，兄弟们，"这时杰克高高举起双手说，"你们能回来找我们真好。真的很好。谢谢你们。"

"好说。"阿莫斯说着和杰克击掌。然后迈尔斯和亨利也和他击掌。

"是啊，兄弟们，谢谢你们。"我说着也像杰克那样举起手掌，不过我不知道他们会不会和我击掌。

阿莫斯看着我，点了点头。"你毫不妥协，这挺酷的，小家伙。"他一边说一边和我击掌。

"是啊，奥吉，"迈尔斯也和我击掌，说，"你说，'我们比你们小……'"

"我不知道该说什么！"我笑了。

"很酷，"亨利说着也和我击掌，"对不起，我把你的卫衣扯坏了。"

我低头一看，我的卫衣被撕成了两半。一只袖子被扯了下来，另一只也快被扯断了，只剩一点点耷拉下来垂到我膝盖的位置。

"嘿，你的胳膊肘在流血。"杰克说。

"是的。"我耸了耸肩，这才觉得好疼。

"你没事吧？"杰克看着我的脸问。

我点了点头。我突然很想哭，不过我拼命忍住了。

"等等，你的助听器不见了！"杰克说。

"什么！"我大叫一声，连忙去摸耳朵。助听器确实不见了，这就是我觉得自己像沉在水底的原因了！"哦，不！"我说。这时我再也忍不住了。刚刚发生的一切突然涌上心头，我控制不住了。我哭了起来。哭得稀里哗啦，妈妈说这叫"一把鼻涕一把泪"。我尴尬地把头埋进胳膊里，但我不能阻止眼泪哗哗地流出来。

大家都对我很体谅。他们拍拍我的背。

"你还好吧，老兄？没事的。"他们说。

"你是一个勇敢的小家伙。"阿莫斯搂着我的肩膀说。我一直在哭，他伸出胳膊环抱着我，让我哭个够，就像爸爸平常做的那样。

皇家护卫队

我们在草丛里来来回回摸索了整整十分钟，看看能否找到我的助听器，但天太黑了，什么都看不到。我们不得不互相抓住 T 恤，沿一条直线行走，这样才不会撞到对方。四周墨黑一片。

"这根本就是徒劳，"亨利说，"助听器可能在任何地方。"

"也许我们可以回去拿一只手电筒过来。"阿莫斯说。

"算了，没关系的，"我说，"我们回去吧。不过，还是要谢谢你们。"

我们回到玉米地，穿过去，直到巨幅屏幕进入我们的视线。因为屏幕背对着我们，我们从屏幕上借不到任何光。等走回森林边缘我们才终于看到一点点光。

没有任何七年级学生的身影。

"你觉得他们去哪儿了？"杰克说。

"回食品车那儿了吧，"阿莫斯说，"他们可能以为我们会向老师打小报告。"

"我们要去报告吗？"亨利问。

他们看着我。我摇了摇头。

"好吧，"阿莫斯说，"但是，小家伙，别再在这里晃悠了，好吗？如果你需要去什么地方，告诉我们，我们和你一起去。"

"好的。"我点点头。

当我们靠近大屏幕的时候，我听见了"高高的山顶上有一个孤独的牧羊人"。我也闻到从食品车那儿飘来的棉花糖的香味。有很多学生聚集在这块区域，所以我们穿过人群的时候，我把残破的兜帽套在头上，低着头，双手插在口袋里。我的助听器已经丢掉好一阵了，所以周围的一切听起来像是从地底几英里外传来的。就像那首米兰达经常唱给我听的歌里写的那样：地面控制呼叫汤姆少校，你的电路传输坏了，你的装备有点不对劲……

我注意到一路上阿莫斯一直走在我右侧。杰克则走在我另一边。迈尔斯走在我们前面，亨利在我们后面。他们保护着我穿过人群。好像我有一支属于自己的皇家护卫队。

睡觉

等她们走出狭窄的山谷的时候，她立刻就知道了原因。彼得和爱德蒙带了阿斯兰其余的军队正拼命跟她昨晚看见过的那群可怕的动物战斗，只不过如今在日光下，那些动物看上去更怪、更恶、更丑。[①]

读到这里，我停了下来。我已经看了一个多小时的书，却依然没有睡意。现在差不多凌晨两点了，大家都睡着了。我把手电筒搁在睡袋里，也许光是我睡不着的原因，但我不敢把它关掉，我害怕睡袋外面的一片漆黑。

我们回到电影大屏幕前我们的地盘时，几乎没有人注意到我们刚才离开了。图什曼先生、鲁宾小姐、萨默尔和所有其他同学都

---

① 出自《纳尼亚传奇：狮子、女巫和魔衣橱》。

在聚精会神地看电影，完全没有觉察到我和杰克遭遇了什么。真奇怪，你生命中最糟糕的一个夜晚对别人而言却再平常不过。比如说，在我家里的日历本上，我会把今天标记成我生命中最可怕的一天。今天和黛西去世的那一天。但对于世界上别的人而言，这只是普通的一天，或许是美好的一天。也许还有人今天中奖了呢。

阿莫斯、迈尔斯、亨利带我和杰克回到我们原来的位置，就在萨默尔、玛雅和瑞德旁边，然后他们回到了他们原来的位置，跟西蒙娜、萨凡娜和她们的小圈子在一起。在某种程度上，一切都跟我们去上厕所之前没什么两样。天空是一样的，正在放的电影是一样的，每个人的脸都是一样的，我的脸也一样。

但有些东西不一样了。有些东西发生了变化。

我看到阿莫斯和亨利正在向他们小圈子里的人讲述刚刚发生的事情。我知道他们在谈论这件事，因为他们说话时一直看着我。虽然电影还在继续，但是黑暗中大家都在悄悄讨论这件事。这新闻不胫而走。

在乘大巴回小木屋的路上每个人都在议论这件事。所有的女生，哪怕我不熟悉的都纷纷向我嘘寒问暖。男生们都说要报复七年级的这几个学生，一定要查出他们到底是什么学校的。

虽然我并不打算把这件事情告诉老师们，但他们还是知道了。可能是因为看见撕烂的卫衣和血淋淋的胳膊，也可能是老师们听说的。

回到营地，图什曼先生带我去了急救站，就在营地护士为我清洗胳膊和包扎伤口的当儿，他和营指导在隔壁与阿莫斯、杰克、亨利谈话，让他们尽量描述一下肇事者的模样。过了一会儿，他又来问我，我说我一点也不记得他们的长相了。这当然不是真的。

每一次当我闭上眼睛快要入睡的时候我就会看见他们的脸。那女孩第一眼看见我时，脸上浮现的恐怖表情。那个叫埃迪的男生拿手电筒照着我，他跟我说话的时候盯着我的样子，好像对我恨之入骨。

像一只待宰的羔羊。我记得很久以前爸爸说过这样一句话，我想今晚我终于明白了它的意思。

结果

当大巴到达学校的时候，妈妈正和其他父母一起在门口等着我们。回来的路上，图什曼先生告诉我，他们已经给我父母打了电话，和他们讲了头天晚上出的"状况"，但是大家都平安无事。他说，第二天早晨我们集体去游泳的时候，营指导和几个辅导员去寻找我的助听器，但都没找到。他说布罗伍德自然保护区会赔偿我助听器的钱。他们对所发生的一切深感抱歉。

我想是不是埃迪把我的助听器作为战利品拿走了，用来纪念自己见过一个"半兽人"。

下车后妈妈紧紧地抱住了我，但她没有像我想象的那样对我连珠炮地问个不停。她的拥抱让人安心，我并没有挣脱妈妈，就像其他同学面对父母的拥抱时所做的那样。

大巴司机开始卸我们的行李，我去找我的行李袋，妈妈跟图什曼先生和鲁宾小姐交谈了起来。我拉着行李包走向妈妈的时候，许多平常不跟我说话的同学都在朝我点头打招呼，有些还拍拍我的背。

"好了?"妈妈看见我时说。她伸手拿过我的行李袋，我一点都没有抗拒。她拿去好了，我一点都不介意。说老实话，如果她想把我扛在肩膀上，我也没意见。

离开的时候，图什曼先生紧紧地拥抱了我，什么也没说。

回家

一路走回家，我和妈妈什么都没说。走到门廊，我不由自主地从前面的窗台朝里看，因为我突然忘了，黛西不会像以前那样坐在沙发上，前爪搭在窗台上，等候我们回家了。想到这，我不由得有点伤心。我们一进屋，妈妈就放下我的行李袋，一把抱住我，吻我的头我的脸，好像想把我吸进去似的。

"没事的，妈妈，我很好。"我笑着说。

她点了点头，用手捧起我的脸。她的眼睛闪着泪光。

"我知道你没事，"她说，"但我很想你，奥吉。"

"我也很想你。"

我知道她有千言万语，但她在克制自己。

"你饿了吗?"她问。

"饿死了。我可以吃一个烤奶酪三明治吗?"

“当然可以。”她回答，立即动手做起三明治来，我脱掉外套，坐在厨房的柜台上。

“维娅去哪儿了？”我问。

“她今天和爸爸一起回来。对了，她很想你，奥吉。”妈妈说。

“是吗？她会喜欢这个自然保护区的。你知道他们放什么电影吗？《音乐之声》。”

“你得告诉她。”

“那么，你想先听坏事还是好事？”过了一会儿，我用手撑着头问妈妈。

“你说什么都可以。”她回答。

“嗯，除了昨天晚上，我都过得挺开心的，”我说，“我的意思是，真的非常开心。所以我才觉得有点郁闷。我觉得他们像是毁了我的整个旅行。”

“不，亲爱的，你不能这样想。你在那儿玩了整整两天，而糟糕的事情只持续了一个小时。不要让他们毁掉你的快乐旅行，好吗？”

“我知道，”我点点头，“图什曼先生告诉你关于助听器的事情了吗？”

“是的，他今天早上打电话给我们了。”

“爸爸生气吗？助听器可是很贵的。”

“哦！天呐，当然没有，奥吉，他只是想知道你没事，这对我们而言才是最重要的。还有你不能让那些……流氓……毁了你的旅行。”

她说“流氓”的样子把我逗笑了。

“怎么了？”她问。

“流氓，”我开玩笑说，“这个词已经老掉牙了。”

"好吧，混蛋，傻瓜，蠢货，"她翻着锅里的三明治说，"我的妈妈会说这是白痴，无论管他们叫什么，如果我在大街上看到他们，我会……"她摇摇头。

"他们挺高大的，妈妈，"我笑着说，"我想他们是七年级的学生。"

她摇了摇头。"七年级的？图什曼先生并没有告诉我们这些。我的老天。"

"他有没有告诉你杰克是怎么保护我的？"我说，"还有阿莫斯。砰！他一下子撞到他们的头头身上。他们俩倒在地上，当时的场面就像一场真正的战斗！情况实在是太可怕了。阿莫斯的嘴唇都流血了。"

"他告诉我们你们打架了，但……"她扬眉看着我说，"我只是……哟……我真的很庆幸你、阿莫斯和杰克没事。当我想到可能发生了什么事的时候……"她拖长声音，把烤奶酪翻过来。

"我的蒙托克连帽卫衣被完全撕碎了。"

"没事，衣服可以再买。"她回答道，一边把烤奶酪装进盘子，放在我面前的桌子上。"你要牛奶还是白葡萄汁？"

"我可以喝巧克力牛奶吗？"我狼吞虎咽地吃着三明治，"哦，你能特制那种牛奶么，有泡沫的？"

"首先，你和杰克为什么跑到森林边上去了？"她说着把牛奶倒入高脚杯。

"杰克想上厕所。"我一边往嘴里塞食物，一边说道。我说话的当儿，她舀了一勺巧克力粉进去，然后双手飞快地搅动搅拌器。"但厕所门口排了很长的队，他不想等。所以我们直接去树林里小便。"妈妈一边搅拌一边看我。我知道她肯定觉得我们不应该那样做。这时，杯子里的牛奶巧克力上面浮起了好几厘米的泡沫。"看起来很不错，妈妈。谢谢。"

"然后发生了什么事？"她把玻璃杯放在我面前说。

我喝了一大口巧克力牛奶。"我们先不说这事，好吗？妈妈。"

"哦。好吧。"

"我保证，等爸爸和维娅回来我会告诉你们所有发生的事情。我会告诉你们每一个细节。我只是不想一遍又一遍地讲，你明白吗？"

"当然。"

我两口吃掉了剩下的三明治然后又一口喝光了巧克力牛奶。

"哇，你几乎一口吞掉了一个三明治。想再吃一个吗？"她说。

我摇摇头，用手擦了擦嘴巴。

"妈妈？我今后必须要提防这样的混蛋吗？"我问，"等我长大了，还会发生这样的事情吗？"

她没有马上回答我，而是把我的盘子和玻璃杯放到水槽里冲洗。

"这世界上总会有混蛋，奥吉，"她看着我说，"但我真的相信，爸爸也真的相信，这世上还是好人比坏人多，好人会彼此照顾，彼此关心，就像杰克和你，还有阿莫斯和其他孩子。"

"是啊，迈尔斯和亨利，"我回答说，"他们也是很好的人。这很奇怪，因为迈尔斯和亨利整整一年都对我不太好。"

"有时候人们会带给我们惊喜。"她摸了摸我的头说。

"我想是的。"

"还要一杯巧克力牛奶吗？"

"不，我饱了，"我说，"谢谢你，妈妈。其实，我有点累了。我昨晚睡得不太好。"

"那你打个盹。哦！对了，谢谢你把巴布留给我。"

"你看见我的留言了？"

她笑了。"这两个晚上我都是和它一起睡的。"她的话还没说完，这时手机响了，她接了。她一边听一边笑："我的天啊，真的吗？哪一种？"她激动地说，"是啊，他就在这里。他要睡会儿。想回来见见他么？嗯，好的！两分钟后见。"她挂掉电话。

"爸爸的电话，"她兴奋地说，"他和维娅快到家了。"

"他不是在上班吗？"我说。

"他提前下班了，因为他迫不及待地想见到你，"她说，"所以现在别急着睡觉哦。"

五秒钟后，爸爸和维娅从门口走了进来。我扑到爸爸怀里，他抱起我转了一圈然后吻了吻我。他足足抱了我一分钟，直到我告诉他："爸爸，我没事。"然后轮到维娅了，她也把我亲了个够，就像小时候一样。

直到她把我放开，我才注意到他们带进来的白色大纸板箱。

"那是什么？"我说。

"打开看看。"爸爸笑着说。他和妈妈互相看了看，好像在分享一个秘密。

"来吧，奥吉！"维娅说。

我打开盒子。里面是一条我见过的最可爱的小狗。它全身黑乎乎毛茸茸的，小鼻子尖尖的，还有一双明亮的黑眼睛和一对耷拉的小耳朵。

小熊

我们之所以叫它小熊，是因为妈妈第一眼看到它时，说它看起来就像一只小熊崽。我说："那我们就该给它取这个名字！"大家一致认为，这个名字堪称完美。

第二天我请假没去上学，不是因为我的手肘仍然很疼，而是因为这样我就可以和小熊玩一整天。妈妈也让维娅请了一天假，所以我们俩轮番把小熊抱来抱去，还跟它玩拔河比赛。我们一直留着黛西的所有玩具，所以把它们全拿出来，看看哪些是小熊最喜欢的。

跟维娅一天到晚待在一起还蛮有趣的，就我们两个人。这就像从前，我还没上学之前那样。那时候，我总是迫不及待地等她放学回家，在她做作业之前陪我玩会儿。可是现在我们长大了，我要上学，也有了朝夕相处的朋友，我们再也没有这样玩过了。

所以和她一起玩感觉真好，我们一直在嬉笑打闹。我想她也喜欢这样。

转变

第二天回到学校，我首先注意到情况发生了翻天覆地的转变。

一个标志性的转变。一个地震式的转变。一个也许称得上宇宙性的大转变。不管怎么说，这是一个重大的转变。每一个人——不仅是我们年级，而是每一个年级——都已经听说了我们和七年级学生发生的冲突，于是我一下子出名了，不是因为我一向出名的原因，而是因为这件半路发生的事情。随着口口相传，这件事的经过被演绎得越来越离奇。两天以后，故事演变成阿莫斯卷入了一场与男孩们的大斗殴，迈尔斯、亨利和杰克也与他人大打出手。穿越田野的逃跑变成了穿越玉米田迷宫和深入幽暗深邃森林的漫长冒险。关于这段故事，杰克的版本可能是最棒的，因为他的语言太滑稽了。可是不管谁来讲这个故事，有两件事总是一致的：因为长相的缘故我被一群人找茬，杰克为我挺身而出，还有几个同学——阿莫斯、亨利和迈尔斯——也前来相助。好像我也跟他们并肩战斗。现在他们都叫我"小家伙"，连那帮运动员也这么叫。这些高大的家伙，我以前几乎都不认识，现在他们在走廊上都跟我打招呼。

这件事情的另外一个结果，是阿莫斯变得大受欢迎。至于朱利安，因为他错过了这一切，所以完全置身事外。现在迈尔斯、亨利跟阿莫斯形影不离了，他们好像成了最好的朋友。我很愿意说朱利安也开始对我好一点了，但那不可能是真的。他仍旧在教室的另一头给我一张臭脸。他依然从不跟我或者杰克说话。但现在他是唯一这样做的人了。至于我和杰克，我们一点都不在乎。

鸭子

放假前两天，图什曼先生把我叫到他办公室，告诉我他们找到了去自然保护区的所有七年级学生的名单。他念了一大串对我来说没有任何意义的名字，终于念出最后一个："爱德华·约翰逊。"

我点了点头。

"你记得是这个人？"他说。

"他们叫他埃迪。"

"是的。好吧，他们在爱德华的柜子里发现了这个。"他递给我残余的助听器头箍。右半部分完全没有了，左半部分也损坏了。连接两个部分的头箍，就是"洛博特"的那部分，被从中间掰弯了。

"他所在的学校想知道你是否要起诉他。"图什曼先生说。

我看着我的助听器。

"不，我不想，"我耸了耸肩，"反正我已经订制新的助听器了。"

"嗯，何不今晚跟你的父母谈谈这件事再说？我明天也会打电话和你妈妈谈谈。"

"他们会进监狱吗？"我问。

"不会，不是进监狱。但他们可能会上少年犯罪法庭。也许这样他们会吸取教训。"

"相信我——埃迪这样的男孩不会吸取任何教训的。"我开玩笑地说。

他坐在办公桌后面。

"奥吉，你为什么不坐会儿？"他说。

我坐了下来。他桌子上的所有东西都跟去年夏天我第一次走进他办公室时一模一样：还是那个镜面魔方，还是那个悬浮在空中的地球仪。感觉像是多年不变。

"很难相信这一年就快结束了，是吗？"他说，好像看透了我的心思。

"是的。"

"你这一年过得还好吗，奥吉？还不错吧？"

"是啊，一直都不错。"我点点头。

"我知道，这一年你成绩非常好。你是我们的优等生。祝贺你上了荣誉榜。"

"谢谢。是的，那很棒。"

"但是我知道这一年有起起落落，"他扬起眉毛说，"当然，在自然保护区的那天晚上是比较糟糕的。"

"是的，"我点点头，"但也有好的一面"。

"好在哪一方面呢？"

"嗯，你知道的，有人为我挺身而出什么的。"

"那确实好极了。"他微笑着说。

"是的。"

"我知道你在学校的遭遇多多少少与朱利安有关。"

必须承认，他让我大吃一惊。

"你知道那些事情？"我问他。

"中学校长有办法知道很多事情。"

"你有在——比如——在走廊里秘密安装安全摄像头？"我开玩笑地问。

"摄像头无处不在。"他哈哈大笑。

"不会吧，真的吗？"

他又哈哈大笑起来。"是的，我是开玩笑的。"

"哦！"

"不过，老师知道的可比学生们认为的多，奥吉。我希望你和杰克跟我谈谈那些塞在你们柜子里的威胁性纸条。"

"你怎么知道的?"我说。

"我告诉过你，中学校长无所不知。"

"这不是什么严重的事，"我回答，"我们也写纸条的。"

他笑了。"我不知道这件事是否已经公开，"他说，"不过很快大家就会知道，朱利安·奥尔本斯明年不回毕彻预科上学了。"

"什么!"我说。说真的，我完全无法掩饰自己的惊讶。

"他的父母认为毕彻预科学校对他来说不合适。"图什曼先生耸着肩膀继续说。

"哇，这可是大新闻。"我说。

"是的，我想你应该知道这件事。"

我突然注意到，他桌子后面原先挂着的南瓜肖像画不见了，而我为新年艺术展所画的《作为一只动物的自画像》现在装裱进了画框，挂在他办公桌后面。

"嘿，那是我的!"我指着墙上说。

图什曼先生转过身，一副很茫然的样子。"哦，是的!"他拍拍额头说。

"这是我作为一只鸭子的自画像。"我点点头。

"我喜欢这幅画，奥吉，"他说，"你的美术老师给我看时，我问她我能否将它挂在我墙上。我希望你不介意。"

"哦，是的，我当然不介意。那幅南瓜画像呢?"

"就在你的后面。"

"哦，好吧，很不错。"

"我把这幅画挂上墙之后，我一直有一个问题想问你……"他看着它说，"你为什么选择一只鸭子代表自己?"

"什么意思？"我回答，"那是作业。"

"是的，但为什么是一只鸭子？"他说，"可以大胆假设这是一个……嗯，关于丑小鸭变成了一只天鹅的故事吗？"

"不，"我摇摇头笑着说，"那是因为，我觉得我看起来就像一只鸭子。"

"哦！"图什曼先生瞪大双眼说。他笑了起来。"真的吗？呵呵。我还在寻找着某种象征，或者说是隐喻，嗯……但是有时一只鸭子就是一只鸭子而已！"

"是的，我想是的。"我说，不知道他为什么认为这件事好笑。他自顾自地笑了足足半分钟。

"不管怎么说，奥吉，谢谢你来跟我谈话，"他最后说道，"我只是想让你知道，毕彻预科学校很荣幸有你这样的学生，我非常期待下一个学年。"他把手伸过桌子，我们握了握手。"明天的毕业典礼见。"

"明天见，图什曼先生。"

最后的信念

我们最后一次走进英语教室的时候，布朗先生的黑板上这样写着：

布朗先生的六月信念：

向着阳光，过好每一天！（复调狂欢乐队）

5B 班，祝你们暑假快乐！

这是非常精彩的一年，你们是一个非常棒的班级。

如果你们还记得的话，请在今年夏天给我寄一张明信片，写上你们的个人信念。可以是你自己创作的，或者是你读到的意义深刻的话（如果是这样的话，请别忘了写上出处！）。我非常期待。

汤姆·布朗

563 号，塞巴斯蒂安广场

布朗克斯，纽约 10053

下车

毕业典礼在毕彻预科学校高中部的礼堂举行。从我们家走过去只有约莫十五分钟的路程，但爸爸还是坚持开车送我，因为我穿一身正装，还穿了一双从未穿过的闪闪发亮的黑色新皮鞋，再说我也不想脚受伤。同学们应该在典礼开始前一小时到达礼堂，但我们到得更早，所以索性坐在车里等着。爸爸打开 CD 播放器，我们最喜欢的歌响了起来。我们俩都笑了，随着音乐摇头晃脑。

爸爸跟着唱了起来："安迪骑着自行车冒雨穿过整个城市为你

送去糖果 ①。"

"嘿，我的领带是正的吧？"我说。

他看了看，帮我稍微捋了捋，继续唱："约翰想为你买一件舞会穿的礼服……"

"我的头发看起来还好吧？"我说。

他微笑着点点头。"还好，"他说，"你看起来很棒，奥吉。"

"今天早上维娅帮我抹了一些发胶，"我说着拉下遮阳板照镜子，"看起来不会太蓬松吧？"

"没有，看起来非常非常酷，奥吉。我印象中你的头发没剪过这么短，对吧？"

"是的，我昨天才剪的。我觉得这让我看起来更成熟，不是吗？"

"绝对的！"他微笑着看看我，点点头，"但我是下东区最幸运的人，因为我有一辆小车，而你正好想兜风。"

"看看你，奥吉！"他眉开眼笑地说，"看看你，现在这么成熟，这么出色。我简直不敢相信你才五年级毕业！"

"我知道，实在是太棒了，对吗？"我点了点头。

"感觉你昨天才开始上学呢。"

"你还记得我挂在后脑勺的《星球大战》的辫子么？"

"噢，我的天啊，是的，我记得。"他说，用手扶着前额。

"你讨厌那条辫子，对吧，爸爸？"

"讨厌这个词太严重了，不过我绝对不喜欢它。"

"你讨厌它，好吧，就承认吧。"我开玩笑地说。

"不，我不讨厌它，"他笑着摇头，"但我承认，我讨厌你以前戴的那顶宇航员头盔，你还记得吗？"

---

① 磁场乐队的歌曲 *The Luckiest Guy on the Lower East Side*。

"米兰达给我的那顶？我当然记得！那时候我天天戴着它。"

"好家伙，我讨厌那个玩意儿。"他笑了，更像是对自己笑。

"头盔丢了我郁闷死了。"我说。

"哦，不是丢了，"他不经意地回答，"是我把它扔了。"

"等等。你说什么？"我说。老实说，我以为我听错了。

"美丽的天空，美丽的你。"他还在唱。

"爸爸！"我把音响的音量调低，叫道。

"什么？"他说。

"你把它扔了?!"

他终于看着我，看到我气呼呼的样子了。我简直不敢相信他对整件事情如此无动于衷。我的意思是，对我来说如此重大的事情，在他看来好像没什么大不了的。

"奥吉，我不能忍受看到那东西遮住你的脸。"他笨拙地想要解释。

"爸爸，我最喜欢那个头盔！它对我来说很重要！它不见了，我难过极了，简直难以置信！你不记得了吗？"

"我当然记得，奥吉，"他轻声说，"噢，奥吉，别生气。我很抱歉。我只是不能再忍受你头上戴着那个东西，你知道吗？我认为那对你没有好处。"他想让我看着他，但我不愿意看他。

"别这样，奥吉，你要理解我，"他用手托住我的下巴，把我的脸转过去对着他，继续说，"你那时总是戴着那顶头盔。但真正的问题是：我看不见你的脸，奥吉！我知道你不喜欢我这么说，但是你要明白……我爱它。奥吉，我爱你这张脸，毫无保留而且非常强烈。可你总是用那顶头盔盖住你的脸，这让我很伤心。"

他眼巴巴地看着我，一副非常希望我理解的样子。

"妈妈知道这事吗？"我问。

他睁大了眼睛。"怎么可能！你在开玩笑吧？她会杀了我！"

"爸爸，为了找这顶头盔，她把家里翻了个底朝天，"我说，"我是说，她大概花了一周的时间，翻遍了每一个橱柜，还到洗衣室去找，找遍了每一个角落。"

"我知道！"他点点头说，"所以我说她会杀了我！"

他看着我，不知怎么回事，他的表情让我哈哈大笑起来，他张大嘴巴，好像才意识到自己说了什么。

"等一下，奥吉，"他用手指指着我说，"你必须答应我不会向妈妈告状。"

我笑了笑，搓搓手掌，做出一副讨价还价的样子。

"让我想想，"我摸摸下巴说，"我想要一部下月发售的新款Xbox。当然，我希望六年之内能有一辆属于自己的车，一辆红色的保时捷就够了，还有……"

他哈哈大笑起来。我喜欢惹爸爸发笑，因为通常他才是那个逗大家发笑的搞笑之人。

"噢！儿子，噢！儿子啊，"他摇摇头说，"你真的长大了。"

歌曲正好播放到我们最喜欢唱的那部分，我便调大音量。两个人都唱了起来。

"我是下东城区最丑的男人，但我有一辆车子，而你正好想去兜兜风。想去兜风。想去兜风。想去兜……风……"

最后一句我们总是唱得声嘶力竭，因为我们总努力想跟着歌手唱出最后一个音符，结果总是唱破音。就在我们捧腹大笑的时候，我发现杰克到了，正朝我们的车走过来。我准备下车。

"等等，"爸爸说，"我想确定一下，你已经原谅我了，对吧？"

"是的，我原谅你。"

他感激地看着我。"谢谢你。"

"但是今后再也不要不打招呼就扔掉我的东西!"

"我保证。"

我打开门下车,正好杰克走到跟前。

"嘿,杰克。"我说。

"嘿,奥吉。嘿,普尔曼先生。"杰克说。

"你好,杰克。"爸爸说。

"再见,爸爸。"我说着,把门关上。

"祝你们好运,孩子们!"爸爸摇下前窗大声说,"等你们五年级毕业后见!"

我们招了招手,爸爸启动车子准备离开。但是这时我突然跑了过去,他把车停下。我把头伸进车窗,防止杰克听到。

"你们别在毕业典礼后吻我好吗?"我悄悄地问,"有点难为情啦。"

"我会尽力的。"

"也跟妈妈说一下,好吗?"

"我觉得她可能忍不住,奥吉。但我会告诉她的。"

"再见,亲爱的老爸。"

他笑了。"再见,我的儿子。"

大家请就座

杰克和我跟在一群六年级学生后面进入大楼,然后跟着他们来到了大礼堂。

G 太太站在入口处，在分发节目单、给学生指引座位。

"五年级的坐在过道左边，"她说，"六年级的学生去右边。每个人都进来。快进来！早上好。你的座位在那边。请按区域就座，五年级的往左走，六年级的往右走……"

礼堂很大。耀眼的枝形大吊灯。红丝绒的墙。一排排软垫座椅朝向巨大的舞台。我们沿着宽阔的走道跟随地上的标志走到五年级的区域，这是舞台左侧的一个大厢房。厢房里有四排折叠椅朝向前面，我们走进去的时候，鲁宾小姐站在那里朝我们招手。

"好吧，孩子们，这是你们的座位。大家请坐好，"她指着一排排椅子说，"别忘了，你们是按字母顺序来坐的。来吧，大家都坐到自己的位置上。"其实同学们还没来几个，先到的也没几个在听她说话。我和杰克把节目单拿起来，挥来挥去地玩击剑游戏。

"嘿，伙计们。"

这时萨默尔朝我们走了过来。她穿着一件浅粉色连衣裙，我觉得她应该还化了一点妆。

"哇，萨默尔，你看起来漂亮极了！"我告诉她，因为她确实漂亮极了。

"真的吗？谢谢，你看起来也很棒，奥吉。"

"是啊，你看起来很不错，萨默尔。"杰克非常认真地说。我第一次意识到，杰克对她有好感。

"这真令人激动，不是吗？"萨默尔说。

"是的，有点。"我点点头回答。

"噢！天啊，看看这些节目，"杰克抓抓额头说，"我们一整天都要浪费在这儿了。"

我看了看节目单。

校长致开幕辞：哈罗德·杰森博士

中学校长发言：劳伦斯·图什曼先生

《阳光与日子》：中学合唱团

五年级学生毕业典礼演讲：西蒙娜·陈

帕赫贝尔作品《D 大调卡农》：中学室内乐团

六年级学生毕业典礼演讲：马克·安东尼亚克

《压力之下》：中学合唱团

中学教务主任讲话：珍妮佛·鲁宾小姐

颁奖仪式（见背页）

宣读名单

"为什么你会这么想？"我问。

"因为杰森先生的演讲永远不会结束，"杰克说，"他甚至比图什曼先生还啰唆！"

"我妈妈说，实际上去年他演讲的时候她打瞌睡了。"萨默尔插嘴道。

"颁奖仪式是什么？"我问。

"就是他们颁奖给那些学霸呗，"杰克回答，"这意味着夏洛特和西蒙娜将会赢得五年级的大满贯，就像她们三四年级获得所有奖项一样。"

"二年级没有吗？"我笑了。

"他们没有给二年级的学生颁奖。"他回答说。

"也许你今年会获奖。"我开玩笑地说。

"除非他们把奖颁给拿 C 最多的那个人！"他笑了。

"同学们，请就座！"鲁宾小姐喊道，好像因为没人听她的话生气了，"我们有很多程序，所以赶快各就各位。别忘了按字母顺序坐的！G 字母在第一排！H 到 N 在第二排；Q 在第三排；R 到 Z 在最后一排。赶紧去吧，孩子们。"

"我们应该坐下来。"萨默尔说着朝前排走去。

"典礼结束后你们肯定会到我家去玩的，对吗？"我从后面叫住她。

"肯定！"她说着，在西蒙娜·陈身边坐了下来。

"什么时候萨默尔变得这么火辣了？"杰克在我的耳边嘀咕道。

"闭嘴，老兄。"我笑着说，跟他一起走向第三排。

"说真的，到底什么时候开始的？"他在我身边坐下来时低声问。

"威尔先生！"鲁宾女士大声说，"我最后说一遍，W 这个字母是在 R 与 Z 之间的，对吗？"

杰克茫然地看着她。

"老兄，你坐错位置了！"我说。

"是吗？"杰克站起来，离开时还做了个鬼脸，他的表情像是被彻底搞糊涂了，又像刚刚捉弄了谁一般，惹得我大笑不止。

一件简单的事

大概一个小时后，我们都坐在大礼堂里等图什曼先生开始他的

"中学致辞"。这座礼堂比我想象的要大得多——甚至比维娅学校里的礼堂还要大。我环顾四周，这里一定能接纳一百万观众。好吧，也许没有一百万，但是，绝对很多。

"杰森校长，感谢您的介绍。"图什曼先生站在主席台的演讲台后面对着麦克风说，"欢迎各位老师和教职员工……

"欢迎来到毕彻预科中学毕业典礼！！！"

大家热烈鼓掌。

"每一年，"图什曼先生继续念演讲稿，他的老花镜从鼻梁滑到了鼻尖上，"我都要负责写两份毕业典礼演讲词：一份写给今天参加典礼的五六年级的同学，另一份则写给明天参加典礼的七八年级同学。每一年，我都告诉自己，少费点劲吧，就写一份两个场合都适用的演讲稿吧。这听起来不像是一件难事，对吧？但是不知怎么回事，结果我每年都会做两场截然不同的演讲，今年我终于明白了是为什么。你们可能会认为，只不过是因为明天我的演讲对象是中学生的前浪——而你们是后浪，不是这样的。不，我想原因与你们现在所处的特殊年龄更有关系，这是你们生命中的特殊时刻，我甚至在跟这个年龄的学生打交道二十年后，依然会感动不已。你们如今正在风口浪尖上。你们站在童年和未来的交界处。你们正处在过渡期。

"今天我们所有人聚在这里，"图什曼先生摘下老花镜，用它指着全场，继续说，"你们所有的家人、朋友和老师，在这里庆祝的不只是你们在去年一年所取得的成绩，毕彻预科学校的中学生们——还有你们未来无限的可能。

"当你们回顾过去一年时，我希望大家能看看你们现在在哪里，你们曾经又在哪里。你们大家都已经长高了一点，强壮了一点，聪明了一点……我希望是这样的。"

听到这里，台下有人笑了起来。

"但测量你们长大多少的最好方法，不是你们长高了多少厘米，或者你们现在能绕跑道跑多少圈，抑或是你们的平均成绩——毫无疑问，这些都很重要。但最重要的，是在这一年里，你们用你们的时间做了什么，你们选择怎么度过，而你们又感动了谁。这些，才是我用来衡量你们是否成功的最好标准。

"詹姆斯·巴里的一本书里有一句话，我觉得说得非常好——不不，我说的不是《彼得·潘》这本书，我也不会说什么如果你相信精灵你就鼓鼓掌这种话。"

听到这里，每个人又都笑了起来。

"但詹姆斯·巴里在另一本叫《小白鸟》的书里……写道……"他开始翻放在主席台上的一本小书，直到找到那一页，才戴上眼镜。"'我们可以制定一条新的生活法则吗……对待他人永远比我们应该的更友善一点?'"

说到这里，图什曼先生抬头看着观众。"比我们应该的更友善一点，"他重复道，"这句话写得真好，不是吗? 比应该的更友善。因为仅仅友善是不够的。一个人应该比平时需要的更加友善。为什么我喜欢这句话、这个理念，因为它提醒了我，作为人类，我们所拥有的，不只是善良待人的能力，还有选择善良对待他人的能力。这意味着什么? 这应该怎么衡量? 你没法用尺子来衡量。就像我刚才说的：这跟测量你一年内长高了多少不是一回事。这完全是不可测量的，对吗? 我们怎么知道我们是善良的? 到底什么才是善良?"

他戴上老花镜又开始翻另一本小书。

"另一本书里还有一段，我也想跟你们分享一下，"他说，"请容我找到它……啊，在这儿。在克里斯托弗·诺兰写的《时钟之眼》这本书里，主人公是一个面临着巨大挑战的年轻人。有这样一个片段，他班里的一个孩子在帮助他。表面上，这是一个小动作。但是这个年轻人，名叫约瑟夫，他是……好吧，请容我读一下……"

他清了清嗓子，念道："正是在这些时候，约瑟夫认出了化成人类形体的上帝之脸。它借人类的善良向他发出熠熠生辉的光芒，通过他们的热切向他闪耀，它从他们的关爱中，从他们的目光里看出：它确实安抚了一切。"

他停顿一下，又把老花镜摘了下来。

"它借人类的善良向他发出熠熠生辉的光芒，"他笑着重复道，"善良是一件如此简单的事。真的太简单了。需要时的一句鼓励。一个友好的举动。路过时的一个微笑。"

他合上书，把它放在演讲台上，然后俯身向前。

"孩子们，今天我想告诉你们，理解善良这件简单事情的价值。这就是我今天想留给你们的全部。我知道我臭名昭著……嗯……因为啰唆……"

说到这里，每个人都笑了。原来图什曼先生知道自己的长篇大论是出了名的。

"……但我希望你们——我的学生们——要牢记，"他继续说，"一个无可置疑的事实——你们将谱写的未来，任何事情都有可能。如果这座礼堂里的每一个人都为自己定下一条规则，就是无论你在哪里，无论何时，你们都能尽可能更友善一点——那么世界真的会变得更美好。如果你们这样做，如果你们比平常更友善一点，也许有一天，在某个地方，会有某个人从你们身上、从你们每一个人的脸上认出上帝的脸。"

他顿了一下，耸耸肩。

"或者宇宙中你们相信的那个神灵的脸。"他笑着赶紧补充了一句，台下响起了一片笑声与掌声，从后面观众席上传来的反响尤其热烈，那边是家长席。

颁奖

我喜欢图什曼先生的演讲，但我必须承认，其他人发言的时候我有点开小差。

鲁宾小姐宣读光荣榜上榜名单的时候我才回过神来，因为当我们的名字被叫到的时候，应该要站起来致意。所以我等着听她按字母顺序念到我的名字。瑞德·金斯利。玛雅·马科维茨。奥古斯特·普尔曼。我站了起来。她念完名字，引我们面向观众鞠躬，大家热烈鼓掌。

我不知道妈妈爸爸坐在这人山人海中的哪个位置。我只看到人们拍照时的闪光灯和朝孩子们挥手的家长。我想象着妈妈正在某个地方向我招手，虽然我看不见她。

接着，图什曼先生回到主席台颁发学习成绩优秀奖，杰克说对了，西蒙娜·陈获得了"学习成绩全优奖"的金奖，夏洛特获得了银奖。夏洛特还获得了音乐金奖。阿莫斯获得了"体育成绩全优奖"，我真为他高兴，因为"走进大自然之旅"之后，我已经把阿莫斯看作学校里最好的朋友之一。但是，当图什曼先生念出萨默尔的名字，宣布她获得"创意写作"金奖时，我简直激动万分！我看见萨默尔听到自己的名字时也用手捂住了嘴巴。当她走上主席台时，我扯着嗓子大喊了一声："哇哦，萨默尔！"不过我想她根本听不见。

名单宣读完毕后，所有获奖的学生都到主席台上站成一排，图什曼先生对观众们说："女士们，先生们，我很荣幸地向你们介绍今年毕彻预科学校的优秀成绩获奖者。祝贺大家！"

我向舞台上鞠躬的同学们鼓掌喝彩。我真的为萨默尔高兴。

"今天早上最后颁发的奖项，"等获奖者回到座位后，图什曼先生接着说，"是亨利·沃德·毕彻奖章，这是为了表彰整个学年中在某些领域表现非常突出或者堪称模范的学生。通常情况下，这枚奖章将会颁发给那些我们认为对学校做出了服务或贡献的学生。"

我一下子就想到夏洛特可能会得到这枚勋章，因为她组织了今年的"捐寒衣活动"，这个想法让我一下子又有点走神。我看了看表：十点五十六分了。我有点饿了，该吃午饭了吧。

"……当然，亨利·沃德·毕彻先生是十九世纪的一名废奴主义者——人权的坚定拥护者——这所学校就是为了纪念他而取名毕彻的。"图什曼先生说到这儿时，我再次集中注意力。

"在准备这个奖项的过程中，我仔细研究了他的一生，读到了他写的一段话，这段话和我刚才提及的主题非常贴切，也和我这一年反复思考的东西完全一致。我们要谈的不只是善良的本性，而是一个人的善良的本性。一个人的友情的力量。对一个人的人品的考验。一个人的勇气的力量——"

这时，奇怪的事情发生了：图什曼先生的声音有一点嘶哑，好像哽咽住了。他清了清嗓子，喝了一大口水。现在，我才完全把注意力集中到他所说的事情上来。

"一个人的勇气的力量。"他轻声重复道，点头笑了。他举起右手像在数数。"勇气，善良，友谊，人格，这些品质把我们定义为人类，有时候能推动我们成就伟大。这就是亨利·沃德·毕彻奖章的意义所在：发现伟大。"

"但是我们该怎么做？我们如何衡量伟大这种东西？再说一遍，没有尺子可以衡量。我们怎么定义伟大？毕彻先生对此自有答案。"

他又戴上老花镜，翻开一本书开始读起来。"'伟大，'毕彻写道，'并不在于你有多强大，而在于你如何利用自己的能力……有能力激励最多心灵的人是最伟大的。'"

他突然再一次哽咽了。他把两根食指在嘴上按了一秒钟才又继续。

"'伟大的人'，"他终于说，"'有能力通过他自身的魅力激励最多的心灵'。言归正传，我现在非常自豪地把亨利·沃德·毕彻奖章颁发给以自己安静的力量激励了大部分心灵的同学。

"那么，下面有请奥古斯特·普尔曼上台接受这个奖项！"

漂浮

我还没真正明白图什曼先生到底说了什么，就听见掌声雷动。我听见坐在我身边的玛雅听到我的名字时轻轻发出一声快乐的尖叫，坐在我另一边的迈尔斯拍了拍我的背。"站起来，站起来！"四周所有的同学都在大声喊着，我感觉无数只手推着我从座位上站起来，引导我走上台。他们拍我的背，和我击掌。"加油，奥吉!""干得不错，奥吉!"我甚至听到大家在高呼我的名字："奥——吉!奥——吉! 奥——吉!"我回头一看，原来是杰克带着大家在呼喊，他在空中挥舞拳头，微笑着示意我继续往前走，我看见阿莫斯双手放在嘴边朝我大喊："哇哦，小家伙!"

经过萨默尔那一排时，我看见了她的微笑。看见我在看她，她朝我悄悄地竖起了大拇指，无声地说了一句"酷毙了"。我笑着摇了摇头，感觉难以置信。我真的不敢相信。

我想我一直在微笑。也许我满面笑容，我不知道。当我沿着过道走向主席台时，我只看见一张张模糊的幸福快乐的脸，他们看着我，为我鼓掌。我听到有人朝我喊："实至名归，奥吉!""好样的，奥吉!"我看见所有的老师都坐在靠过道的座位，布朗先生、皮特莎小姐、罗什先生、安塔娜比太太、莫莉护士和其他所有人，他们都在为我欢呼，呜呼呜呼地叫着，大声吹着口哨。

我感觉自己漂浮起来了。这太奇怪了，就好像阳光把全部力量都照射到了我脸上，有风徐徐吹过来。当我快走到舞台的时候，我看到鲁宾小姐在前排朝我招手，在她旁边是 G 太太，她失控地哭着——是那种喜极而泣——还一直在笑着鼓掌。当我走上主席台台阶的时候，最奇妙的事情发生了：每个人都站了起来，不只是前排的观众，而是所有的观众突然全体起立，发疯似的欢呼、喊叫、鼓掌。这是一次全场起立鼓掌的待遇。是给我的。

我穿过舞台朝图什曼先生走过去，他伸出双手握住我的手，在我耳边小声说："好样的，奥吉。"然后他把一枚金质奖章戴在了我脖子上，就像人们在奥运会做的那样，然后他让我转过脸来面对观众。我感觉像是在看自己演电影，就好像我是另外一个人。这有点像《星球大战 4：新的希望》的最后一个场景：天行者卢克、韩索罗和啾巴卡因摧毁死星而受到欢呼和拥戴。站在台上，我脑子里仿佛听到了《星球大战》的主题音乐。

我不知道为什么是我获得了这枚奖章，真的。

不，那不是真的。我知道为什么。

这就像有时候你见到一些人，你无法想象他们的生活——无论是那些坐在轮椅上的人还是不能说话的人。我只知道，对人们来说，我便是这种人，也许对礼堂在座的每一个人来说都如此。

不过，对我自己而言，我就是我。一个普通的孩子。

但是，嘿，如果他们想给我一枚奖章奖励我，那好吧，我会接受。我没有摧毁死星什么的，但我刚刚五年级毕业了。这是很不容易的，哪怕你不是我，也挺不容易的。

拍照

毕业典礼之后，在学校后面一顶巨大的白色帐篷下，五年级和六年级的学生有一个招待会。所有的同学都找到了各自的父母，我一点也不介意爸爸妈妈发疯一般把我抱了起来，也不介意维娅抱着我，轮番在我的左脸和右脸足足亲了二十遍。然后爷爷和奶奶拥抱了我，接下来是凯特姨妈和宝叔叔，还有本叔叔——每个人都有点眼泪汪汪，脸颊湿湿的。但米兰达是最搞笑的，她哭得比任何人都厉害，而且把我箍得太紧了，结果维娅不得不把她从我身上掰开，这使得她们俩笑作一团。

　　每个人都拿出相机给我拍照，爸爸给我、萨默尔和杰克拍了一组合影。我们勾肩搭背，搂搂抱抱，我记得这是我第一次没去想我的脸。我只是开心地对着各种咔嚓不停的相机没心没肺地笑着。闪光，闪光，咔嚓，咔嚓。杰克的父母和萨默尔的妈妈在按快门，我对他们笑啊笑。接着瑞德和玛雅走了过来。闪光，闪光，咔嚓，咔嚓。过了一会儿，夏洛特过来问她能不能和我们一起拍张照片，"是的，当然！"于是夏洛特的父母和大家的父母一起，围着我们几个拍了起来。

　　我知道接下来的事情是，大小麦克斯都过来了。还有亨利、迈尔斯、萨凡娜。然后是阿莫斯，以及西蒙娜。我们被一大群父母簇拥着拍个不停，俨然在走红地毯。

　　卢卡、以赛亚、尼诺、帕布罗、特里斯坦、艾莉，还有几个我忘了名字。几乎每个人都过来了。我只知道一件事，我们大家都笑着互相紧紧地拥抱着，似乎没有人介意我的脸是否跟他们的脸靠在一起。实际上，我不是吹牛，好像每个人都想亲近我。

走回家

　　招待会结束后，我们准备回家享用蛋糕和冰激凌。杰克和他的父母与弟弟杰米一起。萨默尔跟她妈妈一起。宝叔叔和凯特姨妈一起。本叔叔、爷爷和奶奶一起。贾斯汀、维娅和米兰达一起。妈妈和爸爸一起。

六月的天气好极了，天空碧蓝，阳光灿烂却不是很热，你会宁愿待在海滩上。这是完美的一天，每个人都很开心。我觉得自己还在漂浮，《星球大战》的雄壮乐章依然在脑子里回响。

我和萨默尔、杰克走在一起，我们一路上笑个不停。一切都让我们开怀。我们都处在那种傻乐的状态，笑啊笑的，引得路人不得不朝你看。

我听到爸爸的声音从前方传过来，抬头一看，大家正走在阿默斯福特大道上，他在讲一个有趣的故事。大人们也都在哈哈大笑。正如妈妈经常说的：爸爸可以成为一名喜剧演员。

我注意到妈妈没有和大人们走在一起，于是我看了看身后。她走在后面，自顾自微笑着，好像想到了什么甜蜜的事情。她看起来很开心。

我后退几步，一把抱住了她，把她吓了一跳。她搂住我，用力抱了一下。

"谢谢你让我去上学。"我轻声说。

她抱紧了我，俯身吻了吻我的头。

"应该谢谢你，奥吉。"她温柔地回答。

"为什么？"

"谢谢你带给我们的一切，"她说，"谢谢你走进我们的生活。感恩我们有这样的你。"

她弯下腰在我耳边低声说："你真是一个奇迹，奥吉。你是一个奇迹。"

附

录

布朗先生的信念

九月

当面临着正确与善良的选择时，选择善良。

——韦恩·戴尔博士

十月

你的行为就是你的纪念碑。　　　　　　——埃及墓碑文

十一月

无友不如己者。　　　　　　　　　　　　——孔子

十二月

天佑勇者。　　　　　　　　　　　　　　——维吉尔

一月

没有人是完全孤立的岛屿，可以自全。　——约翰·邓恩

二月

了解几个问题好过知道所有答案。　　——詹姆斯·瑟伯

三月

善意的言辞成本最少，而成效最大。

——布莱兹·帕斯卡尔

四月

美丽的东西当然是好的，品行好的人必将是美丽的。

——萨福

五月

只要你能够，
行所有你可以行的善事，
用所有你可以用的财力，
在所有你可以在的地方，
用所有你可以用的时间，
为所有你可以帮助的人。

——约翰·卫斯理的座右铭

六月

向着太阳，过好每一天。　——复调狂欢乐队，《光和日》

明信片上的信念

夏洛特·科迪：

  仅仅友好是不够的，你还必须成为朋友。

瑞德·金斯利：

  拯救海洋，拯救世界！   ——我！

特里斯坦·费德勒·霍尔滕：

  如果你真的想要这种生活，你必须为它努力工作。现在给我安静，他们要宣布中奖号码了！

           ——霍墨·辛普森

萨凡娜·威腾伯格：

  花固然很美，但是有爱更美。 ——贾斯汀·比伯

亨利·乔普林：

  千万别跟混蛋做朋友。   ——亨利·乔普林

玛雅·马科维茨：

  你需要的是爱。   ——甲壳虫

阿莫斯·康迪：

  不要拼命耍酷。那是卖弄，一点也不酷。

西蒙娜·陈：

　　忠实于你自己。　　　　——莎士比亚，《哈姆雷特》

朱利安·奥尔本斯：

　　有时候从头再来也不错。　　——朱利安·奥尔本斯

萨默尔·道森：

　　如果你能做到整个初中不伤害任何人的感情，那才是真的酷毙了。

　　　　　　　　　　　　　　　　——萨默尔·道森

杰克·威尔：

　　保持冷静，继续前进！

　　　　　　　　　　　——第二次世界大战的一句名言

奥古斯特·普尔曼：

　　每个人一生中都至少应该获得一次全场起立鼓掌的机会，因为我们都胜过这个世界。

　　　　　　　　　　　　　　　　　　——奥吉

致谢

我对我得力的助理阿莉莎·艾斯纳·亨金感激不尽,当这部作品还是草稿的时候,她就非常喜爱,而且无论我决定用什么笔名,吉尔·阿莫尔也好,R. J. 帕拉西奥也好,她都坚决支持。谢谢琼·斯莱特里,是她的热情推荐使我得以签约克诺夫出版社。尤其要谢谢杰出的编辑艾琳·克拉克,她把书做得非常到位,还把"奥吉公司"打理得风生水起,我深知我们都承蒙她的关照。

谢谢为《奇迹男孩》服务的完美团队。艾瑞斯·布劳迪,有你做我的文字编辑,我深感荣幸。凯特·加特纳和泰德·卡朋特,谢谢你们,封面非常出彩。早在写这本书之前,我曾经很幸运地跟文字编辑、校对、设计师、印刷经理、市场助理、宣传人员以及在幕后默默辛苦做书的男男女女们一起并肩战斗过——我知道大家做这些并不是为了挣钱!是为了爱。谢谢销售代表、图书消费者和书商们,大家一道构成了一个艰难但美丽无比的书业风景。

谢谢你们,我出色的儿子凯莱布与约瑟夫,谢谢你们带给我的所有快乐,谢谢你们一直以来对妈妈写作的谅解,谢谢你们一直选择"善良"。你们就是我的奇迹。

最重要的是,谢谢你,我了不起的丈夫拉塞尔,谢谢你鼓舞人心的洞见、直觉和坚定的支持——不仅仅对这部作品,还有多年来所有的付出——谢谢你一直是我的第一个读者,我的初恋,我的一切。如玛利亚所说:"在我的童年或是少年时,我一定是做了好事。"① 否则该如何解释我们一起创造的生活?我每天都充满了感激。

最后——很重要的一点——我想感谢冰激凌店前面的那个小姑娘以及所有别的"奥吉"们,是他们的故事启发我写下了这本书。

---

① 电影《音乐之声》的对白。

授权

在此谨对以下资料的授权表示谢意：

大声欢乐公司（Gay and Loud Music）：摘自歌曲《下东区最幸运的家伙》，斯蒂芬·梅瑞特创作，"磁场"乐队演唱。版权为斯蒂芬·梅瑞特所有（©1999）。由大声欢乐公司（ASCAP）出版并授权使用，所有权利保留。

印度新娘公司（Indian Love Bride Music）：摘自歌曲《奇迹》，娜塔莉·莫森特创作，版权为娜塔莉·莫森特所有（©1995）。所有权利保留。印度新娘公司授权使用。

索尼/ATV音乐出版公司：摘自歌曲《美丽》，由琳达·佩里创作，克里斯蒂娜·阿奎莱拉演唱，由索尼/ATV音乐出版公司和"卡喉音乐"（Stuck in the Throat Music）注册版权（©2002）。所有权利由索尼/ATV音乐出版公司（第八音乐广场西，纳什维尔，电话37203）经管。所有权利保留。由索尼/ATV音乐出版公司和"卡喉音乐"授权使用。

塔尔帕音乐公司：摘自歌曲《美丽的事物》，由乔什·加布里埃尔、玛威·马科斯和大卫·彭纳创作，版权由塔尔帕音乐拥有。所有版权保留。由塔尔帕音乐授权使用。

三重-艾塞克斯国际音乐公司（TRO-Essex Music International, Inc.）：摘自歌曲《太空怪人》，歌词和歌曲由大卫·鲍伊创作与注册版权（©1969），1997年版权归英国伦敦的向前音乐公司（Onward Music Ltd）所有。所有版权保留。受国际版权保护法的保护。由三重-艾塞克斯国际音乐公司纽约分公司授权使用。

每个人心里都有个奥吉

雷淑容 / 文

一

三十多年前，在我生长的小山村里，有一户人家生了一个傻儿子。他生下来就没有名字，人们都叫他傻子。

傻子是智障，不仅面瘫，还瘸腿。他的父母没钱给他治病，也没心情善待他——因为他是全家人的耻辱和噩梦。他们让他吃剩饭、看冷脸、睡狗窝，对他动辄谩骂和诅咒。在迷信的小山村，人们认为一个残疾的孩子是恶灵转世，是不祥的征兆，对他指指点点，骂骂咧咧，避之唯恐不及。不过，傻子听不懂，他总是呵呵呵地傻笑，把所有的恶意当善意。

大人们很忙，他们不会打傻子。但村里的孩子会。

傻子成天没事干，喜欢在山野之间闲逛，他要么一路开心地采野花，扔得满地都是，要么追逐飞鸟或者蝴蝶，一路嘀嘀嘀地叫。也许是因为孩子们觉得他不配获得快乐，一见到他，立刻就会追上去打。傻子腿不好，逃不掉，经常被打得鼻青脸肿，山村不时回荡着傻子凄厉的哭喊声："呜呜——呜——"

那是我记忆中惊心动魄的画面，一群孩子在春天的山花烂漫中，在夏天浓密的树林里，在秋天金黄的谷场上，在冬天皑皑的雪地上，追打一个嗷嗷叫的傻子。

谁都可以欺负傻子，没有人保护他，没有人给他一点点关心或者同情。除了他们家的大黄狗。大黄狗是一条大型犬，长相凶猛，对外人总是没完没了地狂吠。但它一点儿也不嫌弃傻子，总是跟在傻子身边，像是他的保护神。正因为大黄狗不离左右，村里孩子的暴行才没那么猖狂。

我怕大黄狗，也怕傻子。我怕傻子用脏手碰我的衣服；怕他嘴角拖着长长的口水，对着我咿咿呀呀说完全听不懂的话；我怕他畸形的长相会传染；怕他进入我的梦境，把美梦变成噩梦。每次路过他家门口，我都会把心提到嗓子眼上。有一天，当我从他家门口蹑手蹑脚经过的时候，只听见一阵低沉的咆哮，接着大黄狗跃门而出，朝我扑过来。我吓得连哭带叫，没跑出几步，就跌坐地上。我绝望地闭上眼睛，等着它的撕咬。

但是很奇怪，大黄狗不但没有扑上来，反而突然哼叽一声，一屁股坐在了我身边。我抬头一看，只见傻子正摸着它的头，嗬嗬嗬地傻笑着。

那是我第一次与傻子对视，也是我唯一一次真正看清他的脸——他的头是变形的，五官歪斜，但是他眼神温柔，像一只刚出生的小绵羊。

傻子没长到十岁就死了。他的父母甚至都没把他葬在家族坟地，而是在山坡上随便挖了个坑，草草埋了。他就像一棵野草，短暂地来到这个世界，自生自灭。奇怪的是，很多年以后，村子里的人和事我都已经淡忘，唯有他的样子我还记得清清楚楚。

二

傻子的故事像一个巨大的秘密，一直埋在我心底，从未对人说起。直到我的儿子长到十四岁。

2014 年 10 月，我和儿子土豆搬到上海，住进了一间小公寓，为来年春天考上海音乐学院附中做准备。

对儿子而言，这是一个重大的决定。他在十四岁之际下定决心要成为钢琴家，意味着他不仅要离开喜欢的学校、老师和同学，离开家乡，离开舒适的家，离开正常的生活，更意味着从此离开宽阔的罗马大道，走上一条苦心孤诣追求艺术的羊肠小道。这是一个孤独的选择。

上海的公寓很旧很小，除了他的三角钢琴，几乎家徒四壁。再加上人生地不熟，自然就生出凄凉的感觉。恰好这时，我接到了一个翻译任务，不假思索就应了下来，同时做了一个严格的进度计划：每天一千五百字，雷打不动，三个月完成。以我的经验，到一个新地方，只要尽快开始做事，就能迅速融入当地的生活，摆脱茫然和无助。

我几乎是在仓促打开第一页的时候才知道主人公是一个非正常的十岁孩子。这孩子大名叫奥古斯特，小名叫奥吉。这本书的书名是《奇迹男孩》。

从一开始，我就把土豆拉进了我的翻译旅程，把他变成了我的第一读者兼"翻译助理"。因为在这个全球化的时代，几乎全世界的同龄小男孩都拥有同步的娱乐生活。奥吉是一个即将上初一的小男孩，而土豆即将从初中毕业，他们之间天然存在许多共同的密码。接下来形成了一个惯例，当我完成每天的翻译任务离开电脑时，土豆就自动坐到电脑前追看我的译文，检查有没有出现常识性错误或者过于成人化的语言——这是我的要求，奥吉只有十岁，我希望译文符合他的年纪和他所在的时代，不要落伍，也不要成人化，虽然他的思想比同龄孩子成熟。土豆自然当仁不让，甚至吹毛求疵。

"奥吉妈妈的分数计算糟透了，你应该说'弱爆了'！"

"夏洛特穿的卡洛驰凉鞋，中国人不这么说，你最好改成'洞洞鞋'！"

"奥吉说，图什曼先生是我新学校的老板，你可以把老板改成'头儿'！"

"只有傻瓜才会选修领导课，'呆瓜'更好！"

当然，他也被奥吉的故事深深吸引。一方面，奥吉读《龙骑士》《纳尼亚传奇》《霍比特人》，玩《龙与地下城》，对《星球大战》情有独钟，如数家珍，跟任何一个普通孩子都没有区别；另一方面，从他出生起，在他仅十岁的生命里，动了大大小小二十七次手术，从来没有真正上过学。因为先天畸形，他所到之处，人人侧目或者避之唯恐不及，他被叫作老鼠男、怪物、E.T.、恶心男、蜥蜴脸、变种人、瘟疫。这种巨大的反差让人揪心。

翻译一天天向前推进。如我所预料的，我们在陌生大城市的生活也慢慢从容起来，像一条小溪的水汇入到大河。但奇怪的是，随着译文进度加深，故事越来越扣人心弦，土豆却变得话越来越少。到"奶酪附体"一节时，我注意到他有点不对劲。他在电脑前默默地坐了一会儿，一句话没说就练琴去了。这有点反常，平日里他总是兴致勃勃地跟我讨论书里的细节，什么黑武士、什么徒弟打扮、什么神秘战地游戏，连奥吉出生时，"放屁护士"放了"史上最大、最响、最臭的一个屁"也能让他津津乐道半天。接下来连续两天的"万圣节服装"和"骷髅幽灵"，他都选择了默默离开。我摸摸他的额头，没发烧。问他是不是想家了，他摇头。继续追问时，他抬起头，眼睛里突然有了泪光。

"妈妈……我们班也有个奥吉，你记得Q吗？……我错了，呜呜，我觉得自己简直不是人！"他哭了出来。

三

我当然记得 Q。他是土豆的小学同学，一双怯怯的大眼睛，单薄瘦小，像一棵小豆芽，他的行为和反应比同龄孩子要慢一些。土豆曾经告诉我，Q 不会写字，不会数数，没法完成家庭作业，老师向他提问，他总是答不上来，抓耳挠腮地只说两个字："我痒……"土豆还说，班上很多人都不喜欢他，觉得他笨、傻、土，不愿意和他交朋友。我还记得曾经跟土豆有一番长谈，告诉他每个小朋友都像森林的树，各有各的生长节奏，有的高，有的矮，有的快，有的慢，学得快的同学不应该歧视学得慢的，应该帮助他们。我让他保证过，要绝对善待 Q，不能有任何形式的歧视、嘲笑、欺侮。事实上，在翻译的过程中，我也想到了 Q，也想到了傻子。

"我是向你保证过，而且我也帮过他……但是我也像杰克·威尔那样犯过错，而且……"杰克·威尔是班里唯一善待奥吉的男生，是他的同桌兼好友，也是他每天上学的动力以及让他可以躲开各种异样眼神和议论的保护伞。与杰克·威尔相反的是朱利安——同学们孤立奥吉，大多都是出于冷漠和无意，避而远之或者另眼相看——唯有他总是想方设法用恶毒的话语和行为刺激奥吉，伤害奥吉，还试图联合别的同学集体孤立奥吉。万圣节那天，奥吉阴差阳错地没有穿原计划的化装服，无意中偷听到了朱利安与杰克·威尔的一番对话。原来，杰克·威尔善待奥吉并不是出于真正的友谊，而是校长图什曼的安排，杰克·威尔甚至说："如果我长成他那个样子……我觉得我会自杀。"奥吉受到严重打击，从此拒绝上学。

土豆犯的什么错呢？他告诉我，Q 患了一种叫鳞屑病的皮肤病，经常抓痒，以至于全身皮肤粗糙，好像永远在掉皮屑——这也是他无法听课、无法完成作业的原因。全班同学都不敢接触他，害怕被他传染，尽管老师向大家保证这并非传染性的疾病，但每一个人都生怕与他有肌肤接触。正如奥吉的遭遇一样，Q 自然也成了全班的"千年奶酪"，没有人愿意跟他同桌、搭档打球、做游戏，没人愿意接触他沾过的任何东西。轮到 Q 值日发作业本，所有同学都不接，有人拿到后马上移到窗台上晒太阳"消毒"，有人还干脆直接拂到地上去，土豆也一样，好几次把作业扔到地上去了。Q 为了向同学示好，每天午饭后主动帮同学收拾餐盘，他个子小，动作慢，经常来不及收，于是就有同学直接拿盘子摔他、打他……土豆虽然没有这么做，但是也心安理得地等着 Q 帮他收拾盘子，这样的情形持续到小学毕业。整整六年。

六年！说实话，我太吃惊了。一直以来，我自认为很了解儿子，他在我眼里像水晶球一般单纯、透彻，没有丝毫杂质，没有任何秘密。然而他竟然在六年时间里心里憋了一件这么黑暗的事，这得有多大的心理阴影。

见我瞪着他，他委屈地说："如果我告诉你，你就会逼着我跟 Q 做朋友，如果我跟他做朋友，我所有的朋友都会不理我，不仅不理我，还会欺负我，如果有人欺负我，你就会跑到学校里保护我……这太丢脸了……"

"呃……"我的心理阴影更大了。

四

Q 的事情，我没有责怪土豆。一方面，他们已经快毕业三年了，分散在各中学，Q 去向不明，要道歉的话，连人都找不到——即便找到他，这个歉又该从何道起？另一方面，土豆意识到自己的错误，已经自责不已，知错就改，永远都不嫌迟。

　　故事继续向前发展。不得不说，《奇迹男孩》不仅是一本及时之书，还是一本现实之书、全面之书。作者帕拉西奥可谓儿童心理学高手，她不仅了解孩子丰富敏感纤细的内心世界，还对中学校园的人际和生态了如指掌。她以复调的方式来写奥吉的故事：第一章叙述者是奥吉自己，第二章换成了奥吉读高中的姐姐维娅，第三章是唯一跟他要好的女生萨默尔，第四章是杰克，第五章是维娅的同学和男朋友贾斯汀，第七章是奥吉与维娅共同的好朋友米兰达，第六章和第八章又回到奥吉的视角。六个孩子，每个人都从自己的视角来看待、描述、理解奥吉，对奥吉的命运和遭遇进行多侧面、多方位地剖析和解构，人物与情节环环相扣、息息相关，构成了一个立体的中学生交往图景。可以说，几乎每一个孩子都可以从中找到自我的投射。

　　土豆投射的对象自然是杰克。这个小男孩成为奥吉的同桌、好朋友和保护者，但他一开始并不是自愿的，而是校长图什曼的刻意安排。他对奥吉的情感有一个从出于责任到成为真正友情的过程。在无意中伤害奥吉，两人经历了一段时间的"断交"后，杰克幡然醒悟，他出手打伤了朱利安，选择重新回到奥吉好朋友的位置。

　　看到这里，土豆说："妈妈，奥吉在现实生活中几乎是不存在的。他出生在一个幸福的中产阶级家庭，爸爸、妈妈、姐姐、外婆都无条件爱他，他坚强、勇敢、聪明、见多识广，动手能力强，知识丰富，字写得好，不仅善良还很幽默，是一个品学兼优的学霸，他的优点可以让人忽略他的长相。杰克最后变得很勇敢，不惜打掉朱利安的一颗牙齿来维护奥吉，换作我，也会这么做的，因为朱利安是个混蛋，他虚伪、狡诈、势利，任何一个有良心的人都不会真正跟他做朋友！"

　　"那你的意思是？"

"其实我也想成为杰克那样的人，但是我不能，有两个原因，第一，Q 有皮肤病，而且他性格脆弱，爱哭，成绩差，我没办法跟他做朋友；第二，我有几个好朋友，他们有的是奥数天才，有的是长跑冠军，有的是作文高手，他们每个人都很优秀，都很诚实、善良、开朗，我不可能不跟他们做朋友。"

"没错，你发现了小说与现实之间的差距。奥吉确实是作者塑造出来的理想形象，他有疾，但并不残。他外表看起来不正常，其实内在心智、行为能力和品格不仅正常，更要优于普通孩子。正因为如此，他才可以不用上残障学校，而是跟普通孩子一样上常规学校，甚至是毕彻预科这样的名校。这也正是我们觉得故事引人入胜的原因：一个外表不正常的孩子，要进入一所正常的学校，必将造成巨大的反差，产生强烈的矛盾冲突。奥吉不仅是医学奇迹，还是一个传奇的文学形象，人们喜欢阅读传奇。"

"作者为什么要这样写一个传奇？"

"我想，作者也许是想让人产生思考，如果像奥吉这样的'奇迹'小孩要融入正常学校都那么难，那比他境况更差，需要特殊照顾的残疾孩子怎么办？从某种程度上来说，奥吉代表着一种分界线，在他之上，是普通人，在他之下，是需要特殊照顾的人，也就是我们所说的残疾人。在现实中，绝大多数的残疾人过着我们无法想象的黑暗生活，他们要么缺胳膊少腿，要么眼盲耳聋口哑，要么有智力或者语言障碍，甚至有可能集几种残疾于一身，而且他们可能从孩提时代起就遭受歧视和欺侮，一生都被正常社会抛弃和排斥。运气好的，有家人的支持和关爱，衣食无忧；再好一点，可以上特殊学校，学一点谋生的本领；运气最差的，不仅挣扎在贫困生活中，被外人排斥，还会遭到家人的歧视，比如我跟你讲过的傻子。就像你说的，在我们跟他们不能做朋友或者非亲非故素不相识的情况下，应该怎么办？难道就应该觉得他们低人一等，就可以欺负他、嘲笑他、打骂他，或者当他人对他们进行歧视和欺辱时，无动于衷地旁观？"

"可是也有很多传奇的残疾人啊，比如霍金？"

"没错，在这个世界上，有一些残疾人是奇迹中的奇迹，他们的天才强大到可以突破残疾的限制，赢得全世界的喝彩与尊敬，甚至改变世界，比如霍金，比如作家史铁生，比如日本的盲人钢琴家辻井伸行，比如澳大利亚的演说家尼克·胡哲等等，但他们无一例外，背后都凝聚着艰辛的付出和家人巨大的关爱。应该说，他们的成功有多大，背后的痛苦就有多大。而且他们是极少数的幸运儿，是被上帝选中的人。"

"妈妈，你打过傻子吗？"

"没有。我一直怕他，从来没有帮助过他，或者给过他一个笑脸，即使那天他救了我，我也没有对他笑一下。这是妈妈一生中最后悔的事情之一。"

"妈妈，如果不能跟他们做朋友，那该怎么办？"

"其实你只要克服一下内心的恐惧就可以了。只要选择不害怕，你就会发现，做不做朋友一点都不重要，你甚至都不用去帮他们，只要正常对待他们就是最大的善意。"

五

翻译进行到第五章，维娅在情人节那天邀请男朋友贾斯汀去见父母，结果他的抽搐症犯了。书里写道："我想，今晚我们大家都装作什么也没看到。服务生。我的抽搐症。奥古斯特在桌子上压碎玉米片，用勺子把碎片刨进嘴里的方式。"

土豆说，如果贾斯汀在我们学校，大概也会被歧视，虽然他是个很不错的小提琴手，但他有抽搐症，父母离异，严重缺乏爱，这些都是他的弱点。有时候学校盛行的就是丛林法则，弱肉强食。

他的话让我不禁一愣。可不是么，如果没有一个良善的大环境，我们每一个人都可能变成弱者，都可能遭到歧视和不公正的待遇。换句话说，人人都有可能成为奥吉，只不过程度不同而已。

土豆直点头，你看杰克，他虽然很勇敢，但不喜欢学习，成绩不好，家庭经济条件也很一般，他选择跟奥吉做朋友以后，立即遭到了全班大部分同学的孤立。大家不跟他说话，假装他不存在，奥吉调侃他："欢迎来到我的世界！"

是的，我顺着他的思路分析，书中的每一个孩子，他们的生活其实都不是完美的，都有内在的缺点或者外在的缺失。米兰达很漂亮，在学校成功成为人气女孩，但她付出的代价是撒谎和世故；萨默尔几乎可以算得上一个完美的女孩，不过她是混血儿，而且她也有巨大伤痛——父亲去世，与妈妈相依为命；维娅也几乎没有缺点——但她的痛苦正来自于有一个像奥吉一样的弟弟，并从小就承受着各种指指点点。所有这些，包括他们对奥吉的爱，对弱者所表现出来的善良，在糟糕的环境下都可能让他们成为鄙视链上的一环。

"你这么一说，我就明白了。"土豆说，"记得我们班的女孩 Z 吗？她爱吃，是个胖墩儿，成绩差，脾气古怪，每天她在 Q 面前都是一副得意扬扬的样子，命令他，训斥他。但是她转过身，别的同学对她也是命令和呵斥，因为她长得胖，其他同学也欺负她。在大家眼里，她和 Q 是一样的人。"

"你再想想看，受到歧视和嘲笑的除了胖子，是不是还有瘦子，个子特别高或者特别矮小的人，穷人家的孩子，农民工的孩子，长相不好看的孩子，单亲家庭的孩子，成绩差的孩子，性格内向的孩子，乡下来的孩子，总之一切看起来跟大多数人不一样的人？"我说。

"是的，其实我也被歧视过。还记得那年钢琴比赛我拿了大奖吗？我回到学校，却遭到一些人的耻笑，他们说我娘炮，长得太白，不是男人，只有女人才会弹琴。一开始我很生气，还跟他们打了一架。后来我发现，他们一点也不了解古典音乐，他们根本是嫉妒。"

"咦，你怎么连这事也不告诉我？"

"我只是不喜欢你保护欲过度的样子。"

六

一天，土豆回家塞给我一篇文章。是 2012 年 12 月 8 日莫言获得诺贝尔文学奖后在瑞典文学院的演讲，标题叫《讲故事的人》。他用颜色笔在两处做了重点记号。一处是：

上世纪六十年代，我上小学三年级的时候，学校里组织我们去参观一个苦难展览，我们在老师的引领下放声大哭。为了能让老师看到我的表现，我舍不得擦去脸上的泪水。我看到有几位同学悄悄地将唾沫抹到脸上冒充泪水。我还看到在一片真哭假哭的同学之间，有一位同学，脸上没有一滴泪，嘴巴里没有一点声音，也没有用手掩面。他睁着大眼看着我们，眼睛里流露出惊讶或者是困惑的神情。事后，我向老师报告了这位同学的行为。为此，学校给了这位同学一个警告处分。多年之后，当我因自己的告密向老师忏悔时，老师说，那天来找他说这件事的，有十几个同学。这位同学十几年前就已去世，每当想起他，我就深感歉疚。

另一处是：

我生来相貌丑陋，村子里很多人当面嘲笑我，学校里有几个性格霸蛮的同学甚至为此打我。我回家痛哭，母亲对我说："儿子，你不丑，你不缺鼻子不缺眼，四肢健全，丑在哪里？而且只要你心存善良，多做好事，即便是丑也能变美。"后来我进入城市，有一些很有文化的人依然在背后甚至当面嘲弄我的相貌，我想起了母亲的话，便心平气和地向他们道歉。

作为回应，我给他看第八章的译文。小说已经发展到了尾声，奥吉与全班同学一起参加五年级"走进大自然之旅"，他的长相遭到了一群外校七年级学生的挑衅，杰克挺身而出，其他三位原本敌对的同学也出手相助，结果引起了一场打斗，导致奥吉受伤。这一不幸事件在毕彻预科学校引起巨大的震动，让奥吉和几个保护他的朋友成为风云人物。在毕业典礼上，奥吉不仅因为成绩优异登上了学校的荣誉榜，还被授予亨利·沃德·毕彻奖章——因为他以安静的力量激励了大部分同学的心灵。校长图什曼先生在致辞中以善良为主题，发表了一番发人深省的讲话。他说：

作为人类，我们所拥有的，不只是善良待人的能力，还有选择善良对待他人的能力……善良是一件如此简单的事。真的太简单了。需要时的一句鼓励。一个友好的举动。路过时的一个微笑。

七

过了一阵子，我上网时注意到土豆更新了 QQ 空间，发表了一张图片。是他在卫生间墙上拍到的一只西瓜虫。他写道：

以前我喜欢猫，喜欢狗，喜欢兔子、金鱼、熊猫、蝴蝶、鹦鹉等一切好看的动物，总是觉得苍蝇、蜈蚣、西瓜虫这样的丑虫子很恶心，不由分说，一巴掌打死。但是现在我明白，生物有高级和低级之分，但生命没有贵贱之分。西瓜虫只是无意间跑到了我家，它有它活着的理由，我觉得自己跟它没有什么分别。小时候看丰子恺的《护生画集》，不懂他为什么说护生就是护心，现在我懂了。所以我小心翼翼地把它放进纸巾，送它到小区的花坛里。

八

《奇迹男孩》结尾处，作者帕拉西奥写了一篇致谢词，在感谢了一大堆家人和同事之后，她感谢了一个不具名的小女孩："我想感谢冰激凌店前的那个小姑娘以及所有别的'奥吉'们，是他们的故事启发我写了这本书。"我意识到这应该是作者的创作缘起，背后应该有一个动人的故事。上国外的网站一查，果然。

事情是这样的，帕拉西奥是一位出版社的编辑，她育有两个"土豆"。有一天，她带着孩子们外出玩耍，在冰激凌店排队买冰激凌时，发现队伍前面有一个小女孩脸部有非常严重的缺陷。她三岁的小儿子乍一看立刻吓得哭了起来。帕拉西奥觉得很尴尬，她立即意识到孩子的哭叫会伤害到小女孩和她的家人，便急急带着儿子们走了。就在他们离开时，她听到小女孩的母亲用非常冷静和友好的口吻对自己的孩子说："好了，孩子们，我们该走了哦。"

这真实的一幕后来被帕拉西奥写进了杰克的故事，只不过把妈妈的身份换成了保姆。

回到家以后，帕拉西奥感到后悔和自责，她觉得自己当时不应该一走了之，而是应该换一种方式去处理，比如带着孩子和小女孩说说话什么的。她一直在想这么一个问题：这个小女孩和她的家人每天要经历多少次这样的场面？就在那天晚上，她听到了美国歌手娜塔莉·莫森特演唱的歌曲《奇迹》，这是一首她很熟悉的歌，但直到那时，她才真正听懂了歌词：

> 医生从遥远的城市
> 来看我
> 他们站在我床边
> 对眼前的一切难以置信
> 他们说我一定是上帝亲自创造的
> 奇迹
> 迄今为止他们不能提供
> 任何解释

这首歌词后来如我们所读到的，被放在全书之首，作为题记。帕拉西奥一天之内受到两次触动，当天晚上，她就找到了创作灵感，开始动笔写小说。

我把这个背景故事讲给土豆听。他喃喃地说，噢，原来每个人心里都有个奥吉。

九

三个月很快就过去了。2015年元旦，我准时完成了《奇迹男孩》的译稿，交给了出版社。

我郑重地感谢土豆如此深入地介入我的翻译工作，在这个过程中，我们互相帮助，像朋友一样互相沟通和倾听，安然度过了初到异乡最艰难的三个月。

他说："妈妈你看，帕拉西奥是图书编辑，你也是图书编辑，她给她的儿子们写了一部《奇迹男孩》，你也给你的儿子翻译了一部《奇迹男孩》。是的，妈妈，我觉得这是你为我翻译的，谢谢你。"

十

秋天，土豆顺利进入上音附中高中学习，追求他的钢琴家梦想。

开学没多久，他突然带回了一个消息，让我大跌眼镜。

原来他的小学同学建了一个班级聊天群，三十来个孩子你拉我，我拉他，他拉她，在虚拟空间重新聚到了一起。大家都发各自的近照到群里，讲述各自的新学校、新班级、新朋友。个个都意气风发，个个都长大了，让人刮目相看。

热闹之际，他向同学询问 Q 的近况。然后就有相熟的同学把 Q 拉了进来。

让他感到吃惊的是，小学里发生的一幕幕又再一次上演了。

"哟……"有人说。

"滚！"

"白痴进来干什么，从哪儿来回哪儿去！"说这句话的是土豆曾经的好朋友。

"怪胎没有资格进群！"

"呵呵，笨蛋还学会用 QQ 了？"

"本群不欢迎你，别把你的皮肤癌带进来！"这个人也是土豆曾经的好朋友。

"你是我们的噩梦，我们没有你这个同学！"

……

眼看着对话框越来越长，惊叹号越来越多，同学们像得了传染病，一个个加入到驱逐 Q 的行列，跟三四年前一模一样。不过这一次，土豆决定挺身而出。

"我们早已经小学毕业了，我们是高中生了，我们已经长大了！但是，我看到，我们一点也没长大，我们还是几年前那群愚昧无知的小孩，欺凌弱小，毫无怜悯心，还以为自己正直、勇敢、充满爱心！×××，×××，我对你们简直失望透顶，你们不是我的朋友，我为曾经是你们的朋友感到耻辱！如果你们不学习、不反思，永远不会知道真正的勇敢是什么，也不会明白真正的悲悯是什么，直到你们被欺凌的那一天。Q！咱们一起退群吧，骂你的这些人不配做你的同学，他们现在伤害不到你了……"他在 QQ 群里愤然写道。

"然后呢？"我问。

"大家都沉默了。Q 听了我的话，退群了，然后我也退了。"

"你感觉有点失落吧，但是又特别欣慰，很孤独，又很悲壮？"

"是的，这跟我选择做钢琴家一样，感觉既孤独又悲壮。妈妈，我想我终于明白《傅雷家书》里，傅雷对傅聪说的那句话了：先做人，然后做艺术家，最后再做钢琴家。"

译者简介

雷淑容，编辑，译者，自由撰稿人。译有《武士花园》《奇迹男孩》《红色狂想曲——古典音乐在中国》《纳尼亚传奇》之《魔法师的外甥》等。